市場星報
艺术中心
重磅推出

滄桑風骨

吳雪題

新安画派张家百年丹青

CANGSANG FENGGU
XIN'AN HUAPAI ZHANGJIA BAINIAN DANQING

周玉冰◎著

时代出版传媒股份有限公司
安徽文艺出版社

图书在版编目（CIP）数据

沧桑风骨：新安画派张家百年丹青/周玉冰著.—合肥：安徽文艺出版社，2018.8

ISBN 978-7-5396-6306-7

Ⅰ.①沧… Ⅱ.①周… Ⅲ.①传记文学－中国－当代 Ⅳ.①I25

中国版本图书馆CIP数据核字(2017)第330614号

出 版 人：朱寒冬

责任编辑：宋潇婧　曾柱柱

装帧设计：张诚鑫　刘　珍　邱莉娜

审　　稿：胡武林　张文林

出版发行：时代出版传媒股份有限公司　www.press-mart.com

　　　　　安徽文艺出版社　www.awpub.com

地　　址：合肥市翡翠路1118号　邮政编码：230071

营 销 部：(0551)63533889

印　　制：安徽联众印刷有限公司　(0551)65661327

开本：710×1010　1/16　印张：18.5　字数：230千字　插页：30

版次：2018年8月第1版　2018年8月第1次印刷

定价：88.00元(精装)

1936年，张君逸与夫人吴美意、长子伯平、次女文玉、三女瑞玉在北平家中

1989年2月10日，安徽省政协原主席张恺帆（左一）出席"新安张氏翰飞君逸仲平山水画展"

张仲平(右)与薛永年举杯论艺

2011年11月4日,安徽博物院举办“新安张氏三代书画捐赠展”,副院长黄秀英授予张仲平(右)书画收藏证书

1989年,张仲平(左)随合肥市政府友好代表团赴日本久留米市进行友好访问和艺术交流

2008年，张仲平在北京领奖

张仲平(左)与企业家、收藏家姜喜泰

1992年夏，张仲平夫妇领国际中国画大奖后在中国革命博物馆留影

1985年，张仲平（右一）与过旭初（右二）、溥杰（中）

2017初冬，张仲平（右）与著名美学家郭因

张仲平（左）与学生谢宗君（安徽美协秘书长）合影

张仲平(左)与陈祥明

1993年夏,张仲平(左)与父亲生前画友、台湾故宫博物院副院长江兆申先生在黄山

张仲平(左)与叶如强

张仲平(中)、王佛生(右)、周玉冰(左)合影

2001年春，仲平夫妇与著名书画家顾大风(右一)及夫人张丽芳(右二)合影

著名画家鲍加(左二)、李德铭(右一)、宋亦英(右二)及有关领导出席“新安张氏翰飞君逸仲平山水画展”座谈会

张仲平夫妇与学生端木福荣(右二)、成刚(右一)的合影

张翰飞作品《殴波设色无迹可寻》170cm×69cm

（安徽博物院藏）张君逸作品《黄山春游图》1.4m×0.54m（1962年作）

（安徽博物院藏）张君逸作品《春耕图》 34.5cm×69.5cm（1962年作）

张翰飞、张君逸合作《卧龙松》

张翰飞、张君逸合作《桃花溪》

张翰飞、张君逸合作《散花坞》

张翰飞、张君逸合作《九龙潭》

张翰飞作品《秋山萧寺》34cm × 48cm

张翰飞作品《西风瑟瑟》 170cm × 69cm

张翰飞作品 220cm×54cm

张翰飞作品 220cm×54cm

（安徽博物院藏）张君逸作品《仿元人笔意》53cm×12.2cm 1963年作

（安徽博物院藏）张君逸作品《仿元人笔意》66.5cm×11.3cm

张君逸作品 100cm×20cm

张君逸作品《秋山清晓》
60cm × 9cm × 2

张君逸作品《秋鹤图》 20cm × 82cm × 2

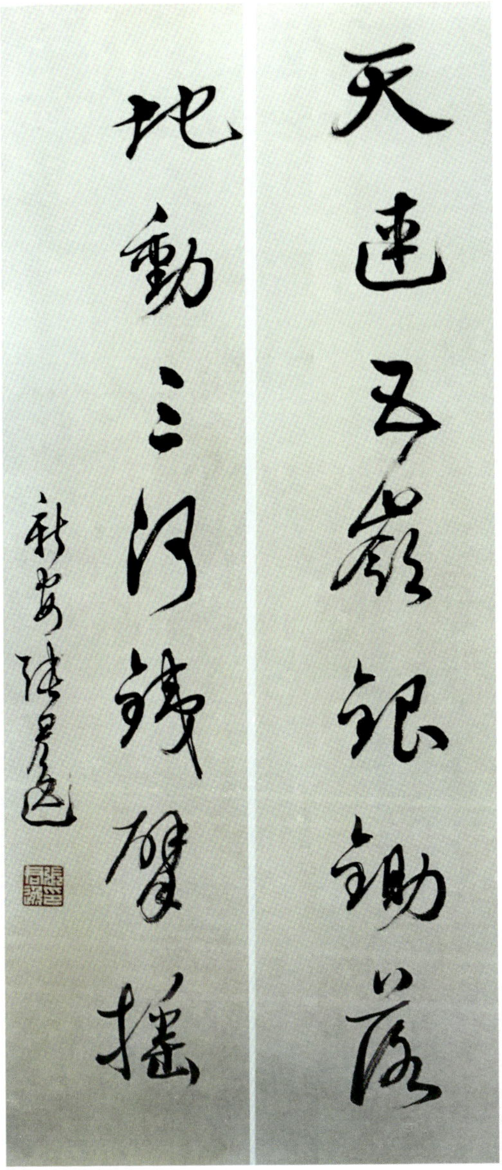

张君逸书法作品

（安徽博物院藏）

张君逸作品《柳荫图》

33cm × 100cm

张君逸作品《祖国山河都锦绣》

张君逸作品《垂钓图》101cm × 45cm

张君逸作品《深山处处无闲人》68cm×33cm

(安徽博物院藏)张君逸作品《行旅图》22.2cm×19cm

张君逸作品《新安江烟雨》45cm × 85cm

张仲平《黄山》

张仲平作品 244cm × 103cm

张仲平作品 600cm × 280cm

（安徽博物院藏）张仲平作品《黄山烟云》 侯北人题跋 68cm×175cm 1984年作

（安徽博物院藏）张仲平作品《白岳黄山》65cm×249cm　辛卯年作

（安徽博物院藏）张仲平作品《天都欲雪》65cm×249cm　辛卯年作

（安徽博物院藏）张仲平作品《巍巍长城》65cm×249cm　辛卯年作

（安徽博物院藏）张仲平作品《八百里皖江》65cm×249cm　辛卯年作

（安徽博物院藏）张仲平作品《三峡云》61.5cm×95cm 1994年作

张仲平作品 179cm×97cm

张仲平画 薛永年题 123cm × 243cm

序一

陈祥明

安徽徽州青山绿水,黄山白岳雄险奇秀,新安江风光绮丽,这里地灵人杰,历来为文人荟萃之地。明清之际,徽州商帮崛起,经济发达,社会富足,文化昌盛,孕育出了中国画史上闻名遐迩的“新安画派”。

徽州,古为新安郡。“新安画派”虽然是一个区域性的山水画派,但在明末清初以来的中国画坛影响极大。清人张庚《浦山论画》说:“新安自渐师以云林法见长,人多趋之,不失之法,即失之疏,是亦一派也。”张庚还在《国朝画征录》中,将渐江、孙逸、汪之瑞、查士标称为“新安四大家”。后人多沿用“新安画派”“新安四家”说法,逐渐约定俗成为定称。

新安画派在艺术上具有鲜明的时代特色、地域特征和个性特点。新安画派“师古人兼师造化”(黄宾虹语),师法“元四家”尤其是倪云林,同时师法黄山白岳,以元人笔墨写新安山水。画家们以幽僻萧疏的境界,荒寒孤寂的意趣,简淡清远的笔墨,刚健高洁的线条,描绘了清朝统治下的山河,表现了明末遗民的情操,体现了超拔绝尘的气质。其作品意远境深,不同流俗,开一代新风。新安画派早期代表有程嘉燧、李永昌、李流芳;盛期则有渐江、汪之瑞、孙逸、查士标、程邃、戴本孝,还有被称为渐江“四大弟子”的江注、吴定、祝昌、姚宋,以及郑旼、程正揆、汪家珍、雪庄等等。《黄山市志·文化艺术》说"明万历至清乾隆间，新安画派有七十余人"，据《黄山画人录》《徽州墨林》《安徽画家汇编》所载，属于该画派者约二百人，可谓蔚为大观。

在清初山水画坛上，新安画派一度峥嵘的局面，至嘉庆、道光以后，渐成史迹。到了清末民初，约在"五四"前后，新安画坛又起高潮，张翰飞、黄宾虹、汪采白等画家，又高高举起新安艺旗，直承新安画派精魂，在传统基础上彰显自我，他们因此被称为"新安三雄"。张翰飞于1929年获首届全国美术大展大奖，享誉画坛，被推为三雄之首，惜乎去世过早，一度为历史尘埃所掩。

由于家学渊源，新安张氏一家六代丹青，尤其是张翰飞、张君逸、张仲平三代都为丹青大家，成为新安画派在现代的重要代表。

张翰飞(1884~1939)，原名鹏翎，号新安居士，安徽歙县定潭村人。清光绪三十三年(1907)，与后来成为现代著名学者的姐夫吴承仕(1884~1939)一道进京参加举贡会考，金榜题名。民国时期，张翰飞曾在交通总长、铁道部长叶恭绰属下任高级助理，亦曾任《晨报》编辑。他学识渊博，精通诗书画印，雅好收藏。他精于书法，擅长章草，出入碑帖，富有书卷气息。深通画理，由倪、黄入手，上追董、巨、荆、关，对于宋元以来南宗诸家研习弥深，其画风沉稳雄厚，章法谨严，笔墨凝重，独树一帜。他传承弘扬新安画派优秀传统，借古开今，是民国时期开风气之先的书画大师，然而我们对他的认识、研究和宣传远远不够。

张君逸(1905~1969)，翰飞之子，幼受父影响，即显露出绘画天赋，曾随黄宾虹、王梦白学画，从许承尧、袁励准学诗，与过旭初、吴镜汀、徐燕孙、王雪涛、汪慎生、张大千、启功等交往甚密。他毕业于清华大学、燕京大学，获双学士学位，长期就职于《晨报》，为中国画学研究会会员，在20世纪二三十年代闻名北平画坛。他学养深厚，对新安画派画学研习精深，善于吸取众家之长，创造自己风格，画风峭拔秀逸，笔力恣纵，墨法精妙，山水、花鸟俱佳。他还是著名的爱国民主人士，抗日战争期间投笔从戎，不惜流血保家卫国；战后以教育兴国的方式报效民族国家，1945~1946年间于屯溪、上海举办画展，所得经费用于开办学堂和资助共产党游击队对敌斗争。中华人民共和国成立后，曾长期担任安徽省艺术学院教席，当今诸多书画名家出自他门下。"文革"期间因所谓"历史问题"遭受迫害致死，其生前已将十七件珍贵字画捐赠歙县博物馆，家国家乡情怀天地可鉴。

张仲平，君逸之子，1939年生于北京，笔名梦松，号黄山人。自幼秉承家学，酷爱书画。在青少年时代，他通过临摹父亲和古人的作品，打下了扎实的基础。他不仅取法渐江、石涛、查士标诸家，同时上追宋元，广泛吸收古代文人画艺术营养。他传承弘扬新安画派优秀传统，师法古人而不泥古，并师法造化，走进黄山白岳，积累"胸中丘壑"。其画法不拘定法，随情而化，别具一格，尤其是黄山画作品，画风奔放豪迈，笔墨酣畅，意境高远。

新安张氏祖孙三代薪火相传，笔耕不辍，倾心竭力地传承新安画派血脉，丰富和发展新安画派的笔墨精神。他们坚持"有序传承，清醒拓新"的新安画派画学传统，以严谨自律的态度、兼容并蓄的胸怀、持之以恒的勤勉，创作出了许多精品杰作，为新安画派的当代发展做出了重要贡献。

新安张氏三代的艺术经历，在一定程度上体现了20世纪中国山水画发展与演化脉络。时代的风风雨雨，使他们领略太多的沧桑，经受太多的挫折。而他们，永远保持着家国情怀与艺术情怀，始终坚守作为一个文化人的淡泊，保持着可贵的风骨。因为张家低调，使这个本不平凡的家庭一度被历史尘埃所淹没，好在他们的艺术有着无穷魅力，透出了无限光芒。《沧桑风骨——新安画派张家百年丹青》的出版，让我们看到这个家庭的奋斗与荣光，也感受到他们的挫折与苦难。他们的家国情怀与艺术情怀，他们对中国画艺术的敬畏与挚爱、对新安诸贤的崇仰与追慕，都给我们灵腑以洗礼，给我们心智以启迪。

《沧桑风骨 ——新安画派张家百年丹青》把张家置身于时代潮流中，置身于社会变革中去写，重在刻画他们的艺术探索，展示其风骨与人格。透过这部作品，我们看到了一个忠厚传统的家庭，看到了为艺术而生的祖孙数代，其人生深深地感染着、强烈地震撼着我们。

本书作者周玉冰是一位富有艺术个性、低调内敛的作家。已出版十余部文学作品，以人物传记见长。他的作品有动人故事、有历史脉络、有思想深度、有社会风情，海子、严凤英、叶笃正、童乃寿，每一个人物都无比鲜活，每一部作品都着力写出人物的灵魂。作者从小喜爱美术，了解美术史，熟悉安徽画坛，写美术人物得心应手。本书作为一部绘画世家的奋斗史、一部家庭的苦难与辉煌史，意蕴深邃，资料丰富，取舍精当，文字流畅，可读性强，是一部优秀读物。

新安张家丹青百年，为画坛贡献太多，历史不能遗忘，我们不能遗忘。

是为序。

2017年8月20日 于庐州半塘轩

（陈祥明，安徽省美学学会会长，安徽省美术家协会理论委员会执行主任，教授、国家有突出贡献专家。）

序二

新安三张 百年山水

叶如强

曾闻霞客云黄山，薄海内外无有之。黄山素以奇松、怪石、云海、温泉、冬雪著称于世。然而，到过黄山的人们，一定会为其寄寓中华民族不屈意志的摩崖石刻所深深震撼——“立马空东海，登高望太平”。石刻中仅“平”字一竖就达九米四，而十字组合堪称石刻之最。“大好河山”，气势磅礴，诚为祖国之礼赞。两幅石刻均为祖籍歙县定谭人氏张君逸所书并组织社工刻于其上。仅此，君逸先生英名足以与天地同在，与黄山共存。

游黄山，不能不提及在中国绘画史上占据重要地位、影响深远的“天都画派”——亦称“新安画派”。“敢言天地是吾师”，在“四王”一统天下时，新安画派以抒发性灵、画风萧远异军突起。声名遐迩者，若梅清、渐江、石涛、翰飞、宾虹、采白，星汉灿烂。张翰飞为张君逸之父，20世纪30年代他与黄宾虹、汪采白并称“新安三雄”，翰飞且为其首也。翰飞曾入翰林院，他热心社会进步事业，襄助公益，学术精深。翰飞诗书画俱佳，其书隶、楷、章草沉着古朴，清雅袭人。他心摹手追元人绘画，山水浑厚雄大，立意高古，树木葱郁，苍劲朴拙。于传统，他与黄宾虹都主张从元入手，翰飞还注意吸取石涛技法，走得似乎更稳健些。可惜五十五岁时，英年早逝。宾虹后期重于积墨，追求浑厚华滋，于石涛渐远矣。后人常叹，如假以天年，张翰飞又会给新安画派带来怎样一种境界，指出怎样一条大道呢？

张君逸风神潇洒，才气纵横。他毕业于燕京、清华两大学，获双学位，通三国语言，琴棋书画无一不精。君逸思想进步，节操冰雪，不事日寇，曾避归故里。中华人民共和国成立后，辟雍执教，树人培魂。君逸师从造化，山水清峻秀逸，时代精神之勃勃生气灌注其中，色彩丰富，春机盎然。画风既深沉肆意，又细腻入微。当然，宋元及乃父之雄浑瘦硬，亦为笔下丹青。花鸟若恽南田般灵动和明艳，但更多几分风骨。君逸书法源于传统，又独具特色，行云流水，光彩照人。令人扼腕的是，君逸亦未享高寿，大量画作遭毁，几乎殆尽。观其存世不多遗作，张张精品，皆为国宝，不禁让人生发“人间能有几回闻”之叹惜。

张仲平不像其祖父和父亲，曾与名流巨擘交从甚密，“谈笑有鸿儒”。他在平凡工作岗位上兢兢业业数十年，为人亦平淡如菊，行事低调。风骨人格、忠厚家风一脉传承。他曾为贫病交加的黄叶村雪中送炭，黄叶村离世前几日要为其画一绝笔，他含泪拒绝。他也为画坛新秀启蒙，以为人梯。张仲平之所以成为新安画派传人，所谓“清湘后又一人也”，三代脉传，继承传统，其所临古之名画，几可乱真，此其一也；精研工笔写意，西洋油画亦具几十年功底，此其二也；行走天下，拥抱时代与生活，心中波澜，画上苍润，山之坚贞，松之苍劲，云之舒卷，水之流长，复以融合西画之光影、色彩、层次，遂开新安画风全新境界，此其三也。与祖父和父亲相比，张仲平无疑又是幸运的。仲平先生年逾七十又八，仍笔力雄健，可以“衰年变法”。虽右目失明，像失聪的贝多芬创作并指挥着第九交响曲，仍可俯察品类、为弘扬光大新安画派泼墨骋怀。

我曾在黄山工作八年。黄山的雄壮和秀美、伟岸和飘逸、变幻和迷离，让我欣赏、心仪不已。我曾写过三百余行《黄山颂》，仍企盼巨匠以梦花之笔，以群山为笔架，用风的速度，日出金光的明亮和飞瀑的力量，画出松的精神、云的形象、石的蕴含、泉的心声。我也曾主政歙县数年，主编过“中国历史文化名城歙县丛书”。丛书中有一册专门介绍新安画派：《画坛新安风——从渐江到黄宾虹》。名城因名人而名，载入《辞海》中的安徽百位名人，其中歙人多达三十人以上。我曾让人辟以名人名言街，让后辈追慕先人，见贤思齐，外来者观之亦充满景仰。我还知道，歙县名人中不乏四世一品、父子宰相、一门十进士，数代皆巨子。张氏六代翰墨，新安三代薪火相传，三代大家，堪称其中杰出代表，亦必将流芳，传为美谈。

梅斜碎影乱，金沉流沙封。曾几何时，诚如张小平先生在《拂去历史的尘埃》一文中所言：“今天，中国画坛很少人清楚并了解这位（张翰飞）有着新安画派继承发展之首地位的大家，历史的尘埃慢慢地掩盖了其中很多的真相。”大浪淘沙，千古钩沉。随着张氏三代捐赠书画作品相继呈现在博物院，随着仲平先生画作飞入寻常百姓之家和高堂大殿之上，随着近十多年诸多书画大家的回忆发表，也随着著名美学家、美术史家客观公正的评价，从张翰飞、张君逸，到张仲平，让世人唏嘘不已，感慨万千。周君玉冰亦有感于斯，倾心写出《沧桑风骨——新安画派张家百年丹青》一书，读之难忘，思绪纷飞，叹喟不已矣。

我和仲平先生相识十几年了，虽然走动不多，神交会心久矣。近日得观先生之五百里四季黄山图，以为逸品也，欣喜得很，夜不能寐，信笔写下《读张仲平五百里四季黄山图》，引以为后，亦为一序也。其文曰：“仲平山水互藏其宅，妙合无垠，自然天成，笔下黄山既真切又富于变幻，鲜有人出其左右。声名仲平之上者，若梅清、石涛、渐江、宾虹、采白、海粟，固然大师，位列仙班，然其所画黄山或过简过淡，或过浓过幻，或过冷过热，与眼前心中黄山不同，往往引发缺失之叹。当然诸仙成就何止绘制黄山耳。仲平得黄山精髓，源于三代传承，所创'水乳交融法'契合于此；源于厮守于斯熟稔于斯，爱之入心，遂能情景交融；源于为人平和冲淡，数十年坚忍执着，故可意与象通。之于黄山，仁者见仁，千人或各执一说，祈盼张老仲平先生和海内丹青妙手，更著之春之妍丽，夏之明亮，秋之疏朗，冬之飘洒和蕴积之雪，集古今名人造像诗赋于其上，敷之七彩，染于大片黑白之间，再造黄山胜境，以为千古画卷。”

（叶如强，安徽怀远人，著名诗人、书法家、美学史论家，安徽省诗词协会会长。历任安徽省民政厅党组成员、副厅长、巡视员。曾任中共歙县县委书记、黄山市委组织部部长。）

目录

第二章

第三章

第九章

第十章

第十一章

附录

引 子

安徽大地锦绣多姿,徽州毓秀人杰地灵。

管仲、老子、庄子、曹操、梅尧臣、李公麟、朱熹、渐江、方苞、姚鼐、邓石如、程长庚、陈独秀、胡适……为华夏文明的传承与发展做出了突出贡献,以他们特殊的人生际遇、思想、笔墨与才情,激励后人。

为了让社会各界了解安徽的文化历史名人,加深对安徽的认识,借助文化魅力推进城市的发展。2007年,由合肥市委宣传部等单位牵头的“安徽百位文化名人”评选活动正式启动。活动由安徽省社科院提供200位安徽籍文化名人候选名单,以广泛征集民意的方式进行大众投票评选,最后再结合专家意见评选出具有代表性的“安徽百位文化名人”。

评选结果公布,在中国美术史上有深远影响的新安画派画家渐江、虚谷、黄宾虹、张翰飞、汪采白当选,他们皆为徽州歙县人。其中黄宾虹、张翰飞、汪采白三人生活于同一时代,共同为继承和发展新安画派做出了突出贡献,而被誉为“新安三雄”。张翰飞以他浑厚的学养和功力,位居三雄之首。

从张翰飞父亲、举人张训臣算起，这个家族已经是六代丹青。尤其是张翰飞、张君逸、张仲平祖孙三代，是承传有序的新安画派画家，在时代的风云变幻之中，他们历经苦难，终不舍丹青，表现了浓浓的家国情怀。

新安画派张氏一家，走过不平凡的沧桑百年，有着说不尽的故事……

第一章

塾师张训臣

甲午海战后，日本逼签《马关条约》的消息传到北京，康有为、梁启超等发起"公车上书"，在北京应试的1300多名举人联名上书光绪皇帝，提出变法主张。

公车上书失败后，维新变法思想逐渐在全国兴起。

1900年八国联军入侵，慈禧太后带着光绪逃到西安。一路颠簸，惊慌失措，这给她以惨痛教训。签订《辛丑和约》后，慈禧太后下令实行新政。

1905年9月2日，在中国延续了1300年的科举制度被光绪皇帝的一纸谕令终结，下令自丙午(1906)科开始，所有乡试、会试和各省岁科考试一律停止。

全国各地新式学堂如雨后春笋，相继创办。

在素有"东南邹鲁"之称的徽州府歙县南乡一个叫定潭的古村落里，有一个人内心极不平静，这就是举人出身的名儒张恩诰。

张恩诰，字训臣。他少年聪颖，诗文过目不忘，因精于诗文绘画而远近闻名。他的书法，更是融碑的骨力与帖的灵动于一体，被徽州府内大

定潭村及“进士第”

户人家争相收藏。

张训臣还是有名的孝子。《歙县志·卷八·人物志·孝友》记载了他的孝道故事：“……咸丰乱时，(张训臣)奉大父避居乡曲。寇至，迹得其大父，将以杵杀之，恩诰抱杵乞宥，方持拒间，大父得脱。寇怒榜之，几濒于危，额际瘢痕至老犹在。”也就是说，他为了救父亲，自己挨了贼寇的棒打，额头的伤痕到老的时候还在。

今天，定潭村的人还在感念张训臣的孝道，把他的事迹记载在功德墙上。

光绪末期，安徽徽州知府刘汝骥任职期间编辑了《陶甓公牍》一书，从中可见在清末新政的推行过程中，官绅成为统治阶层倚重的对象，形成了官为主导、绅为辅助的模式。张训臣作为德高望重的举人、重要的乡绅，被歙县县令陈令德禀批，为宪政进行议员选举。

歙县水竹坑柯氏是当地望族，历代书香兴盛，名人辈出，声望显赫。曾任国务院副总理的柯庆施就是从这里走出去的。

1926年，水竹坑柯氏修家谱，邀请当时声誉远播的乡绅——张恩诰撰文。

深孚众望的张训臣生性恬淡，中举人后再也无意功名利禄，在定潭晨雾晚霞间，寄情山水，营造着属于自己的诗意人生。他应乡邻请求，开设私塾，传授学业。

张训臣虽然自己无意科举，但对他的门生倾心培育，希望他们能够通过科举走向仕途，像众多徽州学子一样，光宗耀祖。在众多学生中，张训臣有两个得意门生，一个是自己的大儿子张翰飞，一个是后来成为佳婿的吴承仕。

吴承仕出生在歙县沧山源村的一个书香门第，曾祖吴道隆国学生出

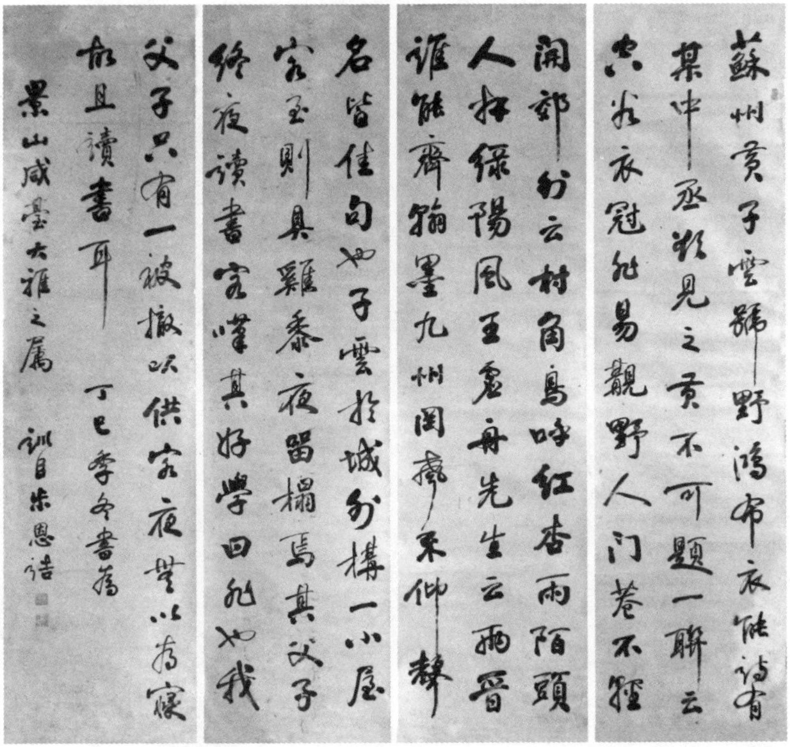

张训臣书法 148cm×39cm×4

身，授任诰赠朝议大夫。祖父吴景桓同样出身国学生，官职布政司理问，受封奉政大夫，位列三品。

吴家祖上在北京经营茶叶，由吴锡卿创建的“吴裕泰”是京城的著名茶庄。

吴承仕母亲汪氏，也出身书香门第。因为丈夫吴恩绶苦读经书、致力于科考，她便承担了家庭的管理，教儿子诗文。

吴承仕5岁时，汪氏将儿子送入沧山源私塾。两位先生张建勋、汪沛仁是当地有学识的秀才，在他们的循循善诱之下，吴承仕学习四书五经、文字音韵、典章文物。

因为张训臣学问渊博，工于书画。吴承仕年岁稍大，汪氏常送他来张训臣家讨教学问。张训臣很喜欢这个孩子，他长着圆圆的脸蛋，一双眼睛明亮清澈，尤其是才思敏捷，吟诗、作对，清雅不俗。

张翰飞

吴承仕与张翰飞同是1884年出生，一样大小，一样喜欢读书，一样喜欢讨论各种问题。张训臣对这两个孩子寄予厚望，悉心教导。后来，更是将二女儿许配给吴承仕。

张训臣的妻子是大家

闺秀,棋琴书画样样拿手。因为祖上置下了丰厚的家业,她与丈夫志同道合,过着惬意的生活,育有三女二子,个个都接受了诗书熏陶,举止不俗。

张家大儿子翰飞,小时名懿飞,从小过继给族人。张家大女儿嫁入浙江金华一个徽商家庭,这一家后来定居北京。二女儿眉清目秀,极其聪慧,虽然她比吴承仕大两岁,但在当地,女大男小是常见的事,张训臣喜爱吴承仕的聪慧、懂事,吴家来提亲,自然一口应允。

现在,朝廷下谕废除科举。天下苦读寒窗的学子出路在哪?自己深情栽培寄予厚望的儿子和女婿的出路在哪?一对少年才俊,本可前途无量。如今,科举之路走不通,新式学堂能让他们扬帆前行吗?

张训臣关上私塾的门,沿着昌源河踌躇而行,遇到打招呼的乡邻也是礼貌性地回应。他的心中,万千愁绪。举目四望,青山含愁。

"父亲、父亲!"儿子张翰飞在后面喊着,朝他快步而来。

"翰儿,你怎么来了?朝廷科举取消,你还是谋个差事吧。"

"我正要向您说这事呢。许承尧先生回来了,办了新安中学堂,不仅学国文,还学习英文、历史、算学、植物、理化等等!"

在歙县,许承尧是家喻户晓的人物。他的祖父许恭寿是塾师,父亲许学诗为商人。许承尧从小聪明,16岁考取秀才,21岁考取举人,与黄宾虹等人一起师从徽州大儒汪宗沂。

1904年,本不是科考之年,因为慈禧七十大寿,加试一科,称为甲辰恩科,此也是历朝历代的惯常做法。许承尧考取了进士,被选为庶吉士。

朝廷倡导新式学堂。许承尧目睹晚清朝廷种种弊端,便告假南归,回老家办学。他不仅创办新安中学堂,还帮祖父品三先生在老家创设端则女校，开徽州女子入学读书的先河。

“许先生回乡办学了？”张训臣喃喃道。许承尧考取进士，现在回来办学，在张训臣看来，有些难以理解。

张翰飞告诉父亲，“许先生进士出身，都回家办学了，社会真的变化了。”

“科考取消了，大家推荐你去婺源谋职，这是许多人求之不得的，翰儿！”张训臣说道。

“您不是淡泊了名利，要在青山绿水间做一诗翁吗？”

“你与我不一样啊！”张训臣仰望天空后一声叹息，语重心长地说道，“我幼时苦读寒窗，中了举人，也是想以儒进仕，大展抱负，可是时运不济，年岁渐高，便淡泊了情怀，放浪形骸于山水了。你们年轻，正是积极向上的时候，有了成就再回归乡里，人生的感受是不一样的。”

张翰飞咀嚼着父亲的话，默默地随他前行一阵后，说道：“父亲，我想趁年轻多些读书，多做些学问。”

张训臣心中半是酸楚半是欣慰。酸楚的是希望儿子走入仕途来光耀门庭的理想似乎更艰难，欣慰的是儿子在学习上不知疲倦。

望着儿子，张训臣瞬间明白了，儿子在骨子里与自己一脉相承，也追求简淡、崇尚诗书济世的生活。

京师大学堂

18岁时，张翰飞风华正茂，通过层层考试，进入京师大学堂。从京师大学堂毕业，有段时间赋闲在家。这一年，张翰飞21岁。

1895年8月，康有为、梁启超等在北京组织“强学会”，宣传介绍西方资产阶级社会政治学说和近代科学知识，鼓励人们学习西方。1896年6月，刑部左侍郎李端棻在给清政府的《请推广学校折》中，第一次正式提议设立“京师大学”。

大学堂

1898年6月11日，在康有为、梁启超的推动下，光绪皇帝颁布《明定国是诏》，宣布维新变法，强调兴办京师大学堂。7月3日，京师大学堂由安徽籍状元孙家鼐主持创立，许景澄任中学总教习，美国传教士丁韪良任西学总教习，以“中学为体，西学为用”为办学方针。

1901年，京师大学堂设速成、预备两科。速成科又分设仕学馆和师范馆。1902年10月14日，京师大学向全国各省督抚发出通知，正式举行速成科招生考试。

这一年，张翰飞通过考试，以优异成绩进入京师大学堂仕学馆学习。12月17日，他第一次到达京城，与从全国选拔出的200名学生一道参加开学典礼。不久请假回家，按照父命，娶了从小订婚的姚美龄。

姚美龄大张翰飞两岁，虽然书没丈夫读得多，但记忆力好，善于料理家事。婚后不久，她就送丈夫到码头，要他去京城好好读书。她则一直在家里料理家务。

1905年，科举制度取消，国子监也宣告裁废，京师大学堂就成了中国唯一最高学府和最高教育管理机构。开设进士馆，招收了癸卯(1903)科和甲辰(1904)科最后两批科举进士，一批未毕业的国子监学生直接进入京师大学堂学习。仕学馆、师范馆、进士馆毕业后分别授给贡生、举人、进士头衔。张翰飞取得了举人身份。但他最大的兴趣是吟诗作画。在京师大学堂的同学中，与叶恭绰等人志趣相投，相互切磋技艺。

叶恭绰出生于一个书香家庭。祖父叶衍兰，广东番禺人，祖籍浙江余姚，咸丰六年(1856)进士，官至军机章京。他书画高超、诗词精妙，大清词坛有“粤东三家”之说，其中一位就是叶衍兰，人称“南词正宗”。

后来，叶恭绰的一生与中国铁路建设联系在一起，多次出任铁道部长。他总是不忘张翰飞，邀他共事。

京师大学堂译学馆有个罗复堪，是康有为弟子，不仅诗写得好，而且对章草研究很深，尤其是对史游《急就章》、索靖《出师颂》吃得很透，作品古朴雍容，刚健峭劲。对章草同样兴趣浓厚的张翰飞对罗复堪很是钦慕，常常在课后请教、切磋。时间长了，两人友情深厚。京师大学堂浓浓的古槐树荫下，常常出现他俩或者下棋或者临帖的身影。

这段时间，张翰飞的章草书法突飞猛进。

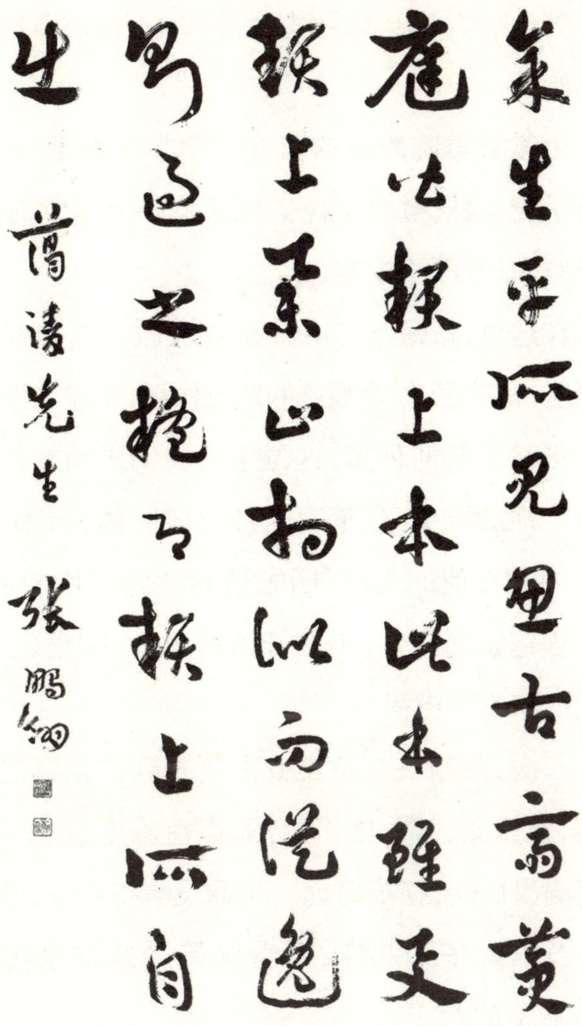

张翰飞书法

新安中学堂

几场蒙蒙细雨后,天气转凉。

黄山、天目山、白际山上的树木,在溪水潺潺声中逐渐绚丽起来,宛若油画。

由歙县贡院改成的新安中学堂开课了,张翰飞闲暇时就来这,有时受许承尧委托,登台讲课。他从京师大学堂而来,视野开阔,给了学生许多新鲜知识,深受欢迎。

在这里,张翰飞与40岁的国文教员黄宾虹结下了友情。黄宾虹常常以程邃、髡残、弘仁等画家的笔意作画,张翰飞深受感染,观摩后一起挥毫。

张翰飞敬仰程邃,这位生长在明末清初的同乡,深为书法家黄道周器重。他的诗文,信笔写就却自成一体,行书、隶书、篆书俱佳。张翰飞敬仰的还有他的人品,明末清初之际,社会动荡不安,狐朋狗党狼狈为奸。程邃崇尚气节,不与奸臣魏忠贤,阉党阮大铖、马士英等同流合污,为此招来不少横祸。

一次,张翰飞在黄宾虹寓所看到一幅程邃作品,画上题道:"仆性好丘壑,故镌刻之暇,随意挥洒,以泄胸中意态,非敢云能事者也。"作品以枯笔渴墨而绘,苍茫简远。张翰飞看得心动,临摹起来。

黄宾虹午睡起床,看着张翰飞的临摹作品,大吃一惊:"鹏翎,这是你临摹的?"

张翰飞点点头:"看着题跋,动了兴致,也来一番随意挥洒。"

“挥洒得好，笔墨之趣，尽得程邃神韵。”

黄宾虹1865年出生在一个徽商家庭，老家在歙县潭渡村，来新安中学堂任教之前，在安徽公学任教。

1903年，枞阳人李光炯在长沙创办了安徽旅湘公学，聘请革命党人黄兴等人任教。因为准备武装起义被政府发现，便在1904年年底迁到芜湖，改名为“安徽公学”，聘请陈独秀、刘师培、陶成章、陈去病、黄宾虹等后来在中国历史上叱咤风云的人物任教。

大江南北的有志青年纷纷慕名来安徽公学。陈独秀等人在此以教学为掩护，创立秘密组织“岳王会”，准备效法岳飞精忠报国的精神，联络江淮各地革命组织，共谋推翻帝制。

黄宾虹收到同门师弟许承尧请他任教新安中学堂的信函后，便回到故乡。他教授国文，说到兴致高昂的时候常常挥毫作画来讲授诗文意境。

论　诗

傍晚，晚霞灿烂。几只白鹭在天空飞过。

张翰飞走进许承尧的住所。许承尧正在整理他的《疑庵诗集》。

张翰飞看他誊录，悄悄读着《游黄山发容溪》：

抠衣觌初祖，先睹万儿孙。
儿孙敬肃客，头角近可扪。
秀顽慧愿悍，倚立踞跃蹲。
殊意即殊象，万态诡以繁。
森森不可纪，愈觉初祖尊。

接下来又是一首《顾影》：

顾影绝娉婷，流光一向惊。
扫眉娇晚黛，流眄忼春星。
寄雁书难秘，栖鸾约未成。
灯前卜钗股，音兆未分明。

张翰飞品味起来，不禁说道："许先生，您的《游黄山发容溪》，雄奇浑放，刻镂入微，不乏奇崛之语。'秀顽'一联生新瘦硬，将姿态万千的山峰描绘得栩栩如生，取法韩愈而更为简洁、自然。《顾影》一诗，写空闺女子的相思之情，华藻香艳，音韵流转，影、光、眉、眄、星、雁、鸾、钗等意象接连出现，意象纷呈而不芜杂，女子的妖娆体态、刻骨相思宛然眼前，有唐人李贺之风。"

“鹏翎，你的鉴赏能力了得啊。我写诗，开始钟爱唐人温庭筠、李贺、李商隐，随后专攻韩昌黎，再到老杜，魏晋陶渊明、阮籍也偏爱，宋代诗人中，黄庭坚、陈师道、王安石、梅尧臣、陈简斋，我多有受益。明、清二代，龚自珍等人我也研习。”许承尧叹道，“学古人，不偏颇，广为我用，抒发自我情感而已。古往今来，做学问、写诗、作画莫不如此。你的书法深得家学，功力深厚，尤其是章草，出入魏碑，沉雄而灵动。你绘画上颇见天赋，上溯宋元，近学乡贤，一定会把我们新安诸家的笔墨精神向前推进！”

张翰飞点头道：“先生所言极是，做学问要像蜜蜂，采得百花后，酿出自家蜜。广取博收，无门户之见，不自限门户。”

许承尧诗集

许承尧赠联

1876年，英国人修建的吴淞铁路上海江湾段正式通车运营。运行不久，因轧死了一名过路行人引发被压制的民怨，英国人与中方议定，由清政府用28.5万两白银买下这条铁路。款项如期付清后，清政府决定拆毁线路。

同年，李鸿章派唐廷枢在直隶开平县（今唐山市）境内的乔家屯，找到了储量丰富、质量上乘的煤矿。为了便于运输，修建了全长9.7千米的唐胥铁路。

牵引的火车头是一台简易蒸汽机车，也就是著名的“中国火箭”号。由于顽固派认为机车直驶，震动东陵。简易蒸汽机车被勒令禁驶，改用骡马拉着大车行驶在唐胥铁路的钢轨上。

但是，唐胥铁路打破了清朝廷不准修建铁路的坚冰。1889年5月5日，清政府把建造铁路定为“自强要策”，开始在全国大办铁路。

安徽也在酝酿修造铁路。1905年冬天，许承尧与黄宾虹被举荐为安徽铁路公司议员。这一天中午，大家午饭后都坐在墙角晒太阳。许承尧正在准备去芜湖参加铁路公司会议的提议，张翰飞前来看望。

“鹏翎来得正好，我准备去参加一个铁路建设会议。安徽要不要修铁路？哪里最为迫切？听听你的意见。”

“西方之所以富强，与其工业发展、铁路交通息息相关。要解决我们的落后，就得货通四方，发展铁路尤为重要。”

“是啊，我力主修建铁路。你看首先解决哪一段？”许承尧问道。

“从淮南到裕溪口，再南下。首条铁路贯通南北，跨江而建！”张翰飞说道。

“好个跨江而建，鹏翎气度不小啊！”

闲聊中得知张翰飞有了儿子，许承尧大喜道：“恭喜啊，孩子一定像你一样英俊，起了什么名？”

“很可爱的，家父为他起名君逸。”喜悦之情流露在张翰飞的眉梢。

“你少年考取京师大学堂，21岁喜得贵子，可谓意气风发，天遂人愿。”许承尧手指稍稍抚摸下巴，说道，“君逸，君子之风，俊逸洒脱。成年行字，我为他取个号吧，昌骥，寓意家族隆昌，也寓意良马日行千里，贤能之才啊。”

“谢先生赐号。”张翰飞道谢告辞。

“且慢！”许承尧展开笔墨，说道，“我书写一联以记之。”说着挥毫写下隶书：“轩五有弘姬十斯豫；妫苗硕茂完裔繁昌。”

张翰飞看着拙朴而清雅的隶书对联，赞叹道：“字好，内容好！上联出自《王贵嫔哀策文》：‘佩空响其何节，姆下当其谁傅。殡宫既毁，祖馈斯撤。爰命史臣，宣美来裔。坤载既厚，内德云助。轩五有弘，姬十斯豫’；下联引自隋江总《梁故席支尚书陆君诔》：‘妫苗硕茂，完裔繁昌，賔门穆穆，筮仕锵锵。’，寓意子孙众多，家族兴旺。”

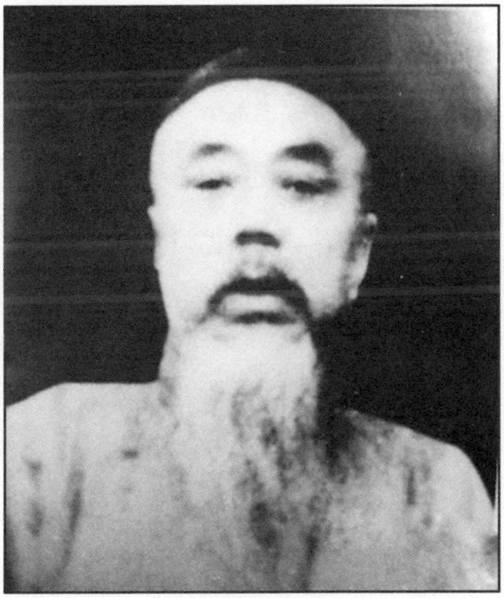

许承尧

“鹏翎的学问真是好啊！”许承尧感叹，“可惜朝廷取消了科考，否则春闱殿试，你必定会蟾宫折桂。”

科考？张翰飞抬头看看这位科考骄子，家乡的名贤，内心也充满着无限惆怅。从小苦读经书，父亲耳提面命的是以学进仕。如今，摆在天下举人面前的路是那么迷茫。

许承尧看出了张翰飞内心的失意。虽然说京师大学堂也授予举人、进士头衔，可是千百年来实行的科举取消了，天下学子内心何其失落，大家饱读诗书，何尝不希望走进皇城，与天下举人一试高低。这个机会没有了，着实让天下读书人失落。

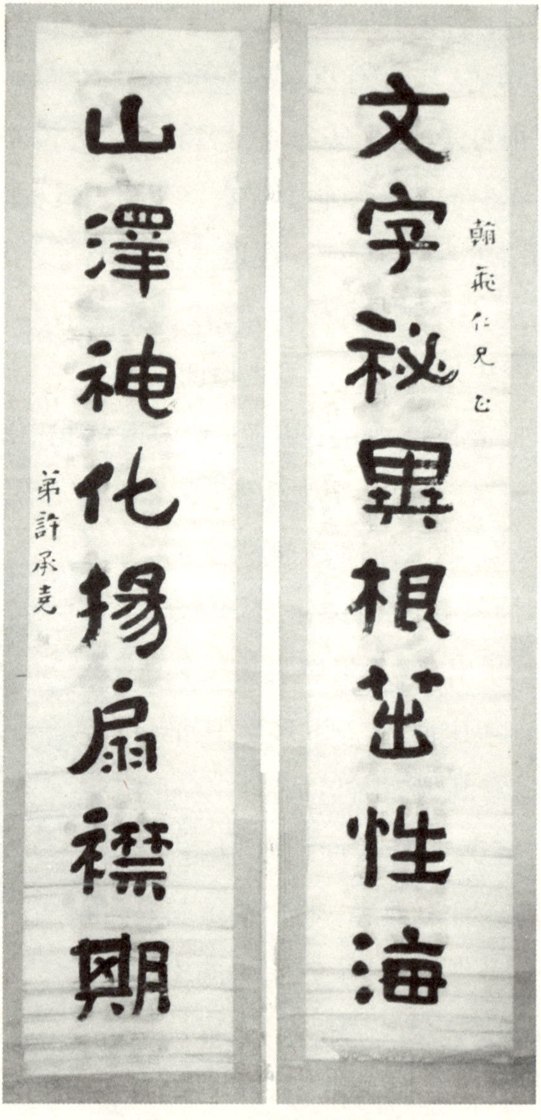

许承尧赠给张翰飞书法

科举之梦

“一年农事毕，残阳向晚秋。”张翰飞坐在马车上，望着远山近水呈现的深秋之境，不由自主地吟诵着许承尧的诗句。

阳光柔和，炊烟升起。张翰飞叫停马车，看着乡野情趣，喃喃感叹：“淳朴闲淡，意境老澹，颇具陶诗风味。”受父亲影响，他也喜欢家乡的一山一水，喜欢诗词，或自己随兴而作，或吟诵他人诗词。

家乡歙县，自秦建制以来，历为郡、州、路、府所在地，是古徽州政治、经济、文化中心。这里秀丽山水与古朴建筑交融，行走其间，仿佛踏入清丽的山水画廊，又仿佛走进古典建筑艺术的宏大殿堂。这一切，给张翰飞无尽的诗情。

刚进村口，妻子姚美龄抱着儿子君逸在那里等，张翰飞急忙跳下车。小君逸不会喊爸爸，但招摇着手，是那么兴奋，嘴里还快乐地哼着曲儿。

张翰飞抱着儿子，左看右看。

“看，风大，吹了孩子。”张翰飞疼爱地说道。

“孩子想你呢，你出门了，这几天他天天闹。”姚美龄说道。

张翰飞望着个儿高挑的妻子，感激地说道：“你辛苦了。”

“不辛苦，指望你读书有出息呢。快回家吧，都在等你。”

张翰飞抱着儿子快步走着，姚美龄在后面迈着小脚，赶不上，喊道：“等等我啊！”

张翰飞回头望着她，笑了：“三寸金莲真不行，看来有人呼吁‘解放脚'是对的。"

张训臣正在书房写着什么，见儿子回家，喊道："鹏翎，你来得好，看我这给朝廷的建言书写得怎样？"

张翰飞大吃一惊，将儿子交给随后跨进门的妻子姚美龄，急忙拿起案头上的手稿，蝇头小楷是那么清雅，措辞却慷慨激昂——

"西周建立，分封天下，依血缘世袭，寒士报国无门；大汉建立，察举与征辟，民间英才得以重用。至魏晋时代，世族势力强大，指揽人才考核，所谓'上品无寒门、下品无士族'，实乃堵塞民间取材之通道。

"自隋开科取士，千百年来，无数人历经艰辛苦读寒窗，学而优则仕，治国贤良脱颖而出。废止科举，人才选拔制度未立，天下举子心寒，实乃仓促之举。看如今，拜金逐利风起，人心急速涣散，社会急剧动荡。朝廷深处内忧外患之中，当务之急是恢复春闱，给万千举人出路，以免天下大乱……"

张翰飞读着，脸色苍白，说道："您这也真是胆大包天，激怒了朝廷，是要掉脑袋的。"

"我一介布衣，有何畏惧？大清王朝摇摇欲坠，突然间废除科举、取消国子监，犹如大厦抽取支柱啊。"张训臣正色道，"多少举人皓首穷经，又怎能去读新式课堂那些课程？前途无望，无米可炊，朝廷无视，是何道理？"

张翰飞觉得父亲说话有理，低声说道："还是谨慎为妙，兴办新式学堂，大势所趋，国外都是这样的课堂。"

"什么新式学堂，我只知道通过科举，进入仕途，光宗耀祖。"张训臣担心儿子顾虑太多，又安慰他，"听说天下举人都在给朝廷上书呢，我们徽州历来是科举重镇。从明天起，我发动举人给朝廷上书，民意不可违啊。”

“金榜题名又怎样呢？听许先生讲，眼下朝廷内派系混乱，朝纲不振，许先生为此才告假回乡。”

“我内心不甘啊，你与你二姐夫都是举人身份，倘若朝廷开科取士，以你们的学问，必定高中。新式学堂，你们出路在哪？”张训臣目光茫然，问，“许先生最近忙些什么？”

“写写诗文，准备去芜湖参加安徽铁路公司年会。”

“可惜了许先生满腹才情，诗文、书法、鉴赏，他可是无一不精啊。”张训臣感叹。

“对了，为祝贺君逸出生，许先生特意写了一副对联。”张翰飞说着把对联展开给父亲观看。

“许先生的字浑重、厚实，顿方挫折有讲究，见骨力，见性情，把它裱好，与纪晓岚的作品挂在一块。”张训臣饶有兴味地看着。

纪晓岚官宦世家出身，父亲纪容舒是著名的考据学家。他自幼聪颖过人，有“神童”之称，侍奉乾隆，官至礼部尚书、协办大学士，曾任《四库全书》总纂修官。

乾隆一生多次巡游江南，总带着纪晓岚、刘墉、袁枚等文人雅士一道。加之纪晓岚与批评程朱理学“存天理、灭人欲”的徽州学者戴震交往深厚，纪晓岚不少书法作品留在徽州。

清初书法，由于康熙、乾隆等倡导赵孟頫、董其昌作品，纪晓岚也深受影响，作品雍容华贵。张训臣喜爱他作品中的苍劲圆融，藏有两幅，悬挂于厅堂。

实业救国

黄宾虹为新安中学堂请来了一位历史老师，他是苏皖一带颇有名望的陈去病。

在中国近代史上，陈去病是叱咤辛亥革命时期的人物。他出生时父亲已经去世5个月，他成了遗腹子。母亲倪节孝是元末著名画家倪云林的后裔，知书达理，精心培育他。陈去病从日本考察回来，曾任上海《警钟日报》主笔，追随孙中山，任北伐大本营宣传主任，广东护法军政府参议院秘书长等职，被孙中山誉为“十年袍泽，患难同尝”。

陈去病的到来，给新安中学堂带来了新的思想，改变了一批师生的命运。

新安中学堂是张翰飞赋闲岁月最爱去交流、切磋的场所。他从陈去病那里读到了《二十世纪大舞台》，这是陈去病1904年发起出版的刊物，他主张革命党人要充分利用戏剧去革命，后来被查禁了。其中《安乐窝》一剧，尖锐地谴责慈禧太后穷奢极欲，不管民间死活，不顾国家沦亡。

一段时间，新安中学堂的大多数师生都在研究黄宗羲。许承尧、陈去病、黄宾虹等人发起成立了一个组织叫“黄社”，表面是要继承明末进步思想家黄宗羲的学风和文风，实际上是推崇他“天下为主，君为客”的民主思想。

“天下之治乱，不在一姓之兴亡，而在万民之忧乐。”陈去病最为赞成黄宗羲这一观念，他常与黄宾虹、张翰飞等交流限制君权、保证人民的基本权利的主张。

张翰飞听得心怦怦直跳，心中说道，这些话传出去说不定要杀头啊。

“我们国家怎样才能富强呢？”大家都很迷茫。

“学习西方技术，大力发展工业，实业救国。”陈去病说道。

“当下要发展铁路、轮船。”

“开矿、设立工厂。”

大家纷纷议论。

陈去病雕塑

“是啊，国家要富强，仅靠水运和马车怎行？可惜的是，一群昏庸官员看不到铁路的重要。李鸿章权重朝野，主持修建唐胥铁路，顽固派认为震动东陵，蒸汽机车不允许使用，愚昧至此啊！西方社会，火车拉出了他们的富强！”

新安中学堂的交流，让张翰飞对科举、对官场有了清醒的认识。他进一步认识到科技和实业的重要。

他的内心多么希望，伴随着轰隆隆的声音，巨大的火车从山岭丘壑间穿过，将家乡与外面的世界连接起来。

黄宾虹革命

雪后的山路，被红日映照。时而柔和，时而耀眼。

一辆马车在山路上逶迤而行。

许承尧、黄宾虹、陈去病坐在马车上谈笑风生。他们是去省城安庆，拜会安徽布政使兼提学使冯煦。

冯煦与许承尧是彼此倾慕的诗友。冯煦是江苏金坛人，幼年丧父，由外公抚养成人，从小爱好词赋，有江南才子之称，45岁时，高中一甲三名进士，为官清廉。

赶到冯煦的寓所，他正在绘一幅山水。黄宾虹观赏一阵后，说道："冯大人这幅作品气息高古，直追宋元，得李成寒林平远之韵，融范宽崇山峻岭之致。"

"黄先生过奖了，最近在研习宋元画家，您是高手，请多赐教。"冯煦谦虚地说道。

聊了一会绘画之后，话题转到时局。冯煦虽然身为朝廷官员，但思想里流露出对当局的失望，希望社会变革。

变革、民主、实业救国，是这次谈话的主题。

冯煦招待着许承尧一行。几样安庆小吃，地方米酒，别样情怀。

这次拜访回来，对黄宾虹、陈去病影响很大。"黄社"的言论也更为显露。

早在安庆敬敷书院学习期间，黄宾虹就与革命党人谭嗣同会晤，接受了革命思想。随着一些书籍不断寄往新安中学堂，黄宾虹的革命思想日益转变，他从立宪派的忠君保皇，彻底转变为坚决反清的革命者。

为了筹备革命党的活动经费，革命党人从日本购得铸币机器运来潭渡，随行的还有一名铸币师傅。

晚年的黄宾虹

几位革命党人接受组织的安排，开始私铸铜币。每天深夜，锅炉烧得通红，铜水奔流而下，倾入制币模机里，铜圆坯子从下口一个个地落下，冷却成钱坯。因为没有技术印出光绪通宝铜圆上的龙印，必须寄到日本翻砂。

一天夜里，许承尧接到来自省府衙门消息，有人将告发他们革命的举报信投给了安徽巡抚恩铭，通知他们赶紧撤离。

许承尧等人因为组织“黄社”宣传革命，被人告发。许承尧不得不辞去新安中学堂监督的职务，回京销假。是被重新起用还是被发落，这是未知的命运。

没有了新安中学堂一批志同道合的朋友交谈，张翰飞更多时间待在定潭，看书、画画，有时与父亲谈谈心，谈谈诗文。

张训臣虽然自己淡泊了科考，但放不下孩子们的前途。他的心里，总觉得延续千百年的科举不能一纸诏书就废了，他梦想着，还会有一纸诏书，恢复起来。因而一看到张翰飞在画画，便催促他读四书五经。

父亲逼紧了，张翰飞就会回他："国家要强盛，不能只靠些子曰诗云，要发展实业，发展铁路。"

"没有功名，你能去做什么？像我一样，在家作诗写字？我老矣，壮志难酬，你与你姐夫，风华正茂，不能耽误啊。不行，我还得给朝廷上书，科举不恢复，老夫不罢休。"

第二章

参加优贡会考

漫漫鹅毛大雪过后，年味渐浓。

中午的太阳暖洋洋的，照着黛瓦粉墙。人们在屋前懒洋洋地拉家常，不时发出愉快的笑声。

张训臣从外面回来，还没进家就兴高采烈地呼唤：“鹏翎，好消息，好消息！”

“什么好消息让您乐成这样？”张翰飞抱着儿子君逸走了出来。

“日盼夜盼，日上书夜上书，终于有了结果。朝廷迫于天下举子的言论压力，终于决定举办优贡会考，开科取士。你与承仕的机会来了。我无时无刻不盼望着啊，终于盼来了。”张训臣喜形于色，“对了，你放下孩子，赶紧读书去！从今开始，孩子由你媳妇带。”

姚美龄从丈夫手中接过孩子，嘴一努，说道：“快，看书去！”

张翰飞亲了儿子一口，走进书房。

“我还得去沧山源，告诉承仕，抓紧时间读书，一刻也不能耽搁。”张训臣说完便出门，忘了带手杖，转回来取，一步一戳地朝昌溪而去。

阳光和煦地润染着远山近水。

1907年，在中国历史上同样是不平凡的一年。这一年之初，陈去病的好友秋瑾在上海创办《中国女报》，几个月后英勇就义；康有为将保皇会改称“国民宪政会”；黄冈起义爆发，成立军政府；广东惠州七女湖战役打响，邓子瑜和陈纯等截获清军防营枪械；日俄共同谋划分裂中国……大清王朝处在风雨飘摇之中。

这一年，天下举人怀着科举之梦奔赴京城。这一年的优贡会考，天下举子期盼已久，尤其是乡村士子，多少人坐困家中，苦叹无米之炊，苦待朝廷佳音。

清晨的昌源河，河水哗哗地流着。

几声鸟鸣，从晨霭中传出。

早起的妇女，在河埠头淘米洗菜，说着家长里短。

张训臣与亲家吴恩绶一道，带着家人送别儿子，张翰飞、吴承仕赶赴京城，参加朝廷春闱科考。他们将走进保和殿，等待命运的裁决。

吴恩绶原名吴绍绶。因祖父、父亲都是国学生出身，从小受家庭熏陶，满腹经纶，可惜科举不顺。1901年，他与儿子吴承仕一道考取秀才，便把名字改了。

由旱路改乘水路，两个满怀壮志的青年登上船，朝送行的亲人挥手，自信写在脸上。张训臣的手在空中不断挥摇，直至船只消失在不尽的河流中。

张训臣日夜盼望，对长子和二女婿这两个孩子的学问，他信心十足，但又怕出现意外。自古科考，出乎意料的事太多啊。

歙县就流传一个故事，同乡曹振镛为尚书曹文埴之子，他乾隆时期考中进士，嘉庆时期任首席军机大臣。道光初年，为军机大臣兼上书房总师傅、太子太傅。他的女婿胡元熙为黟县巨富胡贯三之子。胡贯三崇文尚义、乐善好施，曾捐款修建歙县河西桥、休宁齐云山登封桥、黟县渔亭永济桥和碧阳书院。

胡元熙参加科考那年，考官为了巴结曹振镛，拟定第一名为胡元熙。当年参加科考的举子得知，在开榜之前就在京城大街小巷贴满传单，上写“今科状元胡元熙”，迫于压力，胡元熙没有被点状元。

张训臣内心确信，即使一小部分人疏通关节占有名额，儿子、女婿的才华还是能够金榜题名的。

消息传来：这一年科考共录取367人，女婿吴承仕考取第一名，儿子张翰飞考取第二十名。

古徽州再次处在振奋之中，又出了一名“状元”啊。歙县的读书人开始查阅古籍，数算着家乡的状元。

南唐保大八年(950)，舒雅参加韩熙载主持的庚戌科全国进士考试，考取状元，官至舒州太守、刑部郎中。成了歙县的第一名状元。

北宋时期，歙县人吕溱、章衡考取状元；明朝时，唐皋为正德九年(1514)科考第一名；清代，歙县籍状元有徐元文、潘世恩 、洪莹、洪钧等十余人 。如今，又出了一个吴承仕科考第一名，这让歙县人引以为豪。可惜的是，因为颁令废除科举，朝廷称吴承仕这个第一名为“朝元”。

张训臣家自然是最为风光了，女婿、儿子双双蟾宫折桂，前来祝贺、求教的人络绎不绝。

张家的祖坟山、祠堂里也是按照习俗，鞭炮响个不停，告慰列祖列宗。

张训臣这个时候，最为乐道的是定潭村张家的历史。

定潭村离新安江码头5里路，像一条船泊在盆地中，昌源河从村西向南流过，整齐的青石砌岸，与青石街道相连。村子里多是张姓人家，是汉代张良的后裔，元朝末年，五十四代常德公见定潭山川秀美，迁居于此。朱元璋皖南战事失利，向常德公借粮，遭到了拒绝。后来朱元璋建立明朝，做了皇帝。常德公担心遭受报复，带着次子潜逃到浙江天台山。长子寄安公留居定潭，生有三子，每一脉都人丁兴旺，各自建有祠堂。

张翰飞是寄安公长房一脉，为第十世孙，这一脉走耕读之路，诗书传家。他高中“进士”，意味着将这一脉张家的读书门第推向顶端。

翰 林 院

沧山源吴家、定潭张家，好一阵子是大家热议的话题。

说多了，说久了，还演绎出一些传奇色彩。甚至上升到风水的角度，吴家哪座祖坟发脉了，张家祖坟是什么风水……

与此同时，歙县的街头巷尾也在议论着许承尧、黄宾虹的人生命运。

尤其是黄宾虹，因被举报参与革命，命运难卜。

张翰飞到京城后，寄住在歙县会馆。一安顿下来，便去看望已经回京的许承尧，历经不同遭遇，两人感叹万千。

“鹏翎，恭喜你啊，果然不负才华！”许承尧对风华正茂的张翰飞说道，“先进翰林院供职吧。”

“还在候差呢。”张翰飞回答。

“你科考成绩优异，朝廷自会安排。我本可以说项走动，只是有人拿‘黄社’说事，是福是祸不得而知啊！”

“‘黄社’本是宣扬学术，何况您办学有功，不会有碍的。”张翰飞劝道。

“嗯，我倒有进退把握。黄先生则前途难卜啊！”许承尧呷一口家乡绿茶，仰首长叹。

黄宾虹虽然逃到了上海，但安徽巡抚恩铭准备上书朝廷，下令抓捕。他将面临厄运。

历史有时候又出人意料地上演惊心大戏。这年的7月6日，中国历史上一件大事影响了黄宾虹的命运。这就是恩铭被徐锡麟刺杀。

徐锡麟出生在绍兴一个富商家庭，1903年乡试，名列副榜。在读书时就常宣传革命思想，仇视清廷，他父亲担心受连累，分了一部分财产给他，与他脱离了父子关系。后来，徐锡麟奔赴日本，在东京结识革命党人陶成章等，积极营救因反清入狱的章炳麟。随后，他参加光复会，结识孙中山，策划回国反清起义。

1906年，徐锡麟归国，深得安徽巡抚恩铭赏识，第二年任安徽巡警学堂堂长、陆军小学监督。光复会领导安庆起义，徐锡麟暗中联络会党，约定7月8日乘巡警学堂举行毕业典礼时杀掉省文武大官，占领安庆，然后与秋瑾的浙东起义军共同攻打南京。

恩铭因收到南京制台端方密函，告诉他革命党人要在安庆起事。恩铭决定将毕业典礼提前到6日举行。这一天，位于安庆北花亭的安徽巡警学堂内一切井然有序，一些在校园乱窜的小孩子被赶走，他们好奇地爬上校园外的柳树看热闹。

操场上，铺着大红桌布，恩铭带着一群官员，鱼贯入场，就座太师椅。恩铭坐在中座，身后五六名护卫，头戴红缨卫斗，身穿蓝纱长袍，腰挂佩刀，显得很威武。

徐锡麟身着警官服装上前，行过劈刀礼，将刀插入鞘内，双手奉上毕业名册，随即大声说道："报告，今天有革命党人起事！"全场闻声都大惊失色，互相观望，不知所措。恩铭拍案高声说："在哪里？什么人？"

"在这里，就是我！"徐锡麟随即拔出手枪向恩铭连射数枪。一时全场大乱，人们纷纷夺门逃命。藩台冯煦命令大家一齐集中到抚院，随后指挥清兵去军械所镇压革命党人。激战四小时后革命党人失败，徐锡麟被捕。

因镇压有功，冯煦晋升为安徽巡抚，处理枪杀案。

年仅34岁的徐锡麟被处决。

冯煦的内心对革命充满敬意，公开为徐锡麟题对联，书写在安庆大观亭：

来日大难，对此茫茫百端集

英灵不昧，鉴兹蹇蹇匪躬愚

上联感慨清廷将亡，徐锡麟眼下虽是“逆贼”，日后却是勋臣烈士，自己站在徐的墓前百感交集；下联公然赞誉徐锡麟，希望他能够原谅自己对他的处决，不过是奉命行事，为清廷尽一愚忠罢了。

随后，他想到老友许承尧深陷“黄社”事件，便以安徽巡抚的身份向朝廷上奏：“皖南学务以皖歙最早，歙县兴学，则自许氏。”

许承尧得以重入翰林院，任编修兼国史馆协修。

张翰飞也进入翰林院，与一批满腹经纶的进士们共事。清闲的生活节奏、丰富的名家字画，开启了他新的人生。

韩美林为“新安三张”艺术题词：
今古法度，动人墨采

专攻书画

在人们的心目中,“翰林”一词洋溢着书香气息,代表学识渊博。

唐朝李白、杜甫、张九龄、白居易,宋朝苏轼、欧阳修、王安石、司马光,明朝的宋濂、方孝孺、张居正,晚清的曾国藩、李鸿章等等,都是翰林出身。

翰林院从唐朝开始设立,初时为供职具有艺能人士的机构。晚唐时期,翰林学士院演变成了专门起草机密诏制的重要机构,有“天子私人”之称。在院任职与曾经任职的人,被称为翰林官,简称翰林。宋朝以后,翰林成为正式官职,明朝以后被内阁等代替,负责修书撰史,起草诏书,为皇室成员侍读,担任科举考官等。

由进士至翰林,由翰林而朝臣,这是科举时代士大夫的人生理想,是成为阁老重臣的踏脚石。

地方上,各种反清活动不断出现,人心惶惶。

张翰飞最感兴趣的是观摩历代名家字画。在翰林院,见得最多的是清初画坛王时敏、王鉴、王翚、王原祁“四王”的作品。他们技法功力较深,对宋元各家各派有深入了解,画风崇尚摹古,缔造一套体例完备的画格。

张翰飞苦心临习,在他看来,苦练“四王”,可以让自己的基本功进一步扎实。

当自己的绘画技能提高后,张翰飞觉得“四王”的艺术追求过于严谨与程式化，不能激发自己的性灵。这时候，他又将眼光扫向艺术追求上与“四王”迥然不同的四位僧侣画家：朱耷、石涛、弘仁（渐江）、髡残（石溪）。

“四僧”利用笔墨，表现自然，抒发自我情感，慰藉饱经挫折的心灵。石涛构图大胆新颖，笔墨运用多变。朱耷继承陈淳、徐渭的传统，借物抒情，发展泼墨写意画法。髡残的山水发展了元代画家黄公望、王蒙风格，具有雄伟壮阔，苍茫浑厚的气势。弘仁的山水取法倪瓒，构图简洁，丘壑奇崛，干笔渴墨劲峭整饬，境界荒寂，富有清新静穆之致。张翰飞从他们的作品中寻找到了共同语言，使他将报效朝廷的失望，转到了山水中寻求慰藉。

石涛画像

铁路理想

除了习字临画,张翰飞日常最爱做的事是阅读报纸。

1908年1月16日,清廷颁布大清报律,发行报刊。虽然规定内容必须事先呈报官府,交由巡警官署或地方官署检查。但通过报纸,还是能了解许多信息。

每天读一个时辰的报,是张翰飞生活的一个旋律。有时读得有感触,他会提笔写下感想,化名寄给报刊。

通过报纸,张翰飞除了对时局有兴趣之外,他更关注各地实业的兴办。

翰林院内,几株松柏苍翠,阳光铺满树梢,蝉声阵阵。

张翰飞坐在石凳上看书,一个洪亮的声音在耳畔响起:“鹏翎兄好,看过你的诗和书法,特来拜见!”

来人是书家匡一。匡一原名孙纪,湖北罗田匡河人,在躲避袁世凯搜捕时,改名匡一。他1904年东渡日本,入东京法政大学,被推举为东京中国留日学生会会长,由此结识孙中山,并且成为好友,担任同盟会内务总长。

匡一积极协助孙中山工作,在同盟会中起着重要的作用。1913年,他随孙中山讨伐袁世凯,深得信任。1920年,被国民政府任命为黑龙江省督军,因身患重病,没有赴任。

匡一擅长书法和金石，著作很多，在政法领域，他的《民法通论》《法政汇编》等影响很大。

因为书画诗词，张翰飞与匡一友情深厚，两人常常相约一起，清茶淡酒，对月吟哦，好不自在。

清代严禁文人结社，禁用社兄、盟弟等称呼，于是文人之间改称同学。张翰飞与匡一常常互赠作品，彼此都题写同学雅正。张翰飞重视友情，喜爱书画，无论怎样变迁，这些作品一直留着，传及子孙。

这一次，两人从诗词书画聊到了铁路。

全国铁路首先要发展哪里，如何纵横布局，两人聊得十分投机。

不断传来铁路建设的消息：沪宁铁路竣工通车，中俄重订《黑龙江铁路公司伐木合同》。株萍铁路收归国有。纵贯台湾的铁路正式通车，全线405千米。5月22日，京张铁路居庸关八达岭山洞开通。

得知主持京张铁路的詹天佑祖

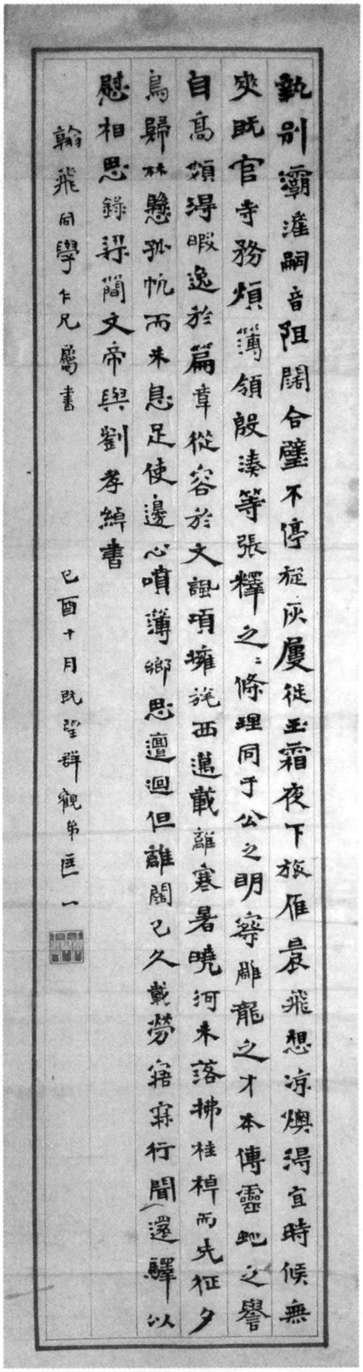

匡一赠张翰飞作品

籍也是徽州，张翰飞特意抽时间前去拜访。

詹天佑祖父詹万榜因经商从徽州婺源迁至广州。1872年，年仅11岁的詹天佑考进了幼童出洋预备班，后进入美国耶鲁大学土木工程系铁路专科深造。

1901年，詹天佑受清政府铁路总公司督办盛宣怀委派，到萍乡协助美国铁路工程师修建萍醴铁路。在无图纸的情况下，他重新勘测，采用土洋结合的办法顺利完成任务。

1902年秋，直隶总督袁世凯任命詹天佑为新易铁路总工程师，责成他在6个月内完工，确保慈禧太后来年清明祭陵。结果才4个月，就建成了新易铁路。

与詹天佑的交谈使张翰飞知晓了他的铁路理想，也意识到铁路对国家经济发展的重要性。此后，张翰飞更加关注中国的铁路建设。在翰林院，他与许承尧交流铁路发展，许多意见不谋而合。

许承尧的心中，想建一条芜湖通往屯溪的铁路。

张翰飞的心中，中国铁路能纵横贯通，四通八达。

崇尚乡贤

光绪皇帝登上帝位之初，由慈安、慈禧两宫太后垂帘听政。慈安太后崩逝后由慈禧太后一人垂帘，自至光绪十五年(1889)，名义上归政，实际上慈禧还是大权在握。

甲午中日战争失败，举国沮丧。

光绪痛定思痛，极力支持维新派变法图强，却遭到慈禧太后的反对，“百日维新”以失败告终。他打算依靠袁世凯牵制以慈禧太后为首的旧势力，却被幽禁在中南海瀛台。1908年，38岁的光绪暴崩。

与此同时，73岁的慈禧也将走到生命的尽头。垂危之际，她仍念念不忘把持权柄，突然决定立溥仪为嗣，召溥仪入宫。三天后，慈禧一命呜呼。

国丧两周后的12月2日，溥仪登基，改年号为宣统。登基这天，天气奇冷，3岁的溥仪被抬到太和殿，放到又高又大的宝座上。群臣跪拜，溥仪哭喊：“我不挨这个。我要回家。”

“西北望长安，可怜无数山。”朝廷局势如此，张翰飞内心无比失望。

内心喜爱丹青，看重实业发展的他更是无意仕途，原本有过的王侯将相念头逐渐了无，而是把自己浸淫在水墨中，抒发内心世界。

明末清初之际，徽州有一批画家，他们善用笔墨，描绘新安山水，借景抒情，表达心灵的逸气，同时强调画家的人品和气节。绘画风格上冲淡幽冷，体现出一种超尘拔俗和凛若冰霜的气质，洋溢着士人的逸品格调。康熙时期，艺术理论家张庚称他们为“新安画派”。

新安画派画家中，以新安山水为创作题材的徽州籍画家约有130多人，都以崇尚“元四家”，尤其是倪瓒的绘法技法开始。早期代表有程嘉燧、李永昌、李流芳；成熟期则以渐江、汪之瑞、孙逸、查士标、程邃、汪家珍、戴本孝、郑旼、程正揆等为代表。

张翰飞住在宣武门外大街歙县会馆后院。这个会馆又名崇义馆，是一座砖木结构建筑，由徽州茶商、漆商在明嘉靖三十九年(1560)创建。明代为商馆，清初改为试馆，属同乡会之类的士宦行馆、试馆。它是北京最早的会馆之一，为徽州举子进京应试和宦绅在京候差求官者提供寓所。

因为进出名流巨贾，它不仅是徽商集结之所，还是徽籍官僚、名人云集的地方。吏部尚书汪由敦、户部尚书曹文埴、军机大巨曹振镛，画家罗聘、思想家戴震、经济学家王茂荫等徽州人士都曾居住在歙县会所。颇受乾隆皇帝嘉奖的纪晓岚也是歙县会馆的常客，经常光顾北京歙县会馆。

因为是京城一些政要官员、上流名士出入之地，歙县会馆的名气在京城很大。《歙县会馆志》这样记载：“吾歙为秦旧县，黄山练水，世毓名贤，程朱遗范，渐摩熏染，情谊深而风俗厚，虽侨居寄籍他郡邑者，类皆不忘其乡，依依水源木本，矧京师为冠盖所集，可无会聚之区，以讲乡谊而崇古道哉。”可见当时徽商经营时以地域乡情关系为纽带，结帮经营。

会馆里藏有不少新安画派画家作品。张翰飞一一借来临习，他潜心画艺，如痴如醉，夜里寒彻入骨，便烤块炭火，备上几颗花生米。一番苦功下来，渐江、汪之瑞、程邃等人的作品，临摹得惟妙惟肖。

除了写字画画，张翰飞有时候下棋，以此调节生活。他经常与会馆里一些商人政客对弈，怡然自得。

这时期，张翰飞对石涛情有独钟。石涛绘画用笔纵肆，墨法淋漓，画法多变。张翰飞为此搜索石涛的生平资料和作品，进行研究。

石涛是明朝靖江王朱守谦十世孙，幼年遭变后出家为僧，半世云游，以卖画为生。他的绘画早年师法宋元诸家，疏秀明洁，后来寄情山水，搜尽奇峰。他的山水，早期受梅清、戴本孝、程邃、萧云从等新安派的画风影响，逐渐在大自然中写生，运用变幻莫测的创作手法表现心中的山水丘壑，从而形成了恣肆洒脱的艺术风格。

明月高悬，树影斑驳。画家萧谦中来访。萧谦中老家在怀宁，与邓石如故居相距不远。后来行政区划调整，划归安庆宜秀区，是“龙山风水”之地。

萧谦中送张翰飞作品（局部）

张翰飞挥毫勾勒山体，用披麻皴描绘山石，横直交错，顿显秀灵而坚实。皴擦密集处，以破笔苔点，山势苍莽而润泽。再经过一阵勾皴，只见景物层叠、树木茂密。又一阵渲染后，水的空灵和云雾的蒸腾使得画面虚实相生。

“得石涛神韵!”萧谦中情不自禁地夸赞，露出黑黑的牙。他因抽大烟，常年用厚棉布遮挡门窗，因此牙黑，加上画子也厚重、浓墨，被称为“黑萧”。

“这个地方再加点竹枝。”张翰飞说着画了起来。

“篁叶取法倪瓒，但变萧疏为茂密，干湿浓淡恰到好处!”萧谦中说。

“过奖了!”张翰飞谦逊地说道。

“你今晚得石涛神助!”萧谦中赞不绝口，也拿起画笔，以石涛笔意描绘山水。

“石涛生世坎坷，笔墨自然，是伟大的画家。”两人一面画一面议论，直至夜深。

任职铁路总局

1911年10月11日黎明,革命党人领导的武昌起义爆发。当日上午,武昌光复。晚上成立谋略处,宣布中华民国湖北军政府成立,公布《安民布告》,改国号为中华民国。

第二年的2月12日,迫于形势,宣统帝溥仪的母后隆裕太后接受清室《优待条件》,发布由状元张謇起草的《退位诏书》。

大清帝国正式终结,两千年来的帝制也宣告灭亡。

清王朝都没了,清闲无事的翰林院自然散了。

3月10日,袁世凯在北京就职中华民国临时大总统,中华民国史上北洋政府统治开始。

随后,袁世凯委任王揖唐为总统府秘书、参议、顾问。

这一年,在王揖唐主持下,京师大学堂改为北京大学。严复任首任校长。

1877年出生的王揖唐是安徽合肥人,1904年与许承尧等一道参加清末最后一次科举考试,考中进士,被授予兵部主事,后留学日本学习军事。因为羡慕清代钱谦益藏书楼"传是楼",取室名为"今传是楼"。他国学功底深厚,遗憾的是华北沦陷后,日本帝国主义在北平扶植汉奸傀儡政权,1937年12月14日成立伪政府。王克敏任行政委员会委员长,王揖唐担任委员,主持赈济部,留下了历史的污点。

王揖唐对翰林出身的张翰飞的诗文格外欣赏,当北京大学需要聘任一批教授时，便想到了他。

张翰飞这时无意去北京大学，便向王揖唐推荐安徽同乡姚永朴为文科教授。

姚永朴字仲实，世居桐城县城内，祖父为广西按察使姚莹。父慕庭，曾任湖北竹山县令。他在经史、音韵上卓有成就，参与纂修《清史稿》四十余卷。

1912年深秋，天气突然间冷了下来。

细雨霏霏。张翰飞正在刻印，传来老同学叶恭绰的声音："鹏翎啊，我和许先生来看你了。"

叶恭绰和许承尧一前一后走了过来，放下油纸伞，掸了掸身上的雨水。

许承尧对叶恭绰祖父叶衍兰的诗文很是仰慕，落座后对叶恭绰说道："你祖父可是我们翰林院的骄傲啊，他书画高超，诗词更是精妙。"说完，朗声读起来——

逆欢尘、锦屏绛蜡，花月艳情如许。有多少、琴心筝怨，付与红牙金缕。径窄埋鸳，楼空锁燕，蓦换凄凉处。剩长廊、鹦鹉迎人，似说华　影事，梦寻无据。

雕阑畔、逡巡绕遍，冷落一山秋雨。秃柳当门，横藤碍路，莫系游骢住。怅樊川薄幸，天涯空叹羁旅。翠袖笼笺，青衫涴泪，漫忆销魂句。只十年幽恨难忘，酒边凄语。

他朗读得抑扬顿挫，读完后说道："这是衍兰先生的《子夜歌》，词雅情浓啊！裕甫从小受祖父训教，诗词书画件件了得啊。"

叶恭绰谦虚地应道："许先生过奖了。"

北京中国画院首任院长叶恭绰

话题聊到铁路，这是他们共同关心的。在他们看来，眼下只有发展铁路，才能让国家富强。

叶恭绰担任过芦汉铁路督办。这条铁路原计划是从卢沟桥至保定，后南端起点改为汉口，北端起点改为北京，正式通车后改为京汉铁路。

“京汉铁路的全线贯通，打破了仅依赖于水道与驿道的传统交通网络格局，让武汉横有长江水运，纵有铁路贯穿南北，有力地推动了商业贸易的发展。全国的铁路网一旦铺设开来，物尽其流，裕甫也是功不可没啊。”

“铁路一开通，人的思想也就带活了，这是不可忽视的方面。”张翰飞说，交通闭塞，会导致信息闭塞，自然是贫穷。

“我一直希望能建设芜湖至屯溪的铁路，机会来了，我也准备南下了。”许承尧告诉张翰飞。

原来,曾参与刺杀安徽巡抚恩铭的柏文蔚任安徽都督,他邀请许承尧前往家乡,担任全省铁路督办,筹建芜(湖)屯(溪)铁路。

柏文蔚出生在寿县一个书香家庭,毕业于求是学堂。对发展铁路一直感兴趣的许承尧便应允南下。

“鹏翎老弟,眼下国家不缺诗人、画家,但缺乏有理想的实业家,我被委任为交通部路政司司长兼铁路总局局长,你来铁路总局吧,我们一起为铁路建设做贡献,实现我们的理想。”

“虽然我希望国家铁路建设发展起来,但我现在心在丹青,怕不能胜任啊!”张翰飞表明自己的担心。

“做我助手,发展铁路。工作之余,我们也一起绘画,一起鉴定收藏!”叶恭绰说道,“大丈夫有闲情逸致,还要有天地间的事业。”

“好,随兄一道,从事铁路建设。”张翰飞坚定地说道。

“你啊,一个人生活得有个人照应。”许承尧打量着张翰飞有些凌乱的书桌,说道。

叶恭绰附和道:“是啊,进了铁路总局事务更多啊。”

“姚夫人不愿随你来京城,她离不开家乡的山山水水,离不开父老乡亲,你张家也离不开她的料理。你啊,娶位如夫人吧。”许承尧建议。

随后,在许承尧介绍下,张翰飞娶了如夫人,大家喊她梅姨。她老家在常州,长得清秀,懂诗词。张翰飞的学问和书画吸引了她,两人由互相倾慕而走到一起,过着翰墨飘香的生活。

辛勤绘画,红袖添香。张翰飞的绘画日臻精境。

黄宾虹约稿

铁路总局事务繁杂,比不了翰林院的悠闲。张翰飞整日与地方官员打交道,心爱的书画篆刻不得不暂时放下。

一天,他收到从上海寄来的函件,字体那么熟悉。他急切地打开,是黄宾虹寄来的,内有书信一封和《神州日报》《国粹学报》等报刊。

自从张翰飞离开歙县后,黄宾虹一直打听他的情况,得知他已经在京城画坛崭露头角,格外高兴。不久前,从一位歙县同乡那得知他任职交通部,便寄来他参与编辑的报刊。

信函让张翰飞得知了黄宾虹的近况。黄宾虹被举报后前往上海,任《神州国光集》《国粹学报》编辑,后来参加柳亚子、高天梅、陈去病等人发起的南社。

黄宾虹在信中介绍着南社。这是一个"以抗北庭"为宗旨的反清文学团体,社名取"操南音,不忘其旧"之意,与当年在歙县成立的"黄社"一脉相承,鼓吹资产阶级民主革命,提倡民族气节。南社以上海为中心,1909年11月在苏州虎丘举行第一次雅集。黄兴、宋教仁、陈其美、于右任、叶楚伧、邵力子这些著名的反清人士都是南社社员。

黄宾虹邀请张翰飞加入南社。

因为身在北京,加之铁路事务繁忙,张翰飞婉拒了。他的内心深处,流淌着纯粹的艺术清流,淙淙悦耳,嘤嘤成韵。

这时期,黄宾虹开始为自己的画作订润例,刊于《国粹学报》。同时,参与发起筹办《安徽船日报》,任《神州日报》笔政。

虽然订了润例,但画作并不好卖。黄宾虹在信中与张翰飞一起讨论书画市场。张翰飞回信表明自己的观点:要对自己的文化自信,对自己的画作自信,让时间来证明自己。

黄宾虹随后又来信,为他编辑的报刊向张翰飞约稿。繁忙之外,张翰飞化名写了些文章寄给黄宾虹,多针砭时事。

两人在书信往来中,常常互赠作品,互相交流绘画见解。1930年的一天,黄宾虹收到张翰飞寄来的作品,心中赞赏。便找出旧作《岚影迭嶂图》,题跋:笋舆冈陇径盘旋,迎面峰来识洞天。岚影排窗三迭嶂,两声喧枕百重泉。偎灵诡秘探龙窟,遗逸高踪访鹿田。回首狮山读书处,寻源难忘是髫年。壬戌春日游金华山洞,访谢皋羽遗迹,忆曩读书狮山仅距十里许,忽四十年,余重到此不禁沧桑之感,率为赋此。翰飞先生惠贶杰作山水,自北平寄余沪上,佩甚佩甚。因捡旧写拙画奉酬即希哂正。潭渡黄宾虹,庚午冬日。

1930年黄宾虹赠张翰飞 岚影迭嶂图

吴恩绶赴京

民国初年，县级行政长官改称县知事。当时县知事群体异常混杂，既有延任的清朝官吏，又有在革命中崛起的新进少年，甚至一些有能耐的棍徒、走卒也纷纷混进了这个领域。为了澄清吏治，加强中央集权，袁世凯决定启动县知事试验，也就是针对县知事的职位特征进行专门考试来选拔，后来史学家称这是中国选官制度史上划时代意义的转变。

1914年，张翰飞被亲戚推荐参加了“知事试验”，经过一位姓周的主试官考核，选拔为知事。当时把全国的县分甲乙丙各等，就是所谓肥缺之类，选派州县官员。因为有地域远近，所以用抽签的办法决定。考官发咨文给内务部安排抽签，分配张翰飞到江西省乙等县尽先即用为知事。张翰飞没有赴任，这咨文至今留存。

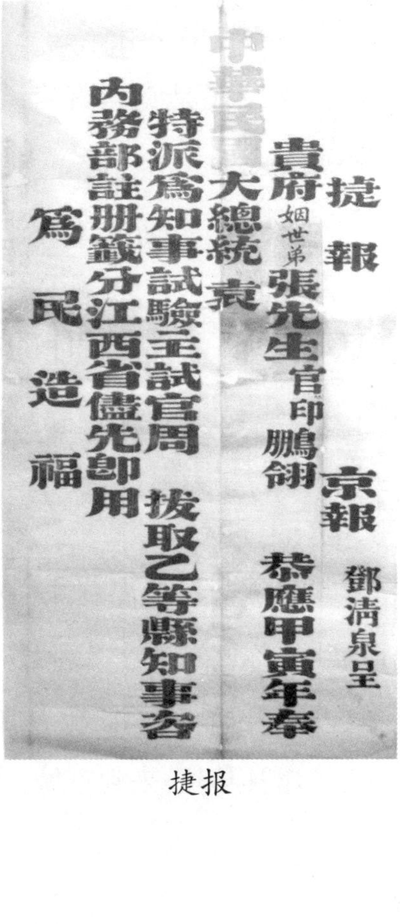
捷報
鄧清泉呈
京報
貴府姻世弟張先生官印鵬翎
恭應甲寅年春
中華民國大總統袁
特派爲知事試驗主試官周
拔取乙等縣知事咨
內務部註册籤分江西省儘先即用
爲民造福

捷报

一日傍晚，张翰飞刚到家，外甥吴鸿迦跑过来，说爷爷从老家来京城了，请他过去一叙。

吴鸿迦口中的爷爷是吴恩绶。

吴恩绶饱读经书，与儿子吴承仕同科考中秀才后就没有再在科举上进取。

清王朝摇摇欲坠时，他勇敢地站出来，接受了四乡乡绅们的委托，执政歙县事务，自己出资四千大洋作为公务开支，维持歙县的稳定。这时，县知事改称县长，他也成了歙县第一任县长。

哪能贴钱做官呢？在北京的家族断掉他的经济来源。

书生没钱寸步难行，吴恩绶只好辞官北上。

待张翰飞赶到，吴家一家人都在等他吃饭。吴恩绶眯着眼睛看着电灯，说道："真是神奇，比煤油灯好，还不怕风吹。咱老家什么时候用上就好。"

"在京城里，用这玩意的也不多啊。"吴承仕介绍道，"一家叫华商电力的公司运营，按度数收费。"

"比煤油灯贵吧？"吴恩绶问道。

"那是，贵多了。"

吴恩绶还是觉得好奇："这是怎么研究出来的，谁研究的？这人了不起。"

"发明这电灯人的叫爱迪生，是位科学家，1879年，他点燃了世界上第一盏具有实用价值的电灯。"张翰飞介绍道，"光绪十四年，北洋大臣李鸿章从国外买了发电设备和电灯作为贡品献给慈禧太后，耗资白银6000两，安装在慈禧太后的寝宫仪銮殿里，是京城亮起的第一盏电灯。光绪二十五年，德国西门子贸易公司在东交民巷建立了第一家商用电气灯公司，电灯走向民间。"

吴恩绶听得津津有味，感叹："在京城就是不一样啊，我们只知道孔子、孟子，你们知道这么多，还知道国外的人。"

晚饭开始，吴承仕拉着张翰飞坐在吴恩绶身旁边，介绍道："老爷子辞去了歙县县长，来到京城，大家一致推举他主持歙县会馆。"

“鹏翎啊，你在交通部，见多识广，今后多帮助老夫啊。”吴恩绶拍着张翰飞的肩膀。

“伯父放心，需要我只管吩咐，这歙县会馆，一直是您老吴家在出力出资，您来主持，众望所归，也不会有什么困难的。”

“在京城的会馆中，咱歙县会馆还真是首屈一指，多少达官贵人、社会名流出入于此，也因此不能懈怠。鹏翎你人脉广，书画也是进步了得，在这偌大的北京城，你可是个人物啊。”

“在翰林院没事时，临摹了一些古画。”

“嗯，难得。想我徽州有新安画派，历代不乏名家，你可以扛起当代新安画派的大旗啊。你姐夫承仕，会考取得了第一名，老家人眼里，也算是个状元，可他只知道读书搞研究，当初不是你为他留意，说不定还在老家候差呢。”吴恩绶呷了一口酒，微笑着看儿子。

吴承仕胖乎乎的脸腮红了。

张翰飞圆场道：“姐夫是做学问的人，假以时日，定会著作等身。”

当初会考后，张翰飞进了翰林院，吴承仕还在家乡等着朝廷委任。张翰飞时时找人打听朝廷用人情况，得知大理院有空缺，催他赶紧赴京。吴承仕便做了大理院主簿。大理院在过去叫大理寺，光绪三十二年(1906)改为大理院，相当于今天的最高人民法院。

吴承仕

辛亥革命后，北洋政府以司法部为最高司法行政机关，吴承仕顺理成章地进了司法部，任佥事，地位略高于今天的科长。

吴承仕书法 150cm×33cm×2

孙儿鸿迦、鸿迈见到爷爷格外高兴，在大人的指引下轮流敬酒。吴恩绶陶醉在天伦之乐里，脸色酡红地说道：“从今后，孙儿们的教育就归我啦。”

“现在是新式教育呢。”吴承仕说道。

“新式教育怎啦？不也是教文识字，我叫他们作文少用些之乎者也不就行了。”

“那是的，老爷子教孙子，一流的。”大家都附和。

“是啊，你们夫妻啊，放心生吧，多少孙儿孙女，我也能教育过来。可不，老夫自己没中举，教育出了状元，孙儿辈中，我还要培养出状元。”

“皇帝都没了，现在是真不会有状元的。”大家都说道。

吴恩绶听后，“哦”了一声，有些失望。

张翰飞二姐自从嫁到吴家，生了5个孩子。长子不幸夭折，1909年生下了儿子吴鸿迦。吴鸿迦又名吴曼秋，中央警官大学毕业，曾任沧县警察局长、县长，1951年病逝。三子吴鸿迈后来任哈尔滨军工大学数学系主任、教授，北京师范大学教授，1987年去世。四子吴鸿狄，曾是中共地下党员，担任过河北沧州警察局长，后来在教育部任职。女儿吴特璋，与父亲感情深厚，1939年吴承仕逝世后，她殉身而去。妻子去世后，吴承仕后来还娶了个妻子，生有一个女儿吴特珍，曾在国务院新闻办任职。

“鹏翎，君逸上学了吧，该把他接来京城，送到这里来读书。”二姐对弟弟说道。

“我想过这个问题，眼下事务多，等稍稍稳定，接他过来。”

“这孩子，我都几年没见了，怪想他的。他来了，就与鸿迦、鸿迈一道，兄弟们一起玩，一起学习。”吴承仕说道。

“是啊，”吴恩绶接过话题，“京城与定潭不可同日而语，这里有电灯、汽车，老家怎见得到？把孩子接过来，见识不一样啊。”

“我尽快安排。”张翰飞应着。

从吴家出来，张翰飞信步街头。

散布在京城各处的煤油路灯和富户人家的电灯，时明时暗，将街头渲染在一片黄晕之中。

夜风轻拂，张翰飞满怀心绪。他想念儿子，想念歙县老家。

第三章

踏雪寻梅

1915年新春,一场小雪飘飘洒洒。

小雪覆盖的郊外,半遮半掩,像羞涩的少女,别有韵致。

张翰飞与梅姨在雪地里写生,他画着远山、枯树,淡远的景象。

从外踏雪寻梅回来,张翰飞急切切地打开箱子找东西。

“找什么呢?”梅姨问。

“找一幅画子,王世澄为我画的梅花。”

梅姨从箱子里取出一件作品,递给张翰飞:“是不是这一幅?”

“是啊。”张翰飞高兴地说道,“你真是我的好助手。来,雪后看完梅花,再看王世澄的这幅作品,更有新意。”

作品挂在墙上,是王世澄以新罗山人华岩笔意画的梅花,梅影俏丽,古雅妙趣,一只展翅鸟雀,似乎嗅着瑞雪中梅花气息。

画面的右侧,蝇头小楷落款:“翰飞仁兄法家正 王瀓”,法度森严,揉入碑的苍劲和用笔。

张翰飞反复观摩,叹道:“一幅好作品,要契合欣赏的心境。此时看王瀓雪梅,齿颊生香,余音绕梁啊!”

“这王世澄是谁啊?画得这么好。”

“他是南洋公学特班毕业生，担任北洋政府法制局参事、参政院参政、袁世凯秘书。袁世凯就任临时大总统时，他与程树德等一起起草《中华民国约法》，还写一手好文章。只可惜了，现在坊间对袁世凯议论很多。”

“绘画与写文章一样，还真不能闭门造车！”梅姨说道，“要有情有景！”

“正是这个道理，好作品悦眼悦心！”张翰飞很有感触地说道。

王世澄赠送张翰飞作品(局部)

随后的日子，红日高照，天气一直晴暖。

大街小巷，喝茶的、听戏的，都在悄悄议论：

“听说又要进入皇帝时代了。”

“袁大总统要当皇帝了。”

“袁家大儿子、二儿子反目啦。”

12月11日，北京及各省投票推戴完毕，各省的推戴书上一致写着：“恭戴今大总统袁世凯为中华帝国皇帝，并以国家最上完全主权奉之于皇帝，承天建极，传之万世。”

在国会、高校、民众请愿团、筹安会和各省国民代表的推戴下，准备建立君主立宪制。推袁世凯为皇帝，成立中华帝国。

袁世凯表面推让后，最终接受，打算将1916年定为洪宪元年，实行君主立宪政体，把总统府改为新华宫。

消息正式传出，天下震惊。

12月25日，蔡锷、唐继尧在云南宣布起义，发动护国战争，讨伐袁世凯。贵州、广西相继响应。

一时间，全国一片讨袁之声，纷纷反对重新进入皇权时代。

1916年3月，袁世凯被迫宣布取消帝制，起用段祺瑞为国务卿兼陆军总长。段祺瑞要求袁世凯交出行政权力和兵权，恢复责任内阁制，退位自保。冯国璋联络各省召开“南京会议”。

重大打击接踵而来，自己认为的亲信步步逼权，各种交煎下，6月6日，袁世凯因尿毒症不治而亡，同年8月24日，归葬于河南安阳。

叶恭绰不满袁世凯称帝，辞去职务。

政府人员频繁更换，社会动荡。

张翰飞暂时赋闲在家，与京城一些书画同道切磋技艺，应朋友之约篆刻印章，写写有感而发的文章。

报社编辑

1916年8月15日。

红日照着疏朗的树枝。街上人声鼎沸。

“卖报，卖报，刚刚创刊的《晨钟报》！”张翰飞从会馆旁的小摊买了一份，急匆匆回家。

带着油墨馨香的《晨钟报》让他眼睛一亮，总编李大钊署名守常写了发刊词《晨钟之使命》——

“一日有一日之黎明，一稘有一稘之黎明，个人有个人之青春，国家有国家之青春。今者，白发之中华垂亡，青春之中华未孕，旧稘之黄昏已去，新稘之黎明将来。际兹方死方生、方毁方成、方破坏方建设、方废落方开敷之会，吾侪振此‘晨钟’，期与我慷慨悲壮之青年，活泼泼地之青年，日日迎黎明之朝气，尽二十稘黎明中当尽之努力，人人奋青春之元气，发新中华青春中应发之曙光，由是一一叩发一一声，一一声觉一一梦，俾吾民族之自我的自觉，自我之民族的自觉，一一彻底，急起直追，勇往奋进，径造自由神前，索我理想之中华，青春之中华，幸勿姑息迁延，韶光坐误。人已汲新泉，尝新炊，而我犹卧榻横陈，荒娱于白发中华、残年风烛之中，沉鼾于睡眠中华、黄粱酣梦之里也。

……

“袁氏逆命，谋危共和，未逾数月，义师勃兴，南天震动，而一世之奸雄，竟为护国义军穷迫以死。今虽不敢遽断改革之业，为告厥成功，而青春中华之创造，实已肇基于此。其胚种所由发，亦罔不在吾断头流血之青年也。长驱迈往之青年乎，其各百尺竿头，更进一步，取由来之历史，一举而摧焚之，取从前之文明，一举而沦葬之。……厚青年之修养，畅青年之精神，壮青年之意志，砺青年之气节，鼓舞青春中华之运动，培植青春中华之根基，吾乃高撞自由之钟，以助其进行之勇气。中华其睡狮乎？闻之当勃然兴；中华其病象乎？闻之当霍然起。盖青年者，国家之魂，《晨钟》者，青年之友。青年当努力为国家自重，《晨钟》当努力为青年自勉，而各以青春中华之创造为唯一之使命。”

张翰飞读得慷慨激昂，一拳砸在桌子上，梅姨吓了一跳，正准备询问，他大喊：“好文章啊！这报办得好，尤其是‘时评’栏目，紧贴社会新近发生的重大事件，张扬一种积极的民族、民主意识。”

这份《晨钟报》的主持者是著名思想家、立宪派首领梁启超和他的好友汤化龙。汤化龙自日本法政大学毕业，担任过北京临时参议院副议长、众议院议长、教育总长。

他们创办《晨钟报》，目的在于呼唤民众。主要撰稿人有胡适、蒋梦麟、张申府、丁文江等社会名流。

《晨钟报》主持人梁启超

此后，张翰飞在绘画、篆刻之余，也针对时事为《晨钟报》“时评”栏目写稿。写了一段时间，《晨钟报》请他去做编辑，他欣然接受。

《晨钟报》报社虽小，但结交各种阶层，洞察社会，了解天下。张翰飞很喜欢编辑这个职业，三十多岁的他，正是风华正茂、思想敏锐的时候，编报、写文章、画画、篆刻，他觉得生活有滋有味。

张君逸求学北京

做编辑相对单纯些，接触的多是文化人，没有烦琐的案牍和接待。张翰飞有时间静下心来读书、画画。

他想，是接儿子君逸来北京读书的时候了。

在定潭老家，有祖父张训臣的教导，张君逸诵读古文，研习唐楷。他记忆力出奇地好，才三岁时，祖父教他唐诗，两遍下来就能背诵。张训臣常常摸着孙儿的头赞叹："这孩子，比你父亲聪明，你要是参加科举，没准超过你姑父，更年轻地拿下一个状元，小小张状元！"

幼小的张君逸喜欢画画，祖父画画时，他会趴在一旁静静地看，有时候自己画，门前的水、远处的山、树上的鸟，都是他绘画的对象。

有一次，张君逸画了一幅画，画的是城墙、宫殿、四合院。

"画得好，画的是哪呢？"张训臣问道。

"北京！"

"你没去过北京，怎么知道北京是这样呢？"

"爸爸说的是这样。爷爷，您见过北京吗？"张君逸忽闪着眼睛。

"爷爷也没见过，但觉得孙儿画的就是的。"张训臣忍不住亲着孙儿的额头。

张君逸渐渐长大了，张训臣把他送到新式学堂读书。他各科成绩都很优异，考试的时候总是全班数一数二。正因为学得轻松，小学到中学阶段，张君逸跳了几次级。

吴承仕家庭合影(第二排右一为张翰飞二姐)

孙儿要去北京读书,张训臣内心有千般舍不得,可还是送他北上。那里毕竟是政治、文化中心,为了孩子的未来,内心不舍只得放下。

当时的北京,杨氏太极拳负有盛名,为杨福魁所创,是中国太极拳主要流派之一。晚清时期,杨家后人多是一些王爷的总镖师。

吴承仕特意联合张翰飞及为孩子们授课的老师程廷熙,三家联合请到杨氏太极后人杨兆清来歙县会馆教孩子们太极拳。杨兆清幼承家学,历经数十年寒暑苦功,终于成为太极拳的一代宗师。

每个礼拜星期二和星期五的晚上,三家孩子聚集在会馆的观光堂,叽叽喳喳地闹着,摆弄身姿模仿着,等候师傅杨兆清的到来。

杨兆清每次都很准时，与在座的几位家长打招呼后，开始教拳。张君逸一到北京，身高突长，显得很修长。他练拳认真，深得杨兆清的赞叹，往往结束后，还要协助师傅指点两个表弟吴鸿迦和吴鸿迈。

张翰飞很重视儿子的身体。这与他在京师大学堂学习有关，他认为只有体格强健才能为国效劳。张家的院子里，有两个石锁，各重50斤，父子俩经常晨练。

张君逸开始双手拿起石锁都吃紧，后来能一只手举起来，再后来非常熟练地舞弄着。尤其是他成年后，一手一只石锁，右手石锁从腰后一甩，越过肩膀，石锁稳稳落在左手上。歙县会所里许多人闲得没事的时候，就来看他弄几手，一根铁棍，在他手中更是舞得呼呼生风。

张君逸的生活靠比他大不了几岁的梅姨照料。

梅姨生性聪慧，但不善于料理家务。她最擅长的就是知道张翰飞什么时候要画画，画什么题材，准备什么笔和纸，画好了熟练地按上印章。

张翰飞如果不画画，看书、靠报样，或者篆刻，她来了兴致就自己画起来，多是花鸟。

张翰飞一般晚上十二点后才入睡。他画画时，要求儿子君逸在一旁读书。北方天气寒冷，寒气直往裤管里钻。张君逸冻得手脚冰凉，那些文章，他早就烂熟在心，无奈父亲要求严，他不敢开口说不看。

除了画画、篆刻、下棋、写文章，张翰飞还喜欢京昆戏曲。有时候，三五好友一起外出听戏，他们经常观看“喜连成”班子的戏，有个叫梅兰芳的花旦，大家都很喜欢看他的戏。

每次听完戏后，张翰飞余味未尽，自己也唱起来。梅姨同样听一两遍就唱得有板有眼，二人时常对唱一段。京韵萦绕，趣味盎然。

歙县会馆里喜欢听京戏的人很多，经常会请些京戏名角前来演出。偶尔也请来梅兰芳。这时的梅兰芳，因为《真假潘金莲》《贵妃醉酒》等拿手好戏，在北京各界举行的京剧演员评选中，名列第三名探花。

听着父亲与梅姨唱京戏，张君逸觉得很有味道。有一次，忍不住也哼了起来，张翰飞听了，感叹道："嘿，这小子，真是哼得字正腔圆。"

梅姨在一旁叹道："他像你啊，没哪一门聪明劲落后于你。"

张君逸心中感到自豪，父亲的棋琴书画他都能弄了，唯一没碰过的是父亲的刻刀。有一次，也拿起刻刀在石头上刻起来，正刻得出神，父亲从外面回来，大声呵斥道："君逸，你不要什么都玩，中学了，好好读书考个大学，这是你眼下最要紧的事。"

"书我都读好了。"张君逸说道，手还是忍不住刻了起来。

"什么读好了？小小年纪这么骄傲！"张翰飞火了，"考不上大学看怎么收拾你！"

张翰飞火气很大，梅姨在一旁不敢出声。

此后，张君逸埋头读书，每天早起背英文。至于画画，只能确定父亲外出一时不会来，偷偷弄上几笔过过瘾。而刻刀，一直不敢弄，乃至大学毕业后，还心有余悸，不敢去碰。

宣南画社的常客

民国时期的北京，云集了一大批书画家。其中许多人，以极大的成就进入了中国美术史，呈现出了一个时代的精英群体。

辛亥革命推翻清王朝后，北京临时政府成立，各军政派系争权夺利，不少人涌入北京谋求一官半职。1914年6月，天津的《大公报》有报道，当时在北京城南各会馆或客店等候机会者有十余万人之多。

这十余万人中，不少是画家。他们大多数是南方画家，却主导着北京画坛。他们或者是出身科举，擅长诗文书画；或者是拜师名家，绘画技艺高超。来到北京，希望在新的政府中谋个职位，有稳定生活。

随着画家的增多，陆续出现许多书画社。

开创民国时期北京美术社团先河的是“宣南画社”，早于后来有名的北京大学画法研究会、中国画研究会、松风画会等。

1915年，在司法部任职的余绍宋与林宰平、梁和钧、胡子贤、杨劲苏、孟莼荪等十几位同事，因为喜爱绘画，便发起成立“宣南画社”，请江南名画家汤定之担任指导。

余绍宋就是在北京谋得职位较高的一位画家，是北京画坛“旧都四家”之一。

祖籍徽州的举人、书法家潘恩元有首《旧都杂咏》，咏的就是北京画坛四家：“绍宋江湖还落落，芝田山泽更迢迢。琉璃厂肆成年见，满地云烟有二萧。”“绍宋”就是指余绍宋。“芝田”是指宋伯鲁，戊戌变法时曾参与新政，失败后逃归陕西故里，“二萧”是指湖南衡阳人萧俊贤和安徽怀宁人萧谦中。

余绍宋居住的宣武门以南的骡马市大街西砖胡同5号，是书画家雅集的地方。画社以“宣南”为名，意即雅集地点在宣武门外。这一带是近代北京文化中心。雍正、乾隆时期，居京外籍官绅纷纷建立会馆，接待本省进京会试举人，汉族京官的宅邸不断增多，大小戏园层出不穷，名伶宅邸遍布城南胡同街巷，檀板笙歌，晨夕不绝。

兴起的报馆也集中在宣外大街一带，最多的时候达到几十家，柳巷永兴寺为“报市”，每日清晨，报贩云集，成为当时北京市民生活一景。此外，附近琉璃厂书肆、古董店、字画文具商铺林立，茶园、酒楼、各地风味饭庄星罗棋布。

陈师曾

“宣南画社”每周聚会一次，吟诗作画，谈艺论文，地位不分高低，来不迎，去不送。后来闻名画坛的陈师曾、陈半丁、梁启超、姚茫父、金拱北、贺良朴、林纾、萧俊贤、沈尹默、萧谦中、郁曼陀等相继参加过画社活动。

因为吴承仕任职司法部，张翰飞自然也是宣南画社的常客，并认识了陈师曾、萧俊贤、陈半丁等人。

1876年出生的陈师曾，又名衡恪，江西修水人。祖父是湖南巡抚陈宝箴，父亲是著名诗人陈三立，他有个弟弟陈寅恪是著名学者。

1902年，陈师曾东渡日本留学，1909年回国任江西教育司司长，后在长沙、北京等地任教，他善诗文、书法，尤其是长于绘画、篆刻。他的山水画在承袭明代沈周、清代石涛技法的基础上，从自然景观中汲取创作灵感；写意花鸟画近学吴昌硕，远宗徐渭、陈淳等人大写意笔法，画风雄厚爽健，富有情趣。

张翰飞的绘画理想与陈师曾一致。对石涛的喜爱，对花鸟情趣的追随，使两人有太多话题，经常一起交流，经常书画互赠。张翰飞回老家歙县时，带回许多陈师曾作品，可惜"文革"时期有的被烧毁，有的被抄走。

这一时期，因为政权更迭频繁，叶恭绰时而任段祺瑞政府的交通部次长，时而任张勋复辟时的"讨逆军交通处处长"。张翰飞也随着他，时而去交通部任职，时而又回报社。

1918年9月，《晨钟报》因为刊载段祺瑞向日本借款消息，被北洋政府封闭。

3个月后，《晨钟报》改名《晨报》，继续出版。

张君逸拜师

一次雅集上，陈师曾向余绍宋推荐一位画家，叫王梦白。

王梦白祖籍江西丰城，1888年生于浙江衢州，年轻时在上海钱庄当学徒，喜画花鸟画，学习任颐，后来得到吴昌硕的赏识并指导他画画，画艺进步飞速。

看了王梦白作品后，余绍宋一口应允，希望他尽快赴京，参加画社雅集。

十几天后，张翰飞接到通知，前往南宣画社，以雅集方式迎接王梦白的到来。

张君逸绘画老师王梦白

王梦白小张翰飞4岁，浓浓的眉毛、亮亮的眼睛、留着浅浅的络腮胡须，一派正直的形象。大家请他绘画，他言语不多，拿起笔画了起来，干净利落地画成螃蟹秋菊。众人掌声阵阵，他则是憨憨地笑着，眼睛眯成一条缝。

张翰飞与王梦白一见如故。

王梦白时常走进歙县会馆的张翰飞寓所，谈画艺，共同合作。这个时候，他听取陈师曾建议，改走华喦、李鱓、徐渭的路子，也开始画猴，经常出入动物园观察动物的种种神态。

第二年，陈师曾推荐王梦白出任北京美术学校中国画系主任、教授。这所学校在著名教育家蔡元培倡导下于1918年成立，是中国历史上第一所国立美术教育学校，也是中国现代美术教育的开端，后来更名国立艺专，余锦、徐悲鸿、江丰、吴作人、古元、靳尚谊等先后担任院长。

王梦白在这所学校里培养了一批弟子，得意弟子有王雪涛、王羽仪等人。

张君逸正在读中学，准备报考大学。有一次，王梦白看他绘画后，问道："君逸，你是画画的料子，可愿意报考美术学校？"

张君逸还没来得及回答，张翰飞在一旁说道："准备让他报考清华学校。"

"嗯，更好。"

"我想君逸一上清华后，拜兄为师，一如梅兰芳，成为你的课堂外弟子。"

梅兰芳唱京戏成名后，1915年开始向陈师曾学习绘画。后来陈师曾鼓励他向王梦白学画花鸟。于是，每周三次，王梦白在梅府缀玉轩授课。梅兰芳先后还向姚茫父、金拱北、汤定之、齐白石、陈半丁、吴湖帆等学过绘画，正因为师承这些大家，他的作品不俗。

这些绘画老师中，王梦白给梅兰芳的教诲最深。所以，梅兰芳对人始终声称"王梦白是我学画的开蒙老师"。

考取大学后，张君逸在父亲主持下，正式拜王梦白为师，学习花卉。因与梅兰芳是同门师兄弟，时常交往，他成了有名的京戏票友。

1958年3月，梅兰芳来合肥演出，他亲自把戏票送到安徽艺术学院，请学友张君逸看戏。

求　是

各种西方思潮此起彼伏,对中国画的争论十分激烈。

康有为、蔡元培、陈独秀、徐悲鸿、刘海粟等人以为“国画疏浅”,主张以西方绘画的“写实”来改良中国传统水墨的“文人化”倾向。

“中国画的魅力就是以水墨来抒张性灵啊!”周肇祥、林纾、陈师曾、张翰飞等人坚决反对一味西化,对传统文人画的价值做了充分的肯定。

“国画疏浅”的声音越来越烈,出现在各大报刊上。

一天晚饭后,张君逸读完书,照例为父亲取来他喜欢的报纸。

张翰飞读着,忽然一手捶在椅子扶手上,叹道:“数千年的文化,难道到我们这一代就浅陋?是我们无知,还是祖宗们无能?可悲可悲!”原来,一篇文章对西方绘画的素描、色彩极力推崇,认为中国画的教育应该从素描开始。

“难道我画了一辈子画不叫画画?难道我要重去学素描?”张翰飞自言自语。

梅姨几次喊他吃饭,他总是置之不理。

“东西方文化有差异,很简单的事,你搞这么复杂,饭也不吃?”梅姨忍不住说道。

“是啊!”张翰飞感叹,“你都把这问题看透了,为什么那些名流,一味推崇西方绘画呢?尤其是康有为、陈独秀,提出改良中国画,对明清文人绘画的否定,实乃偏见。而徐悲鸿对待传统则是近于虚无主义,很是偏激啊！”

他为之反思，从中国画出现以来，涌现许多大家，作品格调高雅，可是他们没有拿起铅笔去素描啊。他认为西画在形式上、光线上有独到之处，但中国画强调神韵，表现画家情感，正是中国画的魅力所在。

思考久了，张翰飞满心不是滋味，让梅姨为他展纸，满怀激情地写下："求是"二字，他写道："人能实事求是，则遇事不设成心，不参己见……"

张翰飞书写《求是》

周肇祥看到张翰飞题写的"求是"，说道："你这'求是'二字总结得好，眼下对于中国画批评的言论漫天飞舞，我们需要求是态度，我们要组织一批人，开展对中国画的研究。中国画如何发展？一味西化不行，简单折中也不行。我看啊，只有立足传统才能找到新的出路。"

"是的，我认为我们不是传统坚守多了，恰恰是不够，要上溯唐宋，让中国画的魅力发扬光大！"张翰飞说道。

林纾也在报刊上发表观点，从文化的角度阐述中国画。他认为中国画不应该被西方绘画改良，恰恰要上溯古人，达到古人的境界。

1852年出生的福建人林纾，是著名的文学家，所作古文，为桐城派大师吴汝纶推重，进入北京大学担任讲席。他的山水画从文徵明的灵秀、戴熙的浓厚而来，浑厚之中有淋漓之趣。

1920年5月，中国画学研究会正式成立，还得到前大总统徐世昌支持，批准将日本退还庚子赔款的一部分用于开办研究活动。画会以“精研古法、博采新知”为宗旨，提倡学习宋元及南北各家，反对革新派的革新。

中国画学研究会名誉会长为周肇祥，会长为金城，副会长为陈年、徐宗浩，聘请陈汉第、胡佩衡、溥雪斋、溥心畬、张大千、黄宾虹、萧俊贤等人为评议，进行对传统绘画研究的教学活动。每月逢三、六、九日，大家聚在一起观摩作品，对中国画发表看法。

研究会一直持续了二十多年，成立初期有三十余人，会员最多时有五百多人。

金城与周肇祥不仅在绘画上有很深造诣，同时有着政治影响力。周肇祥出生于浙江绍兴，举人出身。袁世凯称帝时，他被授上大夫加少卿衔。1917年代理湖南省省长。

金城出生于1878年，比张翰飞大6岁，因而张翰飞在与他的书信往来中一直称拱北兄。他原名绍城，一字拱北，号北楼，祖籍浙江吴兴，出身书香门第，自幼喜爱绘画，临摹家藏古代名人字画，几可乱真。

金城兄弟姐妹早年都游学欧美，他本人也在攻读法律。中华民国成立后，任众议院议员、国务秘书，参与筹备古物陈列所，倡议将故宫内库及承德行宫所藏金石书画于武英殿陈列展览，供广大群众和画家们研究学习。

这是一群志同道合的画友，大家聚在一起作画、交流，他们推崇传统，取法宋元。

张翰飞这一时期完全沉浸在元人艺术的世界里，他尤其喜爱黄公望。元代画家黄公望，字子久，号一峰、大痴道人。他师法董源、巨然，兼修李成笔法，得赵孟頫指导。他的水墨画笔力老到，简淡深厚，尤其是水墨之上略施淡赭，开创了“浅绛山水”。晚年以草籀笔意入画，气韵雄秀苍茫，与吴镇、倪瓒、王蒙合称“元四家”。

一次聚会上，张翰飞仿黄公望笔意创作了一幅山水画《秋山图》。近处以老树、巨石、溪流、茅屋、小径做铺垫，朴拙中见自然，中景穿插楼阁烟云，生机勃发，高远处则重峦叠峰，极具气势。披麻皴就山石，溪涧出没在树石之中，仿佛可以闻听水声。云雾在山间飘荡，古寺飘摇于云烟之间。仔细看荒径古道上，一人骑驴，显得清逸脱俗。画面笔法多变，点染、皴擦、飞白等等，信手拈来。

“深得黄公望精髓，该让那些鼓吹西画的人来看看，如何表现文化人内心的清逸之趣。”金城禁不住赞叹，大家也纷纷喝彩。

袁励准忍不住提笔题词：“峰峦浑厚，草木华滋，深得大痴三昧。”

袁励准出生于书香门第，祖父袁绩懋为道光二十七年(1847)科考榜眼。父亲袁学昌光绪五年(1874)中举，他自己于光绪二十四年(1898)考取进士。袁门人才辈出，袁励准侄子袁行霈继启功之后，出任第七任中央文史研究馆馆长。

袁励准也是翰林院编修，行楷以米芾为宗，篆习李阳冰，画学马远。因为相同的翰林院经历，张翰飞与袁励准交往深厚。正因为这层关系，张君逸拜他为师，学习诗词歌赋。

有一次，袁励准来歙县会馆张翰飞寓所，两人聊着来了兴致，各画一幅画，请对方题跋。张翰飞一改黄公望笔法，以倪瓒笔意作画，干笔皴擦，焦墨点苔，笔简意繁，充满野趣。袁励准提笔写下：“云林画法以简净为宗，一丘一壑视千丘万壑为尤难。翰飞画多学大痴，此帧学云林，着笔不多，墨韵自足，即此已加人一等矣。”

这一年，国民政府任命张翰飞好友匡一为黑龙江省督军，他内心高兴，准备前去道贺，却传来匡一身患重病不能赴任的消息。

张翰飞前去探望，匡一躺在病床上，形容憔悴。他的夫人已经回老家罗田了，他介绍说，自知不久于人世，便将夫人叫到床前说道：“我东奔西走几十年，没为你留下一点私产，现在只好先送你回罗田，以免我死后，你们孤儿寡母流落在外。”夫人不同意先走，正好孙中山前来探病，也劝说匡夫人先回去，免得匡一总是放心不下。夫人便先行回去，内心盼望丈夫早日康复，重新团聚。

匡一紧紧握着昔日同窗的手：“我为革命奔走一生，无所成就，遗憾！”

张翰飞眼含热泪，宽慰道：“你的一生，为革命奉献，宣传三民主义学说，任北京政法大学校长、北洋大学教授、天津律师会会长，擅长书法、金石，著译丰硕，《民法通论》《法政汇编》见证了你的学术，弟为你骄傲！”

不久，匡一病情恶化去世，孙中山将自己的一辆小轿车卖掉，凑上笔钱，派人搬运匡一灵柩回罗田。他在白绸上，为匡一写了一副很长的挽联，以表示哀悼。

送完匡一灵柩一程后。张翰飞神情黯然，推开家门，挥毫写下：

忆当年，风华正茂群彦乐；

叹今夕，骑鹤西去我心悲。

推荐过旭初

1920年前后的民国总理、皖系军阀首领段祺瑞，人称段执政、段合肥。他平时有三大爱好：念佛经、搓麻将和下围棋。

段祺瑞喜爱围棋与晚清到民国初合肥一带围棋兴旺有关。一些社会名流都热衷于棋艺，比如，淮军将领刘铭传是清代官僚中屈指可数的围棋高手，李鸿章门生中更有李子干、李戚如等高手。他们常邀各地名手来合肥交流，组织棋社，结纳棋友。

段祺瑞的少年时代在弈风甚盛的环境中长大，与围棋结上一生情缘。

段祺瑞子侄也喜欢下围棋。长子段宏业的棋艺水平够得上国手水平，侄子段宏纲也不差。出入段家的棋客众多，当时的围棋国手顾水如、张淡如、刘棣怀、魏海鸿、汪云峰等都陪他下过棋。

在办理铁路事务中，张翰飞与段祺瑞交往，因为大同乡与同好，两人成为棋友。张翰飞的围棋段位在三四段，比段祺瑞技艺高，他知道段祺瑞的性格，不能全输，也不能全赢，有输有赢，小输小赢。这样一来，段祺瑞下得饶有趣味，隔两三天就请张翰飞去陪他下棋。

1919年5月4日，曹汝霖、陆宗舆、章宗祥在“巴黎和会”上签字，出卖国家权益，消息传到北京，引发了彪炳史册的爱国运动。

重权在握的皖系军阀首领段祺瑞袒护曹、章、陆的卖国行为。12月，直系军阀首领冯国璋去世，曹锟被拥为首领，原本的直皖矛盾仍然继续。

1920年7月14日，直皖战争爆发。7月21日，直奉军宪兵进入北京，皖系失败。此后的段祺瑞虽然还活跃在政治舞台，实力已然不可同日而语。

思索一番后，段祺瑞退居天津。

清闲下来的段祺瑞更是喜爱围棋，过去的棋友一一召唤陪着对弈。张翰飞事务多，又因为探索画艺，实在应付不了段祺瑞的召唤，便想起老家歙县的青年过旭初，给他写信，请他赴京。

过旭初1903年出生在歙县阳和门，与弟弟过惕生后来都是著名的围棋大师，棋坛称为“二过”。他们出生一个围棋世家，是明末清初围棋国手过百龄的后裔。

过百龄的棋艺很早就名扬江南。在北京声望最高的前辈国手林符卿瞧不起年幼的过百龄，拿出银子作为优胜者的奖赏挑战过百龄。结果林符卿连输三局，闹了个脸红耳赤。诗人钱谦益为此作诗“八岁童牙上弈坛，白头旗纛许谁干”。

过旭初的父亲过铭轩早年在歙县开设“干和仁记”书籍古玩店，由于生意清淡，常常下棋自娱。过旭初在家庭的熏陶下，自幼棋艺过人，9岁时在歙县就无对手，被誉为神童。十多岁时，他离开歙县，先后到安庆、上海等地，以棋会友，以棋谋生。

段祺瑞外甥陈众孚也写信推荐过旭初，段祺瑞便让人召集他入京下棋。

1924年，过旭初来到北京，与京城一些高手对弈，也常常同段祺瑞和他的儿子段宏业下棋。

中日围棋赛在北京八宝胡同俱乐部举行，过旭初获得冠军，一时名声大振。

段祺瑞还是从天津回到北京，更是频繁召唤过旭初对弈。

中华人民共和国成立后，过氏兄弟应李济深的邀请，筹组成立北京棋艺研究所，与陈毅、方毅等人也是亲密朋友，做过著名“棋圣”聂卫平的启蒙老师。

晚年的过旭初曾为忆张翰飞的北平往事，饱含深情地写了满满几页纸，记录了一代画家张翰飞在京城与文化精英及政要的交往。

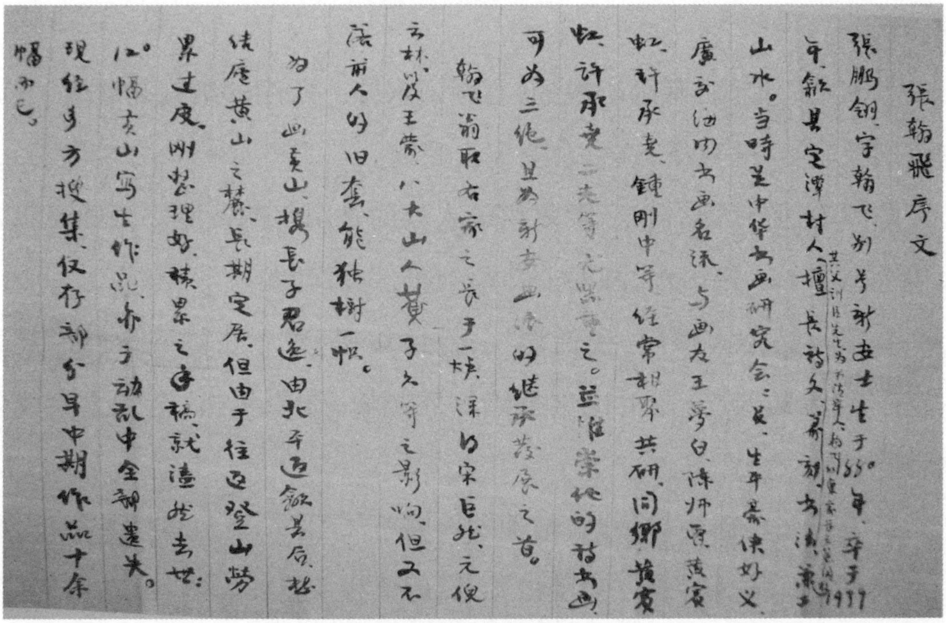
張翰飛序文

張鹏翎，字翰飞，别号新安士，生于1897年，歙县定潭村人，擅长诗文、篆刻、书法，兼工山水。当时是中华书画研究会之员，生平慕侠好义，广交当时的书画名流，与画友王梦白、陈师曾、萧谦中、许承尧、钟刚中等经常相聚共研，同乡黄宾虹、许承尧二先生等尤器重之。並推崇他的诗书画可为三绝，且为新安画派的继承发展之首。

翰飞崇取名家之长于一炉，深得宋巨然、元倪云林、明王蒙、八大山人、黄子久等之影响，但又不落前人的旧套，能独树一帜。

为了画黄山，携长子君逸由北平迁歙县后，曾继续在黄山之麓长期定居，但由于往返登山劳累过度，咐整理好积累之画稿，就溘然去世；120幅黄山写生作品，亦于动乱中全部遗失。现经多方搜集，仅存部分早中期作品十余幅而已。

过旭初手书回忆张翰飞文章

作画贺寿

1921年中秋逐渐临近。蓝天白云，天高气爽。

余绍宋给北京的书画好友下函，母亲褚太夫人六十寿辰，请大家在城南寓所雅集。

余绍宋自然是有着极大的号召力，一时间大家云集，成为轰动一时的美谈。

大家精心作画，有画寿桃的，有画山水的。所用的纸张是题署"龙游南陔别业制笺"的宣纸，这是余绍宋喜爱的。

陈师曾、陈汉第、何墨、罗复堪等人画的是山水四条屏。张翰飞以黄公望笔意作了一幅山水，画面上林壑幽美，生机勃发。

余绍宋是个大嗓门，说话痛快，性情坦率，观看张翰飞作品后突然叫道："鹏翎兄，黄公在世也难描绘如此画境，无限生机，老太太会满怀欢喜啊！"

众人正在聚精会神画画，被他这一喊吓了一跳，罗复堪把笔一撂，凑了过来，说道："士别三日，刮目相看，你可让我洗目相看啊，可喜可贺！"

"你们京师大学堂还真是出了不少丹青高手！"陈师曾也感叹。

"老同学，你章草好，请你题款。"张翰飞将笔伸向罗复堪。

"你的章草古朴厚重啊，我岂敢！"罗复堪推辞。

"悉檀居士题吧，算你两老同学合作！"余绍宋哈哈大笑，"京师大学堂两大才子合作为老母贺寿，这是雅事啊。"

余绍宋发话了，罗复堪便执笔题下：其西南诸峰林壑尤美；当春夏之交草木际天。

“这是我集欧阳修《醉翁亭记》及苏轼《放翁亭记》之句拟的楹联嘛。”余绍宋说道，“你用在这，挺符合这画面的，高！”

“今天要是搞个评选，你们这幅可是头名啊！”大家说道。

中秋雅集

中秋之夜。明月如水,清辉洒满大地。

一辆辆人力车奔向歙县会馆。王梦白、袁励准、钟刚中等陆续来到会馆内张家。

丹桂幽香,伴着茶香,沁人心脾。

钟刚中也是张翰飞老朋友。他号桴堂,晚年又号桴公。他1904年考中进士,第二年,考取清政府派出国留学生,前往日本早稻田大学学习法律。民国初年,曾任湖北省通山及直隶成安、宁晋等县知事。

钟刚中性格清奇,襟怀坦荡,一心致力于金石书画艺术,他交往的都是性情相投之人,如果是一般官员或者俗人造访,他总是说“我要睡了,你离去吧”。张翰飞的诗文和篆刻让钟刚中心中敬佩,成为知音。

他刚从老家广西回京,便来看望张翰飞,得知这次雅集,自然前来。

悠扬的京腔从巷子里飘来。袁励准来了兴致,轻轻地哼着。张翰飞掏出一块印说道:“老同学,改日请梅兰芳来会馆,再欣赏京戏。这印是为你刻的,指正!”

“好哇!”袁励准接过印,对着月光看了看,用手触摸着。

两人切磋篆刻。他们有着共同的篆刻理念:刀法必须服从笔法,治印不仅要有“刀味”,更要有“笔味”,强调刀法与笔法的高度统一。谈起刻印高手，他们都欣赏张翰飞的徽州同乡黄牧甫，欣赏他遍学各家，入而能出，用光洁妍美的风姿，把汉印原来的面目重现于刀下，吐故纳新，创造了自己寓险绝于平正，峭拔而雄深的风格。

月上中天，清辉如水，给人毫无杂质、清澈洁净的感觉。

袁励准因为最近教授张君逸关于月的诗词歌赋，便随口朗诵王建《十五夜望月》——

中庭地白树栖鸦，冷露无声湿桂花。

今夜月明人尽望，不知秋思落谁家！

他朗诵得抑扬顿挫，大家鼓掌。袁励准却点学生的名道："君逸，你朗诵一首，要最能体现你此时的心情。"

张君逸抬头望月，略一思索后朗道——

尘中见月心亦闲，况是清秋仙府间。

凝光悠悠寒露坠，此时立在最高山。

碧虚无云风不起，山上长松山下水。

群动悠然一顾中，天高地平千万里。

少君引我升玉坛，礼空遥请真仙官。

云拼欲下星斗动，天乐一声肌骨寒。

金霞昕昕渐东上，轮欹影促犹频望。

绝景良时难再并，他年此日应惆怅。

"朗读得好，为什么选这首唐刘禹锡的《八月十五夜桃源玩月》来表达你的心境呢？"袁励准颇为得意地问自己的学生。

"永贞革新失败后，刘禹锡被贬谪到朗州，写了不少关于桃源的诗句。这首诗每四句一韵，每一韵又是一个自然段落。第一段写桃源玩月，有月之景，有玩之情；第二段以月光朗照下的天地山水反衬中秋之月；第三段由景及情，浪漫畅想；最后一段抒发情感。全诗景物随时而变，情调随景而移，有起伏跌宕之感。我尤其喜爱‘凝光悠悠寒露坠，此时立在最高山’一句，人生无常，但有各位老师的指点，我又受益无穷。”

“解释得好啊！鹏翎，君逸马上考大学，上你书房，我要作画祝贺。”王梦白高兴地说道。

梅姨赶紧铺纸，磨墨。

王梦白凝神后开始作画。他有“三快”，即眼快、手快、心快。执笔在手，左右挥毫，一会儿，画好一幅中堂，是他拿手的题材——猿猴，一只在树上攀缘，一只蹲在树上。

“中秋之夜，梦白先生为君逸画猴，寓意深刻啊，封侯嘛！”袁励准赞道，众人应和。

这年的10月12日，《晨报》著名的版面7版正式定名为《晨报副刊》，4开4版，单张发行，曾发表鲁迅的《阿Q正传》，是京城著名的四大副刊之一。

张君逸喜爱看《晨报副刊》，上面的一些文学作品出自大家之手，或议论时事，或抒发个人情怀。

有时候，他自己也写些文章。老师们中秋雅集，他便写了出来。《晨报副刊》要刊发，张翰飞说：“这样闲情逸致的文章不要发，鼓励他多关心些时事。”

张大千与歙县会馆

歙县会馆里的歙县书画家，除了定潭张翰飞，还有西溪汪福熙、汪采白父子。

歙县汪姓多，涌现了许多望族。汪福熙父亲汪宗沂，师从帝师翁同龢，光绪六年(1880)考取进士，被曾国藩聘为忠义局编纂，后任李鸿章幕僚，主讲安庆敬敷书院、芜湖中江书院、徽州紫阳书院，黄宾虹、许承尧都出自他的门下。

汪福熙是汪宗沂长子，曾供职北洋大学，是很有声誉的书法家、学者。他的儿子汪采白5岁拜黄宾虹为师，学习四书五经和绘画。21岁考入两江师范学堂国画手工科，师从叔父汪律本的挚友、晚清著名书法家李瑞清。

1921年，担任武昌高等师范学校教授的汪采白赴北京任教，住在歙县会馆。

张翰飞时而出任铁道部高级助理，时而担任《晨报》编辑，是住在歙县会馆里的一位有着政治地位和影响的人物，汪家父子常来张翰飞的院落，聊家乡人情世故，切磋绘画书法。

汪采白与张翰飞一样，对新安画派诸位先贤格外推崇，他尤其喜爱渐江和查士标的绘画风格。

有一次，汪采白看见张君逸临摹倪瓒作品后，向他极力推荐查士标，说道："梅壑老人运笔苍劲，简洁不让倪迂，令人百学不厌。"

张翰飞因为事务繁杂，便请汪采白教授张君逸。

“君逸聪明，有你和梦白先生指导，这就够了。”汪采白说道。

“绘画需要汲取百家滋养，我们住一个会馆里，君逸求教方便。”张翰飞说道，“你若不嫌弃，我代他谢过，改日请几位同道，见证他拜师。”

汪采白应允了。张君逸功底扎实，天赋极高，他乐意传授。

张君逸为之搜罗查士标作品，在汪采白的指导下，潜心研习，汲取了他的笔墨疏简、格调秀远的艺术滋养。

寿石公、邵章、董寿平住在附近，也是时常光临歙县会馆。

1923年，歙县会馆又住进了一位歙县画家汪溶。

汪溶祖籍歙县里东乡满川，1896年出生在浙江兰溪，12岁起在衢州合成钱庄做了5年学徒。他从小喜欢写字、画画。17岁时到上海谋生，学画肖像，晚间去补习文化。后回到衢州定居，在高等小学任图画教员。

衢州烂柯山下石室村出了一位徐心庵，1879年出生于一个官宦之家，民国时期，他先后当过云南督府的秘书、司法部的办事、大理院的科长、法权委员会的顾问等职，与司法部高官余绍宋关系深厚。

徐心庵擅长书画、篆刻，尤工设色花鸟。他看到汪溶的花鸟后，格外惊叹，便资助他来北京，把他介绍给组织“宣南画社”的余绍宋。

就这样，“宣南画社”又有了汪溶的参加。

为了生活上有着落，余绍宋把他介绍到河北第一监狱任图画教师。歙县会馆是他老部下吴承仕家管理，他自然住进了歙县会馆。

汪溶一面外出教授，一面在家里作画卖画、教授学生。最早在他家学画的是后来成为中央美术学院教授的萧淑芳，梅兰芳也曾来学习花鸟。

汪溶初来京城，需要绘画技艺高超、人脉资源广泛的张翰飞照应，常来张家走动，来了兴致便一起作画。

后来，汪溶在京华美术专科学校、北京辅仁大学美术系、北京师范大学任教，与陈半丁、王雪涛等画家齐名。先后来他家中拜师学画的有孙其峰、潘素、邓小平的女儿邓林等。

1924年，以画虎出名的著名画家张善孖奉调入京，任总统府咨议。他的弟弟张大千也随之前往，住在汪溶的歙县会馆寓所。

张善孖、张大千已经是画坛出名的弟兄画家。汪溶长张大千3岁，他佩服张大千的才气，临摹古画工夫非常深厚。张大千也仰慕汪溶的花卉。

住在汪溶寓所的日子，一批文化人慕名而来，进进出出，举办艺术沙龙。有时候，大家一起作画，相互赠送，很有雅趣。张大千喜欢以石涛、八大、渐江笔意作画。

此后，张大千几次来京城，都要走进歙县会馆，与张翰飞、汪溶、张君逸等人一起合作书画。

这时的张君逸已经在清华学校读书。

1911年，清华学堂成立，是由美国“退还”的部分“庚子赔款”建立的留美预备学校。1912年，更名为清华学校，始创四年制本科教育，分文、理、法三院。1924年5月，曹云祥担任校长，注重学术发展。

张君逸很喜爱清华自由的学术氛围，他兴趣广泛，不仅学好本专业，还旁听其他课程。尤其是国学研究院聘请梁启超、王国维、陈寅恪、赵元任担任导师，只要有他们的演讲，张君逸总是一场不少地认真听，认真记。

长留他记忆深处的是梁启超的演讲。梁启超知识渊博，让人深受启迪。每次演讲，清华学校的数百名学生几乎都来听课，鸦雀无声。

吴承仕与章太炎

吴承仕原本对资产阶级革命的胜利抱有很大的希望。出任民国司法部佥事后，他想在新政府中成就一番事业，为此忙碌着。

每次妻弟张翰飞来访，聊起时事，他总是劝张翰飞少把精力放在绘画上，多在政治上下功夫。

张翰飞总是笑道："政治上我无意追求，绘画上精益求精。"

袁世凯、黎元洪、冯国璋、徐世昌、段祺瑞，一个个头头犹如走马灯，换个不停。这现实，让吴承仕很是失望。

一天傍晚，吴承仕坐在家门口的藤椅上，看绚丽晚霞逐渐消淡，他感到很没落。对前来看望的张翰飞说道："你的选择是对的，政界纷扰，我也很困惑。"

"你适合做学问，在学术上投些精力，会有建树的。"张翰飞说道。

"三十功名尘与土，八千里路云和月。你说得对，生命有限，犹如这晚霞，绚丽过后夜幕开启。我们要遵从内心，做自己喜爱的事。"

"生命短暂，我们唯有珍惜时光，策马扬鞭，留些东西给岁月。"

"岁月可无情啊，不是你想留什么它接受什么，得有才情，投注心血。回头来看，你是对的，在绘画上已经是造诣深厚。"吴承仕说完，拍拍张翰飞的肩膀，"今晚我请你听戏。"

此后，吴承仕把精力移到学术领域，每天上午十时到司法部"画卯"，下午五时便径自归家，潜心研究历代典章制度与三礼(《仪礼》《周礼》《礼记》)。

这一时期,他认识结交了章太炎。

浙江余杭人章太炎,所著的《新方言》《国故论衡》《文始》《小学问答》,以严谨的立论、古朴隽永的文笔,上探语源,下明流变而让吴承仕心生敬意。

他敬重章太炎还有他不畏奸佞、敢于斗争的精神。1914年1月7日,章太炎不饰穿戴,手持羽扇,故意将袁世凯亲自授予的大勋章挂在扇柄作扇坠,装疯弄狂,大闹总统府,被袁世凯囚禁起来。他以司法官的身份,亲自问候,开始建立师生之谊。

章太炎得意弟子历有"南黄(黄侃)北吴(吴承仕)""三大弟子(吴承仕、黄侃、钱玄同)""四大弟子(黄侃、吴承仕、汪东、钱玄同)""章门五王(黄侃、吴承仕、汪东、朱希祖、钱玄同)"之说。不管哪一种说法,都有吴承仕在内。

受章太炎影响,吴承仕一面潜心学术,一面关心革命,读进步书籍,积极支持共产党。

支持革命

1927年4月6日，奉系军阀张作霖勾结帝国主义，逮捕李大钊等人。

无数人积极营救李大钊。吴承仕也是其中一位，他一面动用自己的社会关系，一面请妻弟张翰飞动用铁道部和《晨报》的人脉，帮助了解情况。

奔走无效，吴承仕找到自己曾经的顶头上司章士钊。

章士钊在清末时任上海《苏报》主笔。1911年后，曾任同济大学教授、北京大学教授，北京农业学校校长，广东军政府秘书长，南北议和南方代表。1924年，段祺瑞重新上台时，章士钊主张毁弃约法及国会的想法合其心意。段祺瑞邀请他北上，44岁的章士钊投入北洋军阀集团，委任为司法总长，随后兼任教育总长。

1926年3月12日，冯玉祥的国民军与奉系军阀作战期间，日本军舰掩护奉军军舰驶进天津大沽口，炮击国民军。国民军将日舰驱逐出大沽口。日本联合英美等八国于16日向段祺瑞政府发出最后通牒，提出撤除大沽口国防设施的无理要求。

3月18日，北京群众五千多人，由李大钊主持，在天安门集会抗议，要求拒绝八国通牒，遭到开枪射击，李大钊及陈独秀的儿子陈乔年在斗争中负伤。这就是“三一八”惨案。

英国《泰晤士报》称这次事件是“惊人惨案”。鲁迅称这一天为“民国以来最黑暗的一天”。周作人、林语堂、朱自清、蒋梦麟、闻一多、梁启超等著名文化名流纷纷谴责段祺瑞政府。《语丝》《国民新报》《晨报》《世界日报》《清华周刊》《现代评论》《京报》等报刊加入谴责暴行的行列。

社会的愤怒汇成不可抗拒的洪流。

段祺瑞被国民军驱逐下台，章士钊出走天津。

吴承仕找到章士钊的时候，他赞成营救李大钊，但又心情沮丧地说道：“我现在能有什么用呢？段公下台了，我是社会各界谴责的对象啊！”

“李大钊是一位为民族不惜牺牲的勇士，鲁迅是当下文坛的旗手，他写文章痛骂您是‘落水狗’，营救李大钊您会赢得民意。”吴承仕急切地直陈心思。

“我尽力而为吧，怕是力不从心啊！”章士钊很是无奈。

章士钊积极营救李大钊。但这年的4月28日，北洋军阀政府不顾社会舆论的强烈反对和谴责，将李大钊绞杀在西交民巷京师看守所内，时年38岁。

这段往事，吴承仕的弟弟吴承传曾经告诉侄儿吴鸿迈。吴鸿迈在纪念父亲吴承仕诞辰一百周年时写入了文章。

此后，吴承仕离开司法部，专心于讲学执教。先后出任北京大学教授、北京大学国学研究所所长、北京女子师范大学教授、东北大学教授、北京师范大学国文系系主任及教授、中国大学国学系系主任，以教授的身份创办刊物，支持革命。

张翰飞虽然一心在绘画上探索，很少关注政治上的交错变化，但受姐夫影响，他开始关心进步青年和革命人士。

1928年早春二月，孩子们正在歙县会馆的观光堂跟随杨兆清练习太极。

“警察局里你有熟人吗？”吴承仕从外回来，急匆匆地问张翰飞。

“二姐夫有事吗?”

“孙祥揭被他们抓进去了,去托个人情把他们放出来吧! 我现在是教书匠一个,没这能耐啊。”

“能干的,二姐夫放心!”张翰飞宽慰着,转身而去。

孙祥揭,安徽桐城人,后改名孙荪荃,1927年毕业于北京师范大学国文研究科,是张翰飞同事,任《晨报》改名后的《新晨报》的副刊主编。后来担任河北大学、山西民族革命大学教授,中央银行经济研究处协纂。1945年, 毛泽东在“重庆谈判”期间发表《沁园春·雪》,柳亚子、郭沫若、聂绀弩等文人唱和,孙荪荃也和词一首,受到毛泽东的重视。

两天后,孙荪荃果然释放出来。

此后的岁月里,吴承仕在支持革命关心进步学生中,遇到不少困难事都请在铁道部任职的妻弟张翰飞出面帮助。

新晨報副刊
第五十二期
第三版
張君逸山水
宣和集古印史官印序
輔伯臧父鼎

《新晨报·副刊》发表张君逸作品

中山公园联展

1924年4月下旬,雨后初晴的北京中山公园一片澄明,空气里弥漫着淡淡的草木味道。

卖糖葫芦的、卖烤饼的、卖风筝的,穿行其间。

骡马车、人力车、汽车都奔向中山公园。

北京画坛名流陆续来到,可谓大家云集。

中日绘画展览会在这里举办。金城、王梦白、齐白石及广濑东亩、小石翠云、太田秋民等数十人作品同展。这是一次文化盛事,许多媒体记者闻讯前来报道。

张君逸也去看了展览,展品有父亲张翰飞和老师王梦白的作品。

80岁的吴昌硕前来北京,与弟子们相聚,也参观了这次展览。王梦白早年在上海谋生,曾经在灯笼店、钱庄做学徒,业余刻苦习画,得到吴昌硕的亲自指导。老师来京,自然是朝夕相随,并把正在大学读书的张君逸介绍给吴昌硕。

吴昌硕眯起眼睛打量着英俊的张君逸,问了他一些绘画的问题后,竖起拇指对王梦白说道:“你这弟子收对了,他目光清澈、灵气十足,是个善良、有悟性的人,会有出息,大出息。”

“张翰飞的公子。”王梦白介绍。

“哦,难怪,新安画派的后起之秀。”吴昌硕说道。

这次展览引起不小的社会影响。5月2日,新文化运动旗手鲁迅也前来观展，为此刻了“渐近”印，款文为：刻画自如仿佛有鬼神助者，庶乎近者。

晚上，张翰飞从外回来，散发着酒气，显然与朋友们小酌了几杯。看张君逸正在绘画，便问道：“展览可看了？”

“看了，老师把我介绍给了吴昌硕先生。”

“那好啊，他与任伯年、蒲华、虚谷被人合称为‘清末海派四大家’，在写意画上应该算是开拓性人物，集诗、书、画、印为一体。”张翰飞躺在椅子上，翻阅身边梅姨为他准备的报纸。

“吴昌硕的写意画，得益于他极具金石味的书法，耐人寻味。”张君逸说道。

“那是，写意就是写性灵，需要学养，对书法要求极高。”张翰飞一面看报纸，一面问，“还有什么收获？”

“认真看了齐白石的作品，有人说他作品是雕虫小技，但他表现生活情趣是开创性的，那些小虫子生动极了，从没人画过。”

张翰飞“哦”了一声。情趣入画与学养入画，他更看重后者。

吴昌硕像

第四章

成立“湖社”

1926年9月6日，北京画坛举足轻重的人物金城在上海去世。

张翰飞正在东北张学良府上，商谈铁路建设。

因为铁路，张翰飞经常与叶恭绰一道，奔走东三省，与张作霖、张学良交往，加之书画结缘，便以本家相处。

听到金城去世的消息时，张翰飞不禁眼含热泪，一起讨论绘画、笔会的情景历历在目。

中国画学研究会由谁来掌舵？副会长周肇祥和金城长子金开藩是合适人选。周肇祥长期担任副会长，有较高威信。金城的弟子们则拥护金开藩，他幼承家学，工于书画。

相持不下，公开选举。结果出来，周肇祥接管任会长，陈半丁、徐宗浩任副会长。

金城的一些学生心中郁闷。因金城旧号“藕湖”，弟子们均以“湖”字为号。三个多月后，在金城入室弟子陈缘督（梅湖）的提议下，由号荫湖的金开藩继承父志，会同父亲其他弟子惠孝同（拓湖）、赵梦朱（明湖）、陈少梅（升湖）、李五湖等在钱粮胡同14号组织画会，取名“湖社”画会。

“湖社”成员内心憋着一股劲，要把湖社画会的影响力做得超过周肇祥掌舵的中国画学研究会。他们放眼画坛，只要是有影响有功力的人就动员加入。

“湖社”越来越壮大。王雪涛、贺良朴、吴镜汀、胡佩衡、汪慎生等相继参加，人数最多时有四百余人。社会上各界名流也慕名而至，著名画家张大千，京剧艺术家梅兰芳、言菊朋等都与“湖社”有交往。

手握重兵的东北边防军司令张学良喜爱收藏，也是“湖社”画会的常客，还赞助过“湖社”的展览。

金开藩找到张翰飞，请求他加入“湖社”。张翰飞答应了。参加“湖社”几次活动后，周肇祥找到他，说道：“您可是中国画学研究会的重要力量啊，有与其他画家不一样的社会影响，要支持我们工作！”

齐白石作品

政务繁忙的张翰飞此后便两个画会的活动都很少参加，尽量不卷入是非之中。

不久，齐白石的作品上，总是盖着一枚压脚印章，印文“一切画会无能加入”。大家都赞叹“寄萍老人真是谦虚啊”。

深有感触的张翰飞摇摇头，叹道：“你们哪知，他这是无奈啊！”

原来，因为齐白石的名气渐大，周肇祥和金开藩也都争取他，他两不得罪，都不参加。

有一次，“湖社”举行画展，展出了齐白石的画。周肇祥得知后，来到齐白石的家，询问他为什么参加“湖社”展览而不参加中国画学研究会的活动。齐白石回答说，是他们买了一幅作品去展览。周肇祥说：“我们也买幅您的画去展览。”为避免卷入误解与纠纷，齐白石便刻了这方印章。

张君逸加入“湖社”

1927年4月，南京国民政府成立，从形式上统一了四分五裂的中国，全国行政、司法、教育、军事、外交都趋于统一。

一些重要机关迁往南京，政要名流也都南下。

许多画家还留在北京，作为全国的文化中心，它的文化气息似乎不因为国民政府设在南京而改变。

这一年，“湖社”画会组织的《湖社月刊》创刊，这是我国第一本专业美术杂志，胡佩衡担任编辑。每期一位名家题写刊头，刊登古今名家作品及书法、篆刻、画评、画论、诗词、逸闻等照片和文字。其发行量很广，行销日本、美国、加拿大、古巴及东南亚等十几个国家和地区。

因为许久没参加“湖社”活动，也没有给《湖社月刊》投稿，金开藩来到歙县会馆，对张翰飞说道：“过去，您支持我父亲，现在也要支持我啊。湖社成员都想念您啊，没时间参加活动，给月刊投稿可以吧？”

“我何尝不想与大家一道交流切磋啊！只是这铁路上的事，千头万绪，时间不够啊！”

这时张君逸从外回来，张君逸从清华毕业后，又考入燕京大学，学习新闻专业。

张君逸之所以清华毕业又报考燕京大学，一是他喜爱新闻专业，另外是燕京大学的盛名吸引了他。这是一所由四所美国及英国基督教教会联合开办的大学，是近代中国规模最大、质量最好、环境最优美的大学，它创办于1916年，司徒雷登任校长。学校的体制、机构、计划、课程、方法乃至规章制度，更为直接地引进西方近代教育模式，并且深深介入中国政治，五四运动、西安事变、国共内战、学生运动……近现代中国的许多重大事件，都和燕京大学有关。1952年，院系调整中，燕京大学被撤销，文科、理科、法科分别并入北京大学、清华大学、中国政法大学。

冯友兰、冰心等都是燕京大学教授。张君逸如饥似渴地接受各种知识，他身体健硕，思维敏捷，不仅接受新闻专业知识，对文史哲也是兴趣浓厚，这为他的绘画积淀了深厚的学养。

金开藩看了张君逸山水作品后，很是感叹：“青年才俊，青年才俊啊！君逸，‘湖社’吸收你，别拒绝啊。”

《湖社月刊》

“十分感激啊，与‘湖社’的大家们一道切磋，是君逸的福气。”张翰飞代儿子谢过金开藩。

在湖社画会，张君逸与大家一道，临摹故宫古画，进步飞快。

1937年以后，抗战爆发，“湖社”画会被迫停办。直至1952年，由齐白石和溥雪斋发起，组织“湖社”画会会员创作了国画

《普天同庆》。毛泽东亲笔回信致谢:“白石先生:承赠《普天同庆》绘画一轴,业已收到,甚为感谢!并向共同创作者徐石雪、于非闇、汪慎生、胡佩衡、溥毅斋、关松房诸先生致谢意。”

1956年的全国政协会议上,叶恭绰、陈半丁等提出专设研究中国画机构的提案。随后,周恩来主持国务会议,批准北京、上海各成立一个专业画院。

1957年5月14日,北京中国画院正式成立。周恩来及郭沫若、陆定一、茅盾等人出席。画院以“湖社”画会的画家为基础,齐白石任名誉院长,叶恭绰担任院长,吴镜汀、陈半丁、于非闇、徐燕荪等人任副院长。入院画家由文化部直接聘任,聘有王雪涛、胡佩衡、汪慎生、关松房等20多名“湖社”画会的老会员和美术界名流,为画院专职画师。

画院成立时,叶恭绰望着20多名“湖社”画会会员,满怀感慨。如果自己的得力助理张翰飞还在,北京画院自然多了一位实力雄厚的专职画师,更为重要的是,他那么有风骨。想着想着,叶恭绰不禁热泪盈眶。

大学教授

张翰飞的人生历程中，有过一段大学教授经历。

因为政局动荡，官员不断变换。叶恭绰时而上任，时而卸职。张翰飞也随之变化，当王揖唐再次请他出任中华大学教授时，他便答应了。

这个中华大学是特殊历史时期的产物。

1927至1929年间，社会格外动荡。奉系军阀攫取北京政权后，北京大学遭到严重摧残，处于动荡之中。1927年北大被宣布撤销，与北京其他八所国立大学合并为京师大学校。1928年南京国民政府将其改为中华大学，复改为北平大学，复改为国立北平大学北大学院。

在中华大学里，张翰飞讲授国文。闲暇之时，从事绘画与诗词创作，日子过得悠闲自在。

他的这段书画与诗词人生被王揖唐记载在他的《今传是楼诗话》里。这部书在1933年由《大公报》出版，在学术界产生了极大影响。书中共收录591首诗话，内容包含较多与诗作相关的本事和掌故，李鸿章、袁世凯、齐白石等都是诗话的对象，并有许多掌故逸事。王揖唐在《今传是楼诗话》里写道：

"余中华校中多诗友，宝融（曹纕蘅，字经沅、宝融）而外，如彭醇士（粹中）、罗超凡（兆凤）、李筱瀛（国柱）、张翰飞（鹏翎），其最著者。醇士、翰飞兼擅丹青，尤为难得……"

1997年，巴蜀书社出版了王仲镛编校的曹经沅遗稿《借槐庐诗集》，这部书里不仅收录了曹经沅的诗文，还有传记及悼念诗文，其中有篇郑逸梅的文章《曹纕蘅居近滂喜斋》记载："其时有中华大学者，教授多诗人，如彭醇士粹中、罗超凡兆凤、李筱瀛国柱、张翰飞鹏翎皆是，而纕蘅亦参与讲座，因组织一诗社曰漫社。"

这个郑逸梅也是张翰飞的歙县同乡。本姓鞠，名愿宗，因父亲早年去世，依苏州外祖父为生，改姓郑，号逸梅，曾参加南社。他担任过上海志心学院教授，上海国华中学校长，因擅长撰写文史掌故类文章而被誉为"补白大王"。

从记载来看，在中华大学里，张翰飞不仅擅长绘画，还是一位出色的诗人。这些"中华校"诗人中，张翰飞、曹纕蘅、彭醇士常在一起唱和，歙县会馆里总能见到他们的身影。

曹纕蘅18岁时通过乙酉（1909）科拔贡分发礼部，任主事。后来担任过安徽省政府秘书长、国民政府军事委员会委员长等职务。他与张翰飞等组织了名重一时的诗社——漫社。1922年，由曾在北大任教的歙县人程炎震编辑出版了《漫社集》。

彭醇士，江西高安人，担任过心远大学教授，江西省政府参事。1949年去往台湾。工书画，精词章，画由宋元入手，颇有高古气息。

当叶恭绰再次去交通部任职，张翰飞便辞去了教授职务。

首届全国美展

1929年4月,春暖花开,燕子归来。

王梦白应邀赴日本讲学,介绍中国艺术。同时,在东京、大阪两地举办个人画展,受到日本艺术家和鉴藏家的好评。

王梦白人还在日本,国内媒体已经报道了他在日本受到的礼遇。

当老师从日本回来,张君逸前去祝贺拜访。

"我们有些人提出要改良中国画,有些人鼓吹西洋画,你看看人家,对我们的传统格外崇拜,近学明清,远追唐宋。"王梦白感叹日本人对中国书画艺术的推崇。

"是啊,有些人错误革新,有些人则是崇洋媚外!"张君逸接过老师刚出版的《王梦白画册》,说道,"我们应该恪守传统,守住我们的文脉。"

"这就对啦,书画艺术别轻言创新,可以出新。出新是老树长新枝,在传统基础上有所发展。创新则是另长新枝,弄不好就是歪枝、病枝。"

"老师这说法让我受益匪浅。"

王梦白一面与学生交谈,一面创作。他在准备第一届全国美展作品。

随后,由国民政府教育部主办的第一届全国美术展览在上海国货路揭幕,这是中国历史上首次由政府出面举办、规格最高的艺术展览。

原监察院院长蔡元培担任名誉会长、教育部部长蒋梦麟担任会长，国民政府主席蒋介石、行政院院长谭延闿、立法院院长胡汉民、司法院院长王宠惠、考试院院长戴季陶、军事委员会常务委员冯玉祥等担任名誉评判委员。

正因为冠名“全国美展”，政府拨款2万元，用于出版《美展汇刊》和精美的珂罗版《美展特刊》。

这次展出作品涉及书画、雕刻、建筑及工艺、摄影，邀请的艺术家在当时卓有地位和影响力。其中，参加中国书画展的有196人，朱孝臧、齐白石、何香凝、高剑父、郑孝胥、黄宾虹、萧俊贤、陈半丁、王梦白、溥雪斋、李叔同、吴湖帆、陈树人、叶恭绰、张翰飞、郑午昌、钱化佛、贺天健、俞剑华、张大千等名家都参加了这次美展中书画部分的展览。

展览从4月10日展到4月30日，有10万人参观。张翰飞展出《云栈泉声图》和《杪秋图》，齐白石展出《梅花》《藤萝鸡虾图》，何香凝展出山水和松柏等作品，张大千展出《白鸟小照》《残荷》《水仙》，贺天健展出《牧牛图》，钱松嵒展出《 佛》《鹿》等作品，黄宾虹展出《黄山》《虞山》《九华山》等作品。刘海粟、朱屺瞻、林风眠、潘玉良等展出的则是西洋画。

展览同时进行评奖。张翰飞参展的两幅作品《云栈泉声图》和《杪秋图》，被评为最优奖，分别卖出了70和80块大洋的好价格。在当时，这是令人羡慕的。那时的北平，一块大洋可以请一顿涮羊肉，可以买16斤大米。

展览后，许多画家都刊登润例。张翰飞的作品为藏家喜爱，他的润格也不断提升，现存1931年元月他的山水润例资料表明：他的八尺堂幅为120元，五尺60元，四尺50元；八尺条屏80元，六尺60元，五尺36元，四尺28元。

齐白石在1932~1933年也重新订了润例，六尺对开花卉45元，八尺对开72元。

张君逸已经是画坛才俊，在北平琉璃厂各大南纸店可以订售他的山水。八尺堂幅70元、四尺36元；八尺屏条36元，六尺28元，四尺20元。

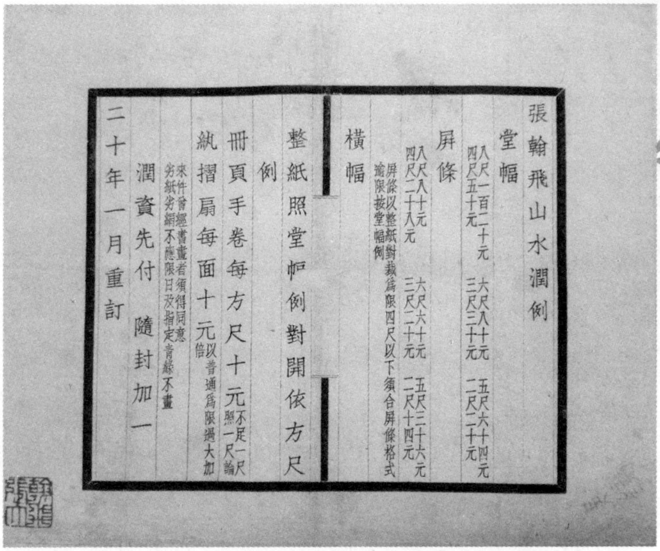

張翰飛山水潤例

堂幅 八尺一百二十元 四尺五十元 六尺八十元 三尺三十元 五尺六十四元 二尺二十元

屏條 八尺八十元 四尺二十八元 六尺六十元 三尺二十元 五尺三十六元 二尺十四元

屏條以整紙對裁爲限四尺以下須合屏條格式 逾限按堂幅例

橫幅

整紙照堂幅例對開依方尺例

冊頁手卷每方尺十元 不足一尺照一尺論

紈摺扇每面十元 以普通爲限過大加倍

來件曾經書畫者須得同意 劣紙劣絹不應限日及指定青綠不畫

潤資先付 隨封加一

二十年一月重訂

1931年重订 张翰飞山水润格

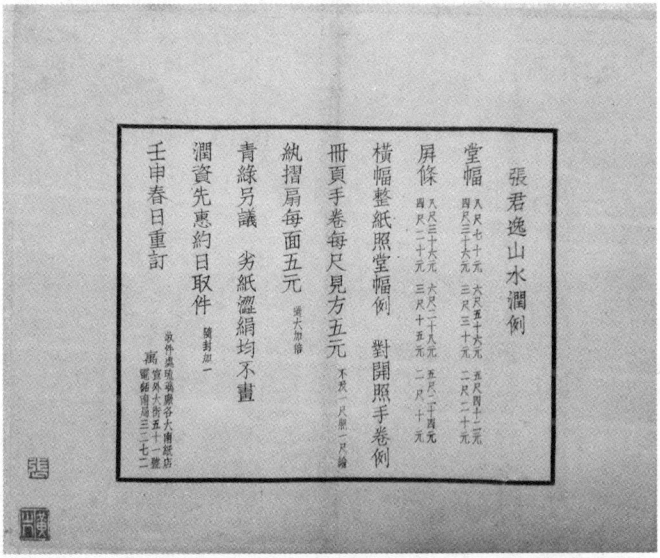

張君逸山水潤例

堂幅 八尺七十元 四尺三十六元 六尺五十六元 三尺三十元 五尺四十二元 二尺二十元

屏條 八尺三十六元 四尺二十元 六尺二十八元 三尺十五元 五尺二十四元 二尺十元

橫幅整紙照堂幅例 對開照手卷例

冊頁手卷每尺見方五元 不及一尺照一尺論

紈摺扇每面五元 過大加倍

青綠另議 劣紙澀絹均不畫

潤資先惠約日取件 隨封加一

壬申春日重訂

收件處琉璃廠各大南紙店

寓宣外大街五十一號 電話南局三一七二

张君逸于壬申年(1932)春重订的润格

邓之诚题画

1930年3月的一天，细雨纷飞。

张翰飞无心画画，百无聊赖地翻着报纸。最近一段时间没有读报，积压了许多。他快速地浏览着一张张报纸的标题，闪过系列信息：红军有了第一架飞机“列宁”号、梅兰芳首次在美国演出京剧、人类发现冥王星、中国左翼作家联盟在上海成立、国民党开除汪精卫党籍……

“鹏翎兄，好雅致啊，读书看报。”一个声音传来，中气十足，很洪亮。

张翰飞抬头一看，是自己的报社老上级、朋友邓之诚，眼镜下的一双大眼睛满含笑容。他赶紧立起身来迎接，说道：“内心空寂，读报打发时光。这雨一下数日，不见阳光，颇为郁闷啊。”

“我也是，今日学校无课，特意会会老友。”

邓之诚原籍江苏江宁，生于四川成都。幼年的他酷爱读书，很小的时候就对六朝史书尤为嗜好。早年，邓之诚投身报业，对当时国内外政局及地方兴革事宜多有论述，深为社会赏许。

武昌起义后，邓之诚在报纸上撰写政治性文章，欢呼辛亥革命胜利。袁世凯窃国后，乃自滇出川、鄂，积极参与护国军运动，并结识革命领袖孙中山、黄兴及护国军统帅蔡锷等。他不仅在言论上宣传革命，还言行合一，投身反清革命活动和反袁护国运动。

1917年，邓之诚应北京大学之邀北上，在国史编纂处任民国史纂辑。1921年起，他专任北京大学史学系教授，授课期间完成《中国通史讲义》上、中两卷，后改为《中华二千年史》。

他还兼任过燕京大学教授。张君逸听过他的课，印象最深的是他总是身着蓝布长袍，瓜皮小帽顶上打着红结，脚上一双"老头乐"棉鞋，腿带捆在脚脖子上。让学生津津乐道的是，他上课不带书，也不带只文片纸，空手而来，在课堂上滔滔不绝，让学生们折服不已。

《晨报》1926年后依附奉系军阀。1928年国民党军队进入北京，一度停刊。1928年8月5日，由阎锡山操纵重刊，改名《新晨报》。邓之诚兼任总编辑，因而曾经是张翰飞、张君逸父子的上司。

阎锡山撤出北平后，《晨报》恢复报名。邓之诚在北大潜心教书、研究历史。

文史之外，邓之诚也喜爱书画金石。他的《骨董琐记》里，不仅记明清两代的朝章典故，还有金石书画。正因为如此，他与张翰飞因书画结缘，关系更进一步。

墙上悬挂着张翰飞一幅新近作品，是他准备寄赠许承尧的山水画。邓之诚一面欣赏，一面读着题跋：李流芳自谓不喜临摹古人，然李于荆、关、董、巨各家实无所不仿，特不求形似耳。余不能画，而知其大意如此。

"好个不求形，求神更不易啊！"邓之诚呷了一口绿茶，说道。

"是啊，一幅作品的神似比形似更重要。中国画是要以笔墨表达内心，因而与西洋画的写实不一样，透过笔墨，要传达其神韵。"

两人聊着聊着，张翰飞来了兴致，捉笔画了一幅山水。

邓之诚仔细观摩，作品风格与他过去的清秀疏远不一样，而是意境冷峻沉实。邓之诚稍一思索，题诗一首：谁比黄山老画师，梦魂常在水之涯。江南乱后人文变，未必峦容识旧家。

成立书画研究会

《湖社月刊》团结了一批画家，影响越来越大；中国画研究会的活动也蓬勃开展，这就促使了画会如雨后春笋一般涌现。

这些分布在全国的画会，凝聚了当地的丹青高手，也培养了不少青年才俊，影响较大的有于右任、何香凝、李秋君等在上海成立的寒之友画会；叶更生、邓散木等成立的金石画报社；王季欢、康有为等组织的巽社；黄宾虹、王雪帆等成立的中国金石书画艺观学会；于右任、王一亭、马企周等组成的海上书画联合会；阎松父在安庆成立的丁丁画社；万从木在重庆成立的蜀江金石书画社；顾仲华等成立的苏州国学画社；林志恒、华疑梁等在北平成立的宜南画社；黄宾虹、张善孖、张大千在上海的烂漫社；侯子安、萧龙士等成立的安徽萧县书画研究会；郑孝胥、吴湖帆成立的上海观海艺社……

为了不得罪中国画学研究会和湖社，张翰飞尽量婉谢两个画会的活动。这样一来，他也就少去了同许多画友切磋交流的机会。

全国各种画会不断涌现。张翰飞便酝酿另外成立画会。

1930年早春二月，北平中华书画研究会成立。这是张翰飞联合吴镜汀、徐操及同乡汪慎生牵头成立的。

群龙不能无首，推举谁为会长呢？

吴镜汀说道："鹏翎，会长你干，你画好，结交范围大，适合！"

"我不是合适人选。"张翰飞摇摇头。

张翰飞思考着，中国画学研究会之所以成功，会长金城不仅自己书画造诣高，同时有着政治影响力，所以能够团结一批画家，也有能力为画会筹措资金，画会才能得到发展。

把北平的名流都在脑子里过了一遍，张翰飞建议推举老书法家杨庶堪为会长。

杨庶堪，字品璋，后改沧白。他1881年出生于巴县一个商人家庭，1900年以重庆府试第一名选为秀才。维新运动失败后，他认为要革新政治，便于1905年加入同盟会，第二年成为同盟会重庆支部领导人，是孙中山的忠实追随者和革命事业最重要的助手之一。他参加过护国、护法斗争，先后任四川省省长、国民党本部财政部部长、中华民国军政府海陆军大元帅大本营秘书长、广东省省长、中华民国北京政府司法总长等要职。

1925年，蒋介石被孙中山任命为黄埔军校校长，这离不开杨庶堪的举荐之功。原本心意不畅的蒋介石在1923年辞职退往香港，得知孙中山要派代表团前往俄国，急忙写信求杨庶堪，从而担任了访问团团长，成为他平生的一个转折点。

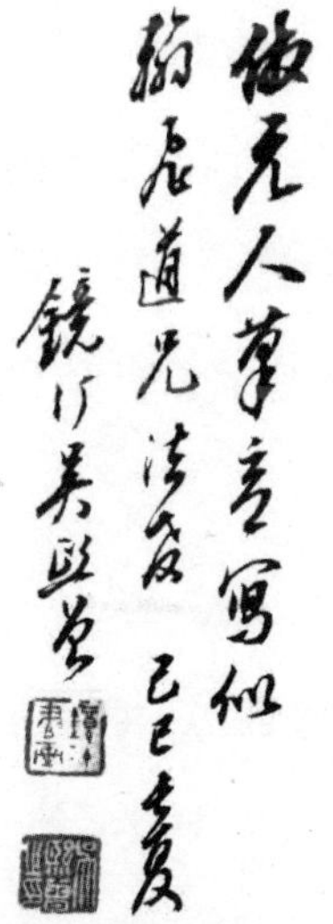
吴镜汀赠送张翰飞作品题跋

在吴承仕任职司法部的时候，张翰飞就与担任过司法总长的杨庶堪相识，进而因诗词书法而结缘为至交。

这年10月，杨庶堪担任国民政府委员，因与蒋介石不合，便从上海回到北平，闭门读书。

张翰飞来请他担任北平中华书画研究会会长，他一口应允，因为兴趣，因为友情、信任。

画会要与其他已经成立的画会有所区别，才能办出自己的特色。大家商议，聘请中年名画家为导师，吸收青少年会员，以传授国画传统技艺和笔法为主，提倡临摹古画。

画会成员每两周聚会一次，交流切磋画艺，评论会员作品。这时的《新晨报副刊》开辟有《日曜书画》专版，刊发中华书画研究会会员作品。张翰飞、张君逸的作品经常与吴镜汀等人作品一起被发表出来。

他们最早的活动地址在宣武门外大街路东“益世报馆”的会客室。

《益世报》1915年由雷鸣远创刊，刘浚卿作为主要助手出任总经理。五四运动时，刘浚卿聘请徐谦担任主笔评论时政，支持学生运动，一举奠定了名报的地位。

后来，清华学校毕业后在美国哥伦比亚大学获得博士学位归国的罗隆基出任《益世报》社论主笔。因为“益世报馆”会客室来往人员较多，不利于书画研究，研究会就迁到中山公园水榭东屋，后来又迁到水榭对面小半岛上的水心亭。

张君逸也是画会成员。他临摹大量宋元作品，每次聚会都谦逊地拿给大家观看，峭拔俊逸的画风深受好评。有一次，他临摹的一张明代陈淳的《石榴图》，以淡墨写出细枝，两双石榴成熟沉重，笔断而枝意仍连。

“陈淳笔意啊，妙！”吴镜汀摘下头顶上的灯芯绒帽子，埋头看了又看，禁不住提笔写下：君逸年少才俊，陈淳笔法挥洒自如，富有疏朗轻健的风姿，深得陈氏神韵！

画会里还有位18岁的成员启功，后来成为饮誉书坛的大家。

启功是清朝雍正皇帝的第九代孙，1913年，父亲恒同去世，他随祖父生活。祖父毓隆幼承家学，在光绪二十年(1894)中甲午恩科二甲109名进士。

为了祈福，祖父曾让启功拜雍和宫的一位老喇嘛为师，做记名的小喇嘛，取名“察格多尔札布”。启功的曾祖有一门生叫陈云诰，也是翰林出身，家为河北易县首富，因清帝逊位，便出资在易县城中购买房舍，请老师居住。启功曾祖乃携家人迁居易县，这一年启功才三四岁。曾祖教他识字，随后进入私塾读诗文。1927年，他拜贾羲民学画，跟随他到故宫博物院看陈列的古代书画。

张君逸比启功大7岁，在画会里算是年纪最为相近的。张君逸学习于两所大学，视野开阔，加之从小绘画，画艺高超；启功从小入私塾，古文功底扎实，他们一起谈文化，交流心得，结下了深厚友谊。

研究会有一位最年轻的会员，叫沈承书。他1915年出生，加入时才15岁，2007年以92岁高龄去世，也是“北平中华书画研究会”最后一位离世的会员。1985年，他曾写了一篇《我记忆中的“北平中华书画研究会”》，回忆了研究会组建、办展的一些情况。

他在文章中写道：“北平中华书画研究会是1930年由吴熙曾（镜汀）、徐操（燕荪）、汪溶（慎生）以及张翰飞等当时著名画家牵头成立的，并推举老书法家杨庶堪（沧白）为会长……解放后，中华书画研究会的老师和会员大都在中央美术学院和北京画院担任领导工作，为继承和发展国画艺术做出了贡献。……怀念画界师友，情难自禁，写下了这篇简短的回忆，否则国画界这段历史就恐怕难为后人所知了。”

《新晨报·副刊》发表张翰飞作品

为启功荐师

一阵炎热过后，天气转凉。霏霏秋雨连绵数日，日子显得很慵懒。

启功与张君逸一起受梅兰芳邀请，前去听戏。听完戏后，两人在巷子里吃馄饨。

启功三两口，一碗馄饨下肚了，擦擦嘴说："有段时间没看鹏翎先生作品了，我们一起去看看。"

"他这个时间段不是画画，就是刻印。"

来到歙县会馆张家，张翰飞正在刻印。

启功挥挥手，不惊动他，而是与张君逸一道，观看他新近创作的一幅幅作品，被那深厚的功底和写意精神深深吸引。

有一幅《春山晨雾图》，笔墨舒放自然，那份意境与韵味让人入迷。启功读着题跋："放笔抒怀，写胸中丘壑。忘却山水、林麓随情而化，自有万千云烟。"

启功看了一遍又一遍，很是激动地对张翰飞说道："我想拜您为师！"

张翰飞放下手中的刻刀，说道："元白，你是难得的才俊，我很乐意收你为弟子，只是我事务太多，怕耽搁了你，我给你推荐一人，可好？"

"您推荐谁呢？"启功望着他，失望而期待。

"吴镜汀先生。"

"吴先生挺年轻的嘛。"启功脱口而出。

"吴先生比你大8岁，你们正好谈得来。他早年入北京大学附属中国画研究所学习，17岁入中国画学研究会，师从金城先生研习临摹古画，在金先生弟子中，他的造诣很深。绘画上，他从王翚入手，涉猎宋、元、明、清各家，同时注重写生，将传统与造化熔为一炉，山水清新雅致，意境幽远。你拜他为师，自然会更进一层。”

启功把张翰飞荐师一事说与老师贾羲民听，贾羲民很赞成地说道：“吴先生基础扎实，视野开阔，跟随他学画，你会有巨大进步。”

吴镜汀很乐意收启功为弟子。他教授画法不笼统空谈，而是耐心地把至关重要的窍门指出来。启功在他的指导下，长进很快，作画构图严谨，手法生动，色彩鲜明，韵味悠长，尤其擅长山水竹石，极富传统文人画的意趣。

有一次，一位长亲请启功画一幅画，启功高兴地答应了。

长亲叮嘱他说道：“画完后，留着，你不要落款啊。”

“请谁落款呢？”启功问。

“你老师吴先生或者张翰飞等先生都行。”

“我画的画，为什么要他们落款？”启功不解。

“你的画好，字不行，配不上画啊。”

这话给了启功很大刺激，他从此发愤练字，成就了启功体。

研究会里还有一位青年画家叫周怀民。他1907年出生，是江苏无锡人，也师从吴镜汀，但对张翰飞自成一家的山水画极为推崇。

有一次，周怀民带着自己的山水来到张翰飞寓所，请他指正。张翰飞观看后，说道：“你对马远的画水法深得精髓，现在可以创自己风格了。你老家在太湖之滨，湖水涟漪，芦苇随风摇曳，独有山水面貌。你不妨在这一题材上下功夫，以家乡山水入画。”

周怀民眼睛一亮，深受启发。此后，他在太湖山水上下了不少功夫，尤其是画芦苇，有了“周芦塘”的雅称，后来被聘为江苏省美术馆宋元明清画展鉴别艺术顾问，苏南文管会鉴定委员。

书画赈灾

当时间的车轮驶进1931年，江淮大地是以连续不断的雨水拉开序幕的。

春雨连绵不断，很少见到太阳。

到夏天，江淮之间的天空，像是被捅了大窟窿，瓢泼大雨不断，长江、黄河、淮河洪水滔天，浊浪排空。

由于缺少阳光，空气里都是植物腐烂霉变的气息。

沿江一带，大小圩堤溃破。

家乡遭受洪灾的新闻不断在报纸上出现。张翰飞心急如焚，家乡有难，如何去帮助呢？他了解到，即使是皖北，也是河湖倒漾，平地行船，城墙上水，在徽州地区，则是山洪暴发，人畜失踪。

雨水一直到八月中旬才开始减弱，洪水慢慢消退。

灾情异常严重，房屋倒塌，颗粒无收。后来的资料显示，长江流域的泄洪区的死亡人数达145000人，受灾人口2850万人。

琉璃厂南纸店送来他作品润格的200元，他让张君逸寄往安徽赈灾。

“杯水车薪啊！我们何不发动画家朋友，卖画赈灾。”张君逸从邮局回来后，发表意见。

“对，不仅我们父子画，还要发动中华书画研究会、湖社画会的成员一起参与赈灾！”

在歙县会馆，张翰飞出资招待书画界名流。吴镜汀、陈半丁、徐燕苏、汪溶、邱石冥、吴显曾、周怀民、周元亮、惠孝同、赵梦朱、陈少梅等人都参加了。

张翰飞将各大报纸对江淮水灾的报道进行综述，慷慨陈述，说到动情的时候，禁不住热泪盈眶，在场的画家为之动容，纷纷挥毫作画。

汪采白这时已经南下担任南京中央大学国画系主任，他委托在北平的亲友代他捐出作品。

近两百幅作品公开义卖后，所得全部捐赠给安徽，为灾民渡过难关尽了绵薄之力。

张翰飞把北平赈灾情况写信告诉在上海的黄宾虹。一年前，叶恭绰在上海创办中国文艺学院，邀请黄宾虹出任院长。这时，黄宾虹正在学生林散之的襄助下，编纂《画史编年表》，为了不影响绘画和著述，便未接院长职务，专任教授，同时兼任王一亭任校长的昌明艺术专科学校教席。

黄宾虹回信张翰飞，将在上海成立安徽水灾救济会，招待书画界名流，呼吁赈灾。

第五章

南下南京

忙完赈灾，张翰飞关心着家乡家园重建。倒塌的房子、冲毁的桥，他不断以书信与家乡人交流。每每得知缺钱，他总是变卖作品寄回去。

12月的一天，老领导叶恭绰给他电话，让他准备南下。

原来叶恭绰再次受命，出任铁道部部长。他离不开得力助手张翰飞。

1928年10月23日，国民党政府下令设立铁道部，并令交通部将关于铁道行政一切事宜移交过来。设部长及政务次长、常任次长各一人，部下设司，任命孙中山长子孙科为部长。

1931年，孙科任行政院院长。南京政府立即想到富有铁路建设经验的叶恭绰，委任他接替孙科为铁道部部长。

接到老领导的电话，张翰飞心中涌起复杂的情绪。北平有一群志同道合的画友，有家人，他还真舍不得离开。可是，自己也想在铁路事业上施展抱负，这些年，陆陆续续在铁路系统工作，他逐渐有了想法，有了规划。

张君逸知道父亲与叶恭绰的交情，也清楚他内心的理想，便宽慰道："爸爸，我支持你赴任，南京已经是首都，文化中心必会南移，你熟悉铁路建设事务，如今社会安定了，能有作为的。"

张翰飞望着窗外，沉默不语。风华正茂的年龄科考及第，满怀抱负，未曾想到晚清王朝腐败,随后是辛亥革命,军阀割据,北洋政府的头头脑脑走马观花地换动。如今,自己已经是47岁的人了,光阴似箭啊。

“人生如梦,一樽还酹江月。”张翰飞吟诵着东坡居士的诗词,来回踱步。

一番思索后,他决定南下,在事业上做出成就,再潜心书画。

临行前,儿媳吴美意特意做了几道徽州菜为他饯行。张君逸大学毕业后,先后做过平绥铁路局稽核室书记、北平教育局科员,后担任《晨报》记者、编辑。报社事务多,吴美意在一年前把1岁的女儿张大玉交给婆婆姚美龄,来到北京照顾丈夫。

北风在萧瑟的树枝上打着呼哨。

张翰飞与张君逸小杯对饮。梅姨和吴美意忙上忙下。

“你的绘画,还要继续打进宋元,但又要出来,像王梦白先生一样,不死守某种笔法,而是转运自如,所谓出神入化啊。”

“我会努力的。”张君逸回答。

“齐白石的画,有人批评他画小虫小草,是雕虫小技。我原有陈见,认为他读书不多,学养不够。现反复观看,他从生活中来,有趣味,写的诗也有乡土气息,这是我们作画要去追求的,所谓得心源而道法自然。”

“生动、活泼,百姓喜爱,这是他声誉鹊起的原因。启功告诉我,自己去齐白石家看他作画,他用炭条画一渔翁手提竹篮,肩荷钓竿,身披蓑衣,头戴箬笠,赤着脚站立的稿本。当画到膝下小腿到脚趾部分时,只画了一条长勾短股的九十度的线条,又和这条线平行着另画一个勾股,在这两道平行的勾股线勾的一端画上四个小短笔,呈现五个脚趾头的一只脚。他说,‘大家画,画脚不画踝骨;名家就要画出骨形’。”张君逸告诉父亲。

“所谓写意啊,他强调在似与不似之间。”

“山水画也是一样，写心中山水。”张君逸说道，“我再在故宫临一阵古画后，就要走向大自然，师造化。”

“你年轻，继续深入传统，怎么深入都不为过。历代名家，为我们积淀下来的文脉实在是深厚，取之不尽。”

父子情真意长地交流绘画心得，直至冷月西沉。

第二天清晨，一辆汽车停在歙县会馆门口，接走张翰飞和梅姨。

张君逸目送汽车消失在视线里，对吴美意说道：“但愿父亲南下顺利！”

“会的！”吴美意眼含热泪。

组织"铁展会"

自从民国政府定都南京后，这座拥有着6000多年文明史、有"六朝古都""十朝都会"之称的城市再次焕发生机，极为繁华。

因为南京中央大学国画系的设立，一大批艺术家陆续云集。徐悲鸿、张大千、叶恭绰、汪采白、吕凤子、颜文梁、陈之佛、潘玉良、吕斯百，稍晚些还有傅抱石、庞薰琹等人。正因为他们挥毫创作，指点画坛，南京这座古城，艺术氛围逐渐浓郁，成为艺术之都。

张翰飞偶尔参与他们的活动，但因忙于政务，他无暇潜心创作。这一时期的南京政府，经济建设上取得较大成就，铁路建设更是迎来较好时期，尤其是担任"铁展会"总务主任期间，他更是格外忙碌，不得不婉拒一些画友们的走访看望。

1929年，资本主义世界爆发了有史以来最为严重的经济危机。为了转嫁危机，各国竞相向中国倾销过剩产品。一时间，洋火、洋油、洋糖、洋布等等洋货大量进入中国，受到国人的欢迎。

国货无力与洋货竞争，销量骤减，不少企业遭受严重打击。

为了有效反击外国倾销和支持国货，国民政府把1933年定为"国货年"，召开了国货展览会，借此宣传国货。

铁道部为了响应"国货年"，特把铁路沿线的特产组织起来，进行全国规模的展览。

这项重任落在张翰飞的身上，他与铁道部业务司司长俞核一道组织产品。

展览事物纷繁复杂，如何选定产品？张翰飞拟定农业产品、工业产品、水产品、矿产品等七大类，从这七大类中去遴选优质产品。

黄宾虹来信，他在成都代陶冷月在四川大学教课，邀请张翰飞前往四川。随后，他又收到许承尧信函。老家歙县在修县志，许承尧任主纂，邀请他参与编撰。

因忙于“铁展会”，张翰飞只得回复婉拒。

把“铁展会”办成功，关系到国民经济发展。有报社工作经验的张翰飞深知宣传的重要性，他要求下属联络各大报刊，采访社会名流，谈论“铁展会”的意义，进行宣传造势。

4月10日，“铁展会”在上海开幕。原计划举行三周，因为每天参观的人络绎不绝，延长至5月10日。

上海的“铁展会”成功了，国民政府看到了推销国货的出路，要求在首都南京再举办一次。

云集在南京的画家们纷纷办展，出版作品集。好友罗复堪、唐醉石等人都催促张翰飞出版作品集。他计划“铁展会”结束后画一批画，在南京办场展览，与画坛名流相互交流。第二届“铁展会”的重任落在他身上，举办个人画展的事只好往后拖了。

总结第一届“铁展会”的经验教训，张翰飞要求参展商要有商标意识，注重产品样式设计。

下一年的10月10日至30日，第二届“铁展会”在南京举办。这一届展览更轰动，有40万人参加，不少产品被选购。

虽然“铁展会”成功，但毕竟推不动整体积压的国货，洋货大量入侵，还是占据了大部分市场。

年末统计显示，洋货输入达9亿元，打破海关纪录。这意味着，“铁展会”成功，但“国货年”失败。

有人认为是广大妇女们买多了外国的胭脂水粉，只要妇女们不“败家”，国货一定会打败洋货。

当局决定，把1934年定为“妇女国货年”。

妇女国货年

因为是书画家、收藏家，叶恭绰特意留意铁道部内的书画家。除了张翰飞，还有顾玉年、周岳年等人也都擅长书画。于是，政务闲暇的时候，他便召集大家聚在一起笔会交流。

几场料峭春风后，天气渐暖。池塘里开始有了蛙鸣，空气里酝酿着泥土气息。

一天夜晚，同事顾玉年前来张翰飞寓所拜访，两人正式谈起"铁展会"的事后，聊起董其昌和石涛。聊着聊着，张翰飞以石涛的构图和笔法，作了一幅《秋山独啸图》。

"构图严谨，笔墨细致，好作品啊！"

张翰飞端详后，挥毫题跋："放笔直扫，抒写胸中郁勃之气，不知何者为山，何者为水，何者为林麓，何者为烟云，何者为人物屋宇，更不知何者为笔墨，空有荆、关、董、巨，容心其间，出自天然，独辟蹊径，此清湘所以俯视一切也……玉年仁兄先生正，甲戌二月同客秣陵。"

秣陵是秦代的南京名称。秦始皇东巡时，随行术士认为金陵山势险峻，有天子气象。秦始皇便把金陵改为秣陵。"秣"是草料的意思，意即这里要王气丧尽，贬为牧马场。

看到落了自己的名字，顾玉年说道："张兄大作难得啊，这南京城都排着队拿着润笔费求你画，可你忙于事务无暇创作。这幅《秋山独啸图》，笔墨自然，章草题跋更是清秀挺拔，我会好好珍藏。"

后来，这幅《秋山独啸图》被收录于《中国美术全集·民国卷》。顾玉年的孙子顾大风任扬州博物馆馆长，在2002年写了一篇《画幅长留天地间——张翰飞与〈秋山独啸图〉》，提及他祖父顾玉年和舅祖周岳年同在铁道部任职的情况，并记叙这幅作品的来历。

不久，叶恭绰辞职离开铁道部，张翰飞则被极力留了下来。他已经在南京购买了房产，准备将自己的事业与艺术都融入这古老而富有朝气的城市。

为配合"妇女国货年"，铁道部又着手准备北平"铁展会"。

1934年的北平"铁展会"如期进行。

从5月20日一直到6月30日，张翰飞白天都忙在现场，晚上回到歙县会馆自家的院落，与儿子君逸一起谈心，谈政务，谈办报，谈绘画，谈北平或者南京画家们的艺术风格与人生际遇。

他们聊起王梦白。张君逸告诉父亲，梅兰芳去天津演出时曾经探望过老师王梦白。王梦白身体不好，在天津境况不佳。张翰飞沉默不语。

"铁展会"一结束，张翰飞赶往天津，看望好友王梦白。

这时的天津，经济凋敝，画子很难销售。王梦白生活潦倒，病倒在床。

老友相见，热泪盈眶。张翰飞紧紧握着王梦白的手，说道："随我去南京吧，一来老友在一起，二来可以托汪采白先生在中央大学国画系弄个教授的职位，传授你那一生画艺。"

王梦白摇摇头，说道："不去啦，一是身子不行，二是徐悲鸿掌管中央大学艺术，他推崇西洋那一套，我们过时啦。"说着，他移步到桌前，画一张扇面，两棵苍松遒劲交错，几只猴子腾跃其间，形神兼备。画好后，署下“翰飞先生法教 甲戌夏王云”。

不久，传来王梦白病逝的消息，张翰飞心如刀绞，作诗缅怀。王梦白赠他的扇面，他珍藏着。想念王梦白的时候，他就拿出来端详，静静地回忆。

这幅扇面张家代代珍惜，躲过了时代劫难，现由张翰飞孙儿张仲平珍藏。

出版画册

在1934年的“妇女国货年”运动中，妇女们并不承担振兴国货的责任，也不理会舆论纷纷重塑使用国货就是摩登的那一套，依旧买着她们喜欢的洋货。

这一年，脂粉和玩具输入创造历史纪录。“妇女国货年”宣告失败。

政府无奈，将目光转向学生群体，决定将1935年作为“学生国货年”，呼吁学生本着纯洁爱国之心，担负起振兴国货的重任。

铁道部受命，举办第四届“铁展会”。经过筹备，7月10日至8月10日，“铁展会”在青岛举办。

“铁展会”一结束，张翰飞就着手准备自己酝酿多年的画集出版。

1935年秋，丹桂飘香，风清气朗。

《张翰飞山水画册》在南京出版，南京、北平、上海、武汉四地发行。

画册中，张翰飞自序道：“余性嗜六法，顾于绘事为晚学。初师子久，以植其基；旁及倪瓒、王蒙，以拓其势；复沿缘以窥董、巨、荆、关遗意，朝夕研摩，冀一穷其意境之所在,及其迁变之故。自宋元以来，南宗诸家，靡所不喜，惟无偏嗜，故亦未能偏肖。重以橐笔南北，致力不专，颇少惬心之作，固无足存。今游白门，得與复堪、醉石、叔震、景邃诸君子，谈艺往还，乐数晨夕，于余画独有嗜痂癖，殷殷趣付印。余遂不韬其拙，借以就正海内有道君子，用匡未逮，非敢翘示为己工也。”

画册由京师大学堂的同学罗复堪题名。罗复堪以他刚健峭拔的章草书法与宝熙、邵章、张伯英一道，被誉为民国北京“四大书家”之一。民国初年，他在财政部泉币司供职，铸有袁世凯头像的银币“壹圆”二字为他的手笔。一时间，报刊纷纷称他为“现代章草第一人”。启功后来回忆说，“当时习章草者共推罗复堪先生”，可见他功力深厚，深为社会推崇。

序文中提及的醉石即唐醉石是著名的篆刻家。1917年，他就曾为张翰飞治印。景邃指李根源。李根源，云南腾冲人，1904年留学日本，写一手好书法，因仰慕明朝爱国名臣杨一清（号邃庵）而取斋号景邃堂。曾出任陕西省省长、北洋政府农商总长并代国务总理。章士钊曾说：“吾弱冠涉世，交友遍天下，认为最难交者有三人：一陈独秀，一章太炎，一李根源。”可见他个性鲜明，不肯随便附和他人。

画册出版后，印刷的模子堆起来好高，后来转移到歙县老家，直至中华人民共和国成立后，被当作废铜卖掉。

早在1926年的时候，汪采白在北京中央公园举办画展，并出版了《采白画存》一册。黄宾虹在1934年11月出版了《黄宾虹纪游画册》。

罗复堪题写画册名

到这一年，新安画派新时期的三位代表人物张翰飞、黄宾虹、汪采白都已经出版画册。他们都来自安徽歙县，自觉地继承了家乡先贤的笔墨精髓，并且加以发展，形成了自家风貌，把新安画派的艺术向前推进。人们称他们为“新安三雄”。而张翰飞，因为进士出身，因为诗书画印的成就，因为特殊的社会地位，被誉为三雄之首。

1984年4月16日，张翰飞的好友、围棋国手过旭初写下《我所认识的张翰飞》。文中说道：“翰飞幼承家学之熏陶，擅长诗文、篆刻、书法，兼工山水，当时是中华画学研究会会员。生平豪侠好义，广交海内书画名流，与画友王梦白、陈师曾、黄宾虹、许承尧、钟刚中等经常相聚共研。同乡黄宾虹、许承尧二老等尤器重，并推崇他的诗、书、画为三绝，且为新安画派的继承发展之首。”

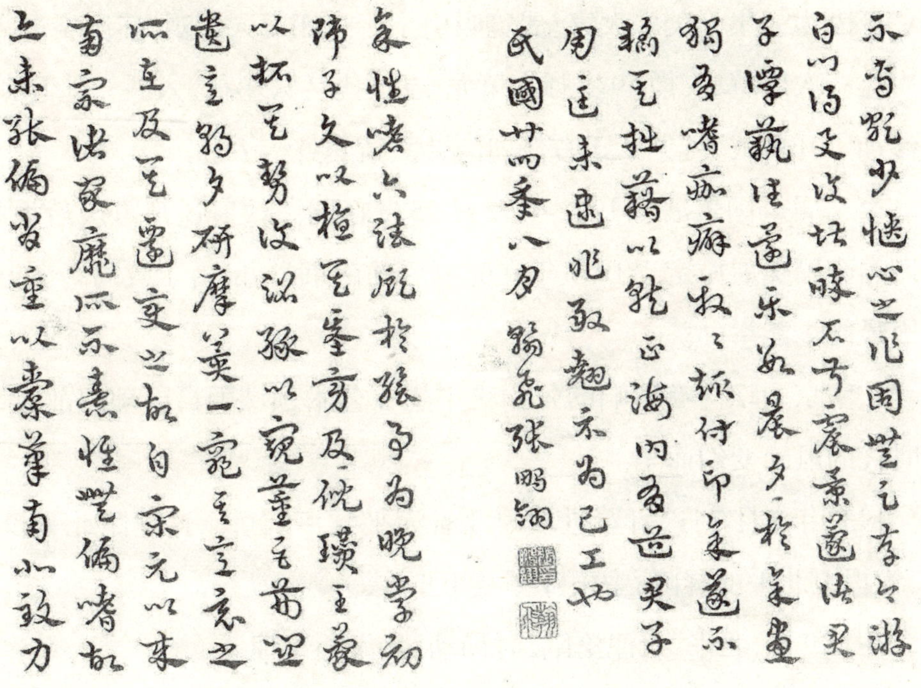

《张翰飞山水画册》自序

返归故乡

1937年4月1日至23日，国民政府教育部第二届全国美展在南京举行。

第一届展览成功，这次更引起当局的重视。张道藩、何香凝、傅斯年、徐悲鸿、潘玉良、叶恭绰、吴作人、吕凤子、陈之佛、刘海粟、高剑父、齐白石、林枫眠等名流共63人组成筹备委员会，筹备这次展览。

国民政府主席林森为展览会名誉会长、名誉副会长为行政院院长蒋介石和中央研究院院长蔡元培，会长则是教育部部长王世杰，这样的规格是美术史上罕见的。

正因为云集了美术大家，展览吸引了十三四万人参观，盛况空前。

这一次展览，安徽49岁画家萧龙士的《幽兰》《墨荷》入展。他赶到南京参加了开幕式，拜见了于右任、叶恭绰、黄宾虹等人。

第三届全国美展于1942年12月25日在国民政府迁都重庆后举办。第四届全国美展原定于1945年在光复后的南京举办，由于政局等多方面原因最终未能举办。

在南京画坛深有影响的张翰飞本想在艺术领域朝自己理想前行，然而时代的风云变幻而至。

1937年7月7日，日军进攻河北省宛平县卢沟桥。这里距北平仅30里，为捍卫北平的屏障，中国守军英勇抵抗。

7月29日，北平、天津沦陷，时局动荡，人心惶惶。

8月13日，日军以租界和停泊在黄浦江中的日舰为基地，对上海发动了大规模进攻。上海中国驻军奋起抵抗，开始了历时3个月之久的淞沪会战。

8月14日，日机首次轰炸南京。国土沦丧，百姓生灵涂炭，张翰飞为之忧心忡忡。此时南京城内的政客、富豪纷纷沿着长江前往武汉、重庆等地。

南京危在旦夕，自己何去何从呢？担任伪满政府国务总理的郑孝胥极力邀张翰飞北上，做他的高级助手。

郑孝胥，福建省闽侯人，1889年曾任内阁中书，后任广西边防大臣，安徽、广东按察使，湖南布政使等，参与过戊戌变法、立宪运动。1923年奉溥仪之命入北京，次年受任总理内务府大臣，1932年任伪满洲国总理大臣兼文教总长。

郑孝胥比张翰飞大24岁，两人结交是因为书法与诗词。郑孝胥擅长楷书，取径欧阳询及苏轼，得力于北魏碑，其所作苍劲朴茂，同时是诗坛“同光体”倡导者之一。

张翰飞深爱自己的国家，痛恨日寇的入侵。郑孝胥出任伪满洲国总理大臣时，他为之捶案顿息，又怎能为了安逸北上，背叛自己的良心？他断然拒绝。

张翰飞内心惆怅，无事来到江边。

码头上是涌动的难民，一幅国破家亡的凄惨景象。

经过思考，张翰飞毅然辞去国民政府铁道部的职务，带着梅姨返回家乡。他想，待时局稳定，再去北平，那里有太多自己志同道合的朋友。

第六章

安宁的定潭

青山绿水间的定潭，还没有受到时局的太大影响，相对安宁。

村民们依旧是日出而作，日落而息。

从考取进士，到辞职还乡，整整三十年过去，又历经国家体制的重大变革，张翰飞心中满是感叹。胸怀抱负的张翰飞，如今满怀淡薄，他整日带着梅姨观赏不同景致。他喜爱这里的美丽与宁静，想起陶渊明故居家园，不禁脱口朗诵："久在樊笼里，复得返自然。"

老家的房子一直在建，已经初具规模了。张翰飞内心感激夫人姚美龄，虽然自己每每卖画后把钱寄回来，可这么一个大的工程，亏得她张罗，她记忆力好，材料、工钱，不用记账，都在她脑中。

张家房子全部竣工的时候，前后三进，共24间房子，占地八百多平方米。张翰飞嗜爱字画，除一部分存放在北平儿子张君逸处，其余全部带回老家。他不停地悬挂、观摩。他心中想着，到时候捐一部分给歙县，这可是一笔精神财富。

这批字画中，有张翰飞收藏的古代作品，宋元明清的都有。此外大多数是他在北平时画友题赠作品，有金北楼、吴镜汀、叶恭绰、陈师曾、齐白石、张大千、王梦白、汪采白、汪慎生等人。其中，好友黄宾虹去北京期间在张家居留时写画或赠送的作品，有110张之多。

张翰飞喜爱读书，后面两进房子楼下，沿着墙壁到天花板，摆设的是红木书柜，各种书籍摆放整齐。

喜爱金石的张翰飞藏有不少砚台、古墨和印章。数百方砚台，一千多枚印章，把偌大的张家装点得如同博物馆，散发着浓郁的文化气息。

梅姨很喜爱这里。这里山川秀美，民风淳朴。她在陪张翰飞写字作画之余，也参加些劳动。春暖花开，汛期鱼儿上游，她与村民们一起在小溪中逮鱼，这是在北平和南京体会不到的乡野之趣；而那山坡上采茶的姑娘，悠闲自在的骡马牛羊，让她感受到了别样的田园生活，带着诗意。

在这里，可以不去想工作琐事，听不到日寇的飞机轰鸣。

村子里许多女孩子都来找梅姨认字。

梅姨对张翰飞说，咱们定潭真该有所学校。

张翰飞一直在盘算着为村子里做点什么。是啊，家乡急需的是教育，是文化。

1938年早春二月，定潭的人们春风满面。大人带着孩子，前往保善堂，张翰飞创办、张正葭任校长的定山小学开学了。

因为田地稀少，生活贫困，多少人一懂事就放牛、打柴，大一些就耕种或者外出做生意。如今有了读书识字的机会，他们希望能通过读书，像张家子女一样，走出大山，走向山外的精彩世界。

黄山写生

张翰飞对黄山情有独钟。

他藏有石涛、梅清等人画黄山的作品，挂在书房，朝夕品味。

黄山是我师，我是黄山友。
心期万类中，黄山无不有。
事实不可传，言亦难住口。
何山不草木，根非土长而能寿；
何水不高源，峰峰如线雷琴吼。
知奇未是奇，能奇奇足首。
精灵斗日元气初，神彩滴空开劈右。
轩辕屯聚五城兵，荡空银海神龙守。
前海瘦，后海剖，东西海门削不朽。
……

这是石涛题在一幅著名的《黄山图》上的题画诗。张翰飞很是喜欢，反复吟诵。

“这诗写得这么好吗？超过李白？看你时时不离嘴啊。”梅姨问道。

“汪洋恣肆，酣畅淋漓。石涛这首题画长诗，实有李白《庐山谣》《将进酒》等千古名篇之风，读起来荡气回肠，更主要的是，充分展示了石涛感应山川、体悟大自然生机活力迸发的创作激情。”张翰飞回她。

梅姨若有所悟地点头。

张翰飞继续说道：“‘山川使予代山川而言也，山川脱胎于予也，予脱胎于山川也。搜尽奇峰打草稿也，山川与即予神遇而迹化也，所以终之归王于大涤也。’主体与客体、心源与造化、画家与山川两者完全融为一体，物我两忘。黄山，我回来了，我会用我余生岁月去描绘你的变幻与神奇。”

第二天，张翰飞带上干粮就出发，前往黄山写生。

他来到西海。他喜爱它永远披着一幅神奇的面纱，变幻莫测，这需要用笔墨去虚虚实实地描摹。只见群峰错落，千峰竞秀；云雾飘过，宛若仙境，浩瀚的云海，或汪洋恣肆，延绵无垠，或如狂涛乍起，腾蛟起凤。

几天后，回到家中，张

（安徽博物院藏品）张翰飞作品《深山藏古寺》33.8cm×108cm

翰飞痴迷地按照写生稿作画。

“你上了一趟黄山，作品真有变化，这云雾染得真生动。”梅姨赞道。

“漫天的云雾和层积云，汇成茫茫大海，如白浪滔天，汹涌澎湃；如浪花飞溅，风起云涌；如银河下泻，万马奔腾……无数的山峰，在茫茫大海中飘忽不定，千变万化。”

张翰飞对黄山的浓浓挚爱，一发不可收拾。画黄山画，写黄山诗。

隐退归来，他决定彻底遵循心性，把余生交给丹青，为黄山代言。

一场大雪过后，他带着干粮出发，前往太平，登临黄山。

雪后初霁的黄山，银装素裹，玉树琼枝，皑皑白雪与云海奇观交相辉映，别是一番仙境。张翰飞在湿滑的山路上踯躅而行，忘我地速写。

回来后，张翰飞完成《雪后黄山图》《黄山晨曦》，呈现了黄山的神奇与瑰丽。

《定潭八景图》

虽然隐退，张翰飞内心还是不能彻底放下对国家大事的关注。

日寇入侵的消息不断传来，山河不断丢失，南京大屠杀、重庆大轰炸，直击着张翰飞的心扉。

漫步村外。溪水清澈，层林尽染。“西风瑟瑟到山家，一抹烟笼古寺斜。杜老漫吟摇落句，深红浅碧胜春花。”张翰飞吟诵着自己的诗句，他告诉梅姨，恨不能年轻20年，一定投笔从戎，热血报国。

国家处于危难之中，他的内心深信苦难会过去。虽然秋风瑟瑟，秋林重叠，他的内心仍然是春花灿烂。

日寇的飞机、枪声越来越迫近定潭。张翰飞心中无限痛恨，他决定用笔描绘山河，唤醒民众。

张翰飞先从家乡定潭画起，画定潭八景。

春天的定潭，云气氤氲，恍如仙境。天气日益转暖，山中的鸟儿歌唱得格外婉转，柳条儿由鹅黄逐渐嫩绿，在风中招展。“好一幅《云崖闻春》，愿我山河永远春色常在！”张翰飞迷恋地望着眼前的一切。

夏天的昌源河，一片澄清。翠竹青青、垂柳依依。鱼儿在水中嬉戏，是那么自由自在，那么无忧无虑。张翰飞画下《定潭观鱼》，内心却难以平静，他多么希望国民团结一致，赶走日寇，让人们过上太平生活。

秋天月夜，他带着梅姨来到祠堂前，望屏山外峰峦。月光无瑕，双峰并峙。待到圆圆的月儿升到两峰之间，双峰架起明月，村庄、小桥、树木都静静沐浴在一片宁静之中。

“山河如此美好，如果让日寇入侵，我们将是罪人啊，愧对祖先。”张翰飞眼睛湿润地告诉梅姨。回到家，他画起《双峰架月》。

鸟鸣啾啾，溪水潺潺，老者坐在巨石上垂钓。“外面战事吃紧，也不知大山能不能阻挡日寇的烧杀掠夺，这样的安闲生活可会遭受破坏？”张翰飞忧心忡忡，带着深厚感情画下《磐石垂纶》。

横川似练，有一座石桥，叫永桥，是张翰飞高祖出资修建的。站在溪边，仰望山色。张翰飞满腹心思，只叹自己生活在一个动乱时代，壮志未酬。他告诉梅姨：“我没什么可报答家乡，唯有好好画画，留下作品。另外平生的收藏，也要找个机会捐给家乡，我的这些画家朋友，都是生在乱世，但不改丹青之志，他们都会在美术史上留名的，把他们的作品留给家乡，我也此生无憾。”

梅姨望着他，半是伤感半是娇嗔地说道：“我们时光还早着呢，还等着去北平呢，还可以做许多事，画许多画！”

张翰飞摇摇头叹道：“山河零落，时光飞度，人生无常啊！”

张翰飞带着家国的赤子之心，描绘着家乡八景，全是8尺立轴条屏。他借鉴黄公望的浅绛设色，墨色天然交融，笔墨苍润，秀雅高古。他还引入界画技法，描绘房屋楼宇，与清秀山水相映成趣。

这一时期，张翰飞开始在作品上署上息庐、息庐老人。

许承尧已经归隐故里，潜心诗文，编撰县志。两位老友从京城回到故乡，有着同样的人生感慨，有着一样的家国情怀，每隔一段时间，都要相聚在一起，推心置腹地谈心。

许承尧为张翰飞的《定潭八景图》一一题跋。其中的《永桥秋色》，他题诗勉励："横川似练平，霜树醉秋色。远怀利济功，期君绍前德。"

"期君绍前德。"张翰飞心中默念着，祖辈们都尽自己的力量为家乡办事，自己一定会继承他们的志向，除了办学，还会尽自己能力，把家乡建设得更好。

张翰飞带着赤子情怀完成的《定潭八景图》，张家一直收藏着，直至传到孙子张仲平手上。1980年，张仲平将《定潭八景图》送至合肥工艺美术厂装裱部装裱，取时却被告知丢了两幅。

诗书传家的张仲平内心痛惜却万般无奈。此后，他只得在装裱祖父和父亲的作品时，请装裱师来家里工作。

张翰飞作品《永桥秋色》

张君逸回乡

1939年的秋天，留给张翰飞的印象是萧瑟、阴郁的。连绵的细雨，难得见日。

国际上，德国侵略波兰，英、法对德宣战。国内，日寇在中国烧杀，大批同胞遇难，名胜古迹被毁，文物被掠夺。

“故宫里那些历代名作也不知流落何方！”张翰飞内心忧虑，那里的一幅幅作品，他与儿子张君逸都临摹过无数次，那是民族的瑰宝啊。

家人宽慰他：“你不过是隐退归来的一介文人，国家大事少操心吧，保重好自己身体。”

张翰飞沉默着，内心却是万千波涛。故宫里每一件作品，似乎都联系着他的血脉，动乱之中辗转，他为之寝食难安。

万般无奈，他把对家国的爱、对家国命运的担心寄托在丹青上，忘我地作画。

秋雨绵绵中，他再次登上黄山。

雨中的黄山，云雾变幻，格外迷人。他入迷了，忘怀一切地写着，画着。

这次回来，张翰飞病倒了。

原以为调养几天会好的，结果越来越重，人也越来越消瘦。

病床上，张翰飞挂念着他那些没有完成的画稿，挂念儿子张君逸。动乱的北平，他带着妻子、孩子，生活得好吗？

在北平的张君逸，每天忙着报社的事务，闲暇时便与北平的一些画友切磋技艺。

第五个孩子出生了，是个男孩。大儿子取名伯平，小儿子便取名仲平。

仲平长得眉清目秀，每当张君逸作画，他在妈妈怀中瞪着眼睛看着，充满了好奇。

“这孩子，长大了肯定像你们父子一样，是个画家。”吴美意高兴地说道。

“好啊，新安画派代代有传人！”张君逸从妻子怀里接过儿子，轻轻吻着。

“小心点，你啊，只会读书画画，不会抱孩子。”吴美意一只手托着孩子的脑袋，娇嗔地说。

“怎不会抱？你看，他在笑呢，多甜！”

这天，张君逸收到家书，得知父亲病重，心中很是挂念。他想立即回去，但事务太多，一时难以成行。

深夜，街上逐渐安静。他从报社编完稿件往家里赶，心里惦记着父亲。父亲一生治学严谨，孜孜追求于书画，给了张君逸受之不尽的教益。他在炮火纷飞的年代心忧家国，他在秋雨中登临黄山写生，不幸染上疾病，但愿上天保佑，他能很快康复，能重新拿起笔墨，描绘心中的万壑千山。

担忧着，祈祷着，来到院庭前，张君逸敲了敲门。

“吱”的一声，门开了，开门的不是妻子，而是两个日本鬼子，端着明晃晃的刺刀来到他面前，一只狼狗窜了出来，在他身上嗅来嗅去。

原来他慌乱之中走错了巷子，走到了鬼子秘密驻地。

鬼子把他抓了进去，一阵叽里呱啦。张君逸会日语，鬼子把他当作奸细，要灌他汽油。

“父亲病重，母亲支撑着家务，妻子、孩子们都在盼着我回去。”张君逸脑中想着，急忙用日语解释，自己是个文化人，因父亲病重心中忧虑，走错了路。

“你是个大大的文人，我们需要你这样的人，大东亚共荣需要你，你可愿意?”一个军官从房中出来。

“眼下最要紧的是脱险。”张君逸心中想着，回答道，“我愿意。”

“可真愿意?”

“我老师去过你们国家，你们热爱文化，所以我愿意。”张君逸故意说得一脸真诚。

鬼子放他走了，让他第二天来上班。

回到家，孩子们睡了，张君逸在他们脸上一一亲着。

小仲平在睡梦中，蹙着眉。张君逸把手指伸向他粉嫩的手，他紧紧地握着，梦中，他笑了，那么甜蜜。

丈夫的温存举动让吴美意感到发生了什么事，便问他。张君逸把经过说了一遍，告诉她:“我得离开这里，立刻、马上。孩子你辛苦带着，等我回来接你们。”

不能多问，时间不允许。吴美意紧张起来，匆匆为丈夫拾了些衣物，紧紧地抱着他:“路上小心!”

“放心，我从小随杨师傅练过武呢。”

“一定要来接我和孩子。”

“一定的，”张君逸吻着妻子的额头，“有困难找我报社的同事们，他们会帮助的。家中收藏的那些字画，是文化瑰宝，是父亲和我的心血结晶，要保存好!”

吴美意热泪滚滚，狠心地推开丈夫:“你快走吧，鬼子找来就麻烦了。”

张君逸不舍地探出巷子，雇一辆马车便出城了。

火车上有鬼子检查,他不敢乘坐,便对马车夫说:“你这马卖给我吧,给你十块大洋。”在当时,十块大洋足足能买一匹马。

“不行啊,我靠这马吃饭呢。”

“二十块,可行?”

车夫摇摇头。

张君逸一咬牙,说道:“三十吧,兄弟,三十块你可去买三匹马了。”

马车夫同意了。把马上好鞍,他朝天津奔去。

到了天津,他还是不敢坐火车,只能去码头坐轮船。这时的轮船是美国人经管,相对安全。

赶到码头,轮船即将启航,已停止售票、检票。张君逸苦苦央求,售票、检票人员不同意,望着轮船已经离岸,张君逸急了,只能用擒拿的手法将死死拦他的两人打倒在地,飞奔而去。

轮船已经离岸一丈多远了。张君逸将包裹往肩上一甩,一个箭步飞蹿过去,跳上了船,只是左腿被船舷磕破,鲜血淋漓。

几个美国船员见状围了过来,不停地询问。张君逸用流利的英语回答,解释事情经过。美国船员很同情,为他包扎伤口。

听说张君逸是个画家,美国人很敬佩,为他免费安排住处和食物,请他画画。

画远山、画近水、画人物、画花鸟。船行的几天几夜,张君逸为船员们画着。他为大家带来了快乐,大家也悉心照料他的伤口。靠岸的时候,他的伤口也就好了。

几十年后,长大了的张仲平为父亲泡脚,看到他左腿的伤疤,询问情况,张君逸说起了这段不堪回首而又惊心动魄的往事。

画魂归去

山区的夜晚格外安宁。

几家灯火，点缀在丘壑之中。

北风在树梢呼啸。偶尔“吱嘎”一声，枯枝断裂。

几经辗转，张君逸回到阔别许久的定潭。他脚步加快，箭步朝家奔去。

因为鬼子飞机不断轰炸，湖州沦陷，张翰飞三妹带着丈夫及婆婆一家九口逃难过来了。随后，姚美龄的娘家侄子也寄养过来，吴美意母亲的养女、孙女也投靠而来。

家里一下子生活着二十几口人。一切家务都是姚美龄带着孙女在料理，开销则靠张翰飞卖画所得。

父亲躺在病床上，形神憔悴。

“爸，我回来了！”张君逸紧紧握着父亲的手。这双手，描绘了多少山河，写下了多少时事文章，又为京城书画名家刻下多少印章！

张翰飞爱怜地望着儿子。他成熟了，世事沧桑也开始在他脸上镌刻下了印记。“国家不宁，社会动荡，回来好，定潭好，把家守住就好，过段时间，去北平把美意和孩子们接回来。文玉、瑞玉、小孙儿们，我很想念。”

“嗯，我会把家守好！”张君逸说道。

“我那小孙儿仲平怎样，可爱吧？都没见过啊。”

“很可爱的，小小年纪，喜欢看我画画。”

张翰飞笑了：“好啊，我们张家书画，又有传人了，要好好培养他。”

第二天，太阳温暖。梅姨扶着张翰飞下床晒太阳。

张翰飞刚坐下，便喊来儿子张君逸："扶着我，一起看看我们家。回定潭后，我一面画画，一面改建住宅。这房子，你爷爷开始经营，它是我们张家的精神寄托。今后，我们的子孙无论身在何方，想着定潭的老宅，他们就会有力量，会有凝聚力。"

"我会办展，卖画，把这套房子继续建下去。"张君逸宽慰父亲。

"只有把房子建好，我在外三十多年的收藏才有稳妥的存放之处。鬼子侵略中国，大好河山他可破坏，可带不走这新安江、巍巍黄山。只可惜了一些古玩字画，被掠走了许多。"

"国家大事，爸爸您少操心，静养身体。"

"这是文化啊，一个民族不能失去文化，失去精神纽带，眼下的情境令人痛心！"张翰飞眼角湿润，"恨不能满身本领驱除鞑虏！"

一个阁楼里，满满摆放着三百多件青铜器。张君逸吃惊父亲怎么运回家的。"在南京任职期间，我便开始往老家运，这些青铜器，从商周到明清都有，都是国器啊。我看到外国人买回去，很痛心，把卖画所得，都买了这些。这些东西，眼下动乱不安，不能捐出，待国泰民安，捐给国家。它们是祖宗所造，是我们的文化记录，应属于全天下中国人。"

张君逸点点头。他理解父亲的家国情怀。

古朴的红木架上，摆放着各种印章，共有上千枚，大多数是张翰飞自己篆刻。有的是书画朋友刻的，吴昌硕、齐白石、王福庵、唐醉石、李锜的都有，吴昌硕刻的最多。这些印章，"文革"时期流失在徽州地区。后来，连传带买，张仲平手上只有四五十方印。20世纪80年代初，张仲平拜访安徽著名书法篆刻家葛介屏，请他将一枚田黄印章磨平重新篆刻。葛介屏一看，说这么贵重的印石不敢刻，张仲平一再央求，他才肯动手。

一幅幅珍贵的字画，既有当代书画界朋友的精品力作，也有明清古画。张君逸仔细地看着，由衷地说道："您省吃俭用，一生心血都凝聚在这。"

"我们徽州是文化之乡，我早年中举，奈何平生志向被动荡时局冲淡，唯有这些收藏，是为国家，为民族而藏。我还是那句话，待到国泰民安之日，你留一些传给子孙传承文脉，其余都捐给国家，切记！"

"我记住了，您放心。"张君逸说道。

一个月后，张翰飞病势加重，不能下床。张君逸心急如焚，雇上车子去接新安王氏医学传人王仲奇前来看病。

新安王氏医学起源于清朝嘉庆、道光年间。王家宅人王履中受业于冯塘名医程敏之，得程氏真传。他醉心岐黄，擅长杂病，医名远播。他的儿子王心如、孙儿王养涵秉承家学，悬壶济世。到王养涵儿子王仲奇的时候，光大家学，为近代新安医学巨擘。

王家医德高超，书香家庭，喜爱书画收藏，与张家是世交。1916年出生的王任之，从小随伯父王仲奇学医，二十来岁时就医术高超，后来担任安徽省卫生厅副厅长兼省中医研究所所长，曾为叶剑英、聂荣臻、邓颖超、李先念等党和国家领导人看过病。他性爱丹青，与黄宾虹也是挚友，常常书信往来不断，互寄礼物。

王仲奇带着侄儿王任之前来给张翰飞看病，仔细诊断后，无奈地摇了摇头。张翰飞得的是急性重症黄疸，在当时无药可治。

1940年元月，旧历除夕还未到，乡邻们在贫困中筹备过年。

带着对家园的挂念，对定潭的一往深情，被时人誉为"新安三雄"之首的张翰飞离开了他眷恋的世界。

张仲平为祖父张翰飞造像
张建中补松石 67cm × 137cm
戊辰年作（安徽博物院藏品）

一代画家，是那么深爱他的艺术。临别时，他的手紧紧握住儿子的手，指着北平方向。

那是他科举得意的地方，是他技艺精进的地方。他原本想着等天下太平后回去。他放不下那里的孙辈们，放不下那里的书画同道。

与他一同参加科举的二姐夫吴承仕也在几个月前在北平去世。与潜心丹青的张翰飞不同的是，吴承仕对政治热心，他敬仰章太炎，做了他的学生，成为著名的文字学家。后来他接受了马克思主义学说，并在1935年加入共产党，成为用马克思主义观点研究经济学的学者。他还用自己的教授身份积极营救进步学生，是20世纪30年代中共的学届领袖。他去世的消息传到延安，延安各界为他举行了追悼会，毛泽东、周恩来都送了挽联。

1907年为起点，郎舅结伴而行奔赴京城，少年登科。如今，他们魂归故里，在家乡的青山绿水间长眠。

这一年，“新安三雄”中的汪采白也因病英年早逝，年仅54岁。只有年龄最长的黄宾虹在1955年去世，享年90岁。后人感叹，如果天假张翰飞、汪采白以岁月，凭借新安三雄的才情和努力，他们会共同把中国画推向一个新的高度。

天妒英才，历史总是留给后人不少遗憾。

过旭初推荐唐式遵

张翰飞带着他对家国、对绘画的爱与无限遗憾，离开了这个世界，家中一根顶梁柱轰然倒下。

张君逸内心无限悲痛，埋头整理父亲的画作，将父亲那些没有题款、盖章的作品一一为他补上。

张翰飞平生办展卖画的收入都用于购买古玩，为家乡办学，造祠堂，修路，修桥，改造自家宅子，没有购买田地。一大家人靠六亩薄田、四亩旱地过日子。

张君逸本人是一介文人，这么一个大家庭的生活重担落在他身上了。好在三姑明晓事理，带着婆家九口人从湖州逃难过来，有些积蓄，也补贴一点。

梅姨失去了张翰飞，也就失去了精神依靠，她决定离开，回老家常州。

自进京城求学起，张君逸与父亲和梅姨生活在一起，穿衣、吃饭都是梅姨张罗。如今，她一个弱女子要离开这个家，张君逸的内心有些不舍，为她今后的生活担忧，便极力挽留。

梅姨流着泪："没有依靠，在这里，守着怀念过日子，我只能用泪水冲洗痛苦。这定潭的山、定潭的水，都留下我陪翰飞作画的足迹，我走到哪都是痛苦的回忆。苦痛太深，我只有逃离……"

张君逸理解她，默默走上阁楼，将从北平带回所剩不多的大洋取下来交给梅姨。

梅姨含着泪，掏出金表："这是你父亲为我买的，你留着，做纪念。"

"您留着，想念父亲时看看它。"张君逸摇摇头。

张君逸与大女儿大玉一道，先陪梅姨到定潭下关父亲墓前道别，再送到码头，依依不舍。

母亲姚美龄担心留在北平的孙辈，催问儿子张君逸："什么时候去接美意和孩子们？小孙子我都没见过面啊。"

"眼下不行，一路都是逃难的人，危险，只能等待时日。"

在张君逸的心中，外面战火纷飞极不稳定。北平的家中还有些钱，够妻子和孩子们过上一段日子，而老家定潭，面临着生活困境。

他租了一座山头，准备种竹子、养羊。山上满是灌木、杂草，他在妻子老家昌溪雇了一个伙计，两人日出而作，日落而息。休息的时候，张君逸便对着四周的山画画。

一天，张君逸去了一趟县城。回到家，雇工被保长拉了壮丁，送到了村公所。

张君逸去找保长，同是本姓张家，他以为很好解决，可说来说去，保长提出放人要大洋，另加一只羊。

从保长家出来，望着潺潺的昌源河，张君逸内心凄凉。家乡定潭留给他的印象是山美水美，民风淳朴，可这动荡的局势使人心不古，恶行乡里。

租山养羊也没达到预期效果，远在北平的妻子、孩子情况不明，张君逸内心急切。

听说过旭初回到了歙县，张君逸特意去拜望。

因为有张翰飞当初的举荐之情和深厚友谊，过旭初热情接待张君逸，听说他在家租山养羊，便说道："你是双学位文凭的人才，一手好文章,一手好字画,怎能养羊?你养得过老家这些农民?"

"我的天地在北平,可是我能回去吗?"

"不能回!"过旭初说道,"满街的鬼子,我本在上海、北平、武汉等地组织棋社,编辑《北平围棋特刊》,到处是鬼子,我便回来了。"

"恨不能投笔从戎!"

"只是投笔,从戎不是你的特长,你就适合画画。眼下,你是龙陷浅滩啊,等候时机吧。"

"您准备怎么办?"张君逸一声叹息。

"江西省成立围棋社,请我去指导,我准备过去,那里鬼子少点。唐司令与我提过,想网罗几个文人,组成一个秘书班子,我看你最合适。"

他说的唐司令,是驻扎在徽州地区的国民党陆军二十三集团军司令唐式遵。

唐式遵老家在四川,父亲为清末秀才。他幼时随父亲学"四书五经",后弃文就武,与刘湘、杨森等同入四川陆军速成学堂。正因为读过书,他与一般大老粗的军人不一样,而是喜欢下棋、收藏古玩字画。听说过旭初不愿在日本人统治下的北平生活,回到了徽州,便去拜访,常常邀请他去屯溪下棋。

第七章

唐式遵秘书科长

雨后出晴，过旭初陪张君逸去见了唐式遵。

唐式遵见张君逸英俊倜傥，自然喜爱，还想考考他的才能，让他即兴赋诗。张君逸挥毫写下一首七律，内容为投笔从戎扫除日寇，清雅而豪气弥漫，书法遒劲洒脱。

唐式遵佩服不已，激动地拍着桌子道："我就是要你这样的人才啊！"

张君逸被任命为秘书科长，授予上校军衔。另两位秘书为歙县同乡罗长铭、江兆申。

罗长铭精通诗文，在秘书科里负责草拟公文，后来担任安徽省文史馆馆员。

江兆申出身于书香门第，祖父擅长仕女、翎毛、花卉，父亲也画画。他从小就画画、镌刻，12岁时曾被绅士姚淮逸请去镌刻墓表。1949年，他从杭州去了台湾。后来，松风画会主创人之一的溥心畬从上海冒险坐小船偷渡到舟山群岛，辗转至台湾。江兆申得以拜溥心畬为师，此后成为著名的书画家和鉴赏家。

一天中午，唐式遵把张君逸喊到他的办公室，笑着说道："送你一份礼物。”

“我做你的秘书，岂敢要你的礼物。”

唐式遵将一把手枪摆在桌上，说道：“勃朗宁大威力手枪，为你这个秘书科长配备的。”

张君逸摆摆手：“我不要，我不喜欢这玩意。”

“怎么啦?”唐式遵沉下了脸，“军人，我的部下，没好的武器怎行?”

张君逸说道：“我有武器。”

“有武器?”唐式遵不解，“谁给你配的?”

“我的笔就是我的枪。”张君逸坚定地说道。

唐式遵一愣，随即笑了：“也对，以笔为枪。”

张君逸还为唐式遵收集古玩字画及鉴别造册，有时遇到名贵古画，唐式遵要他仿绘一张。有在故宫临摹的深厚功底，张君逸临摹的古画，几乎能以假乱真，唐式遵爱不释手，经常挂在厅堂观赏。

每当张君逸画画时，江兆申在一旁观看，时不时向他讨教，两人形成亦师亦友的关系。

二十三集团军总部设在歙县唐模。这是个文化底蕴深厚的千年古村，被誉为“中国水口园林第一村”。清末翰林、张君逸的诗词老师许承尧的老家就在唐模，他在任甘肃省府秘书长、省政务厅长等职后，回归唐模，一面著述，一面收藏徽州文玩，以拯救徽州文化。

随着唐式遵收罗的徽州文物越来越多，张君逸觉得，徽州文物就这样流出去，内心非常不安与不忍，准备辞职不帮他干这种事。于是，张君逸专程去许承尧家谈此事。许承尧听过之后，连说“好事、好事”。

张君逸很惊讶，问：“你怎么认为是好事?”

许承尧说:“你不帮唐做这事,也不能阻止徽州文物流失。你正好乘这个机会,把徽州的好东西留下来”。

张君逸还是不解。

许承尧接着说:“许多东西是我们徽州千百年的文化瑰宝,不能流失,我们尽量保存下来。唐式遵以枪杆子把持徽州,许多古董商都巴结他,你辞职也阻止不了他掠夺文物的脚步。他不太懂,你遇到格外珍贵的文物先送我这,我也不据为己有,天下太平之日,我捐给国家。这样,你留在他的司令部反而是好事,能为咱徽州做贡献。”

此后,张君逸等人每收集一批文物后,先挑出好的交给许承尧收藏,剩下的再登记造册交给唐式遵。

时间长了,唐式遵便知道这事。奈何许承尧的社会影响,他也只好默认,因为一旦触犯,惹得他联络一批知名人士弹劾,那些珍贵的收藏也就出不了徽州。

抗战胜利后,二十三集团军撤走时,独轮车、黄包车、汽车、马车拉走的笨重瓷器、砖雕、古碑有三十多车。大批名画、玉器、瓷器都是警卫森严地悄悄运走。

运到重庆后,唐式遵以瓷片装修公馆,位于渝中区金汤街,造型古典,后来成为名胜。

中华人民共和国成立后,许承尧将平生收藏捐给了安徽省博物馆,包括渐江的《晓江风便图》,为渐江存世的经典作品。

黄山摩崖石刻

黄山不仅以奇松、怪石、云海、温泉闻名，其摩崖石刻也是一道难得的人文景观。

黄山风景区立马峰的绝壁上，有“立马空东海，登高望太平”的石刻，这些字直径6米，其中“平”字的一竖长达9.4米，在中外名山石刻中，这极为罕见。此外，黄山温泉之西的崖壁上，有直径2米的石刻“大好河山”，吸引着游人纷纷留影。

当年，黄山申报世界自然遗产的时候，联合国相关官员前来考察。当看到这几处摩崖石刻，联合国官员桑塞尔博士凝望着，极为惊叹，对随行的黄山市官员说道：“你们把自然遗产删掉，就写中国黄山。”

随后，黄山成功申报世界自然和文化两个遗产。

这几处石刻署名都是唐式遵。那么大，如何写又是如何刻的呢？这一直是个谜。

曾任安徽省旅游局局长的张脉贤在担任黄山市副市长期间，主管黄山管委会。在任期间，他对这几个摩崖石刻也是充满好奇，为此走访探秘，从一个当年参加挑米的老人口中了解到一些情况。

1993年9月，江兆申回到故里，在屯溪办展。张脉贤与他交谈，说起黄山石刻，真相才确信地弄清楚。

后来，张脉贤在安徽电视台《旧闻新说》栏目接受主持人许可的采访，说起摩崖石刻的往事。

原来,抗战失利的消息不断传来,唐式遵带着他的秘书科成员登临黄山。当看到立马峰峰腰绝壁,唐式遵决定刻字。

刻什么内容？秘书科成员构思着,他们才思敏捷,很快便想出了内容“立马空东海,登高望太平”。“立马”是一种傲立雄姿,“空东海”由自然的云海,意蕴着蔑视“小东洋”,“登高望太平”实指黄山脚下太平县,寓意追求太平世界。

唐式遵一听到这个内容,拍手叫好:“这个内容,符合我们眼下特殊环境,我们的惆怅与理想,都能表达,这么有气势,字要大!”

开始写字,可是怎么写都不大。

大家想来想去,终于有了办法。他们将纸拼接起来,铺在慈光阁大厅,请挑夫挑大米上去。

大米送到后,罗长铭用手抓大米,撒在地上,撒成“立马空东海,登高望太平”字样。

字排好后,张君逸和江兆申看着,这里长了,那里短了,他们一起修改,待到唐式遵对这集体创作的字满意后,便让张君逸用线条勾勒出来,请石工去凿。

石工们在树桩上系好绳子,绳子另一头挂上米篓。石工站在米篓里,慢慢垂到石壁上,按照字的形状去凿,先凿出一点痕迹,然后加深。署名自然是唐式遵。

来到黄山温泉,看到对面一个大石壁,唐式遵问:“这里刻什么?”

“这里适宜刻四个字。”

“哎,这大好河山,真值得我们好好去爱。”唐式遵仰天长叹。

大家你一言我一语地议论。说到小日本对中国的蚕食鲸吞,张君逸和江兆申都流泪了："一个小日本，为什么在华夏大地如此猖狂？可恼的是我们中出了汉奸，自己人欺负自己人，出卖民族利益。"

"就刻'大好河山'吧，如此美丽的山河，值得每个中国人去爱！"张君逸说道。

大家推举张君逸书写。开始用斗笔写，往石壁上一贴，太小了，改用抓笔。张君逸将对山河的热爱之情凝集在手腕，一挥而就，四个大字参以汉简和魏碑笔意，楷中有隶、楷隶兼融，古朴遒劲。

"大好河山"石刻

“我们回来啦”

在二十三集团军司令部当秘书科长，工作稳定，能与自己喜爱的书画、文物打交道，能暗中阻止珍贵文物被唐式遵掠走，张君逸沉郁的心才舒展了些。

傍晚时分，独自一人漫步在新安江畔。几只渔船泊在岸边，炊烟袅袅升起，两个孩子在船头嬉戏。一种思念涌上张君逸心头，他想，该把远在北平的妻子吴美意及二女儿文玉、三女儿瑞玉、小儿子仲平接回来了。

张君逸原以为时局很快稳定，他马上就能回到北平，回到报社，回到妻子和孩子的身边。没想到，这一等就是两年半。

多么不平凡的两年半！

因为日本人的侵略，北平邮政瘫痪。在北平的妻子不了解丈夫的情况，在老家的丈夫不知道妻子和儿女的现状。他们互相挂念着，默默想念着。

这两年半的时间里，一个弱女子带着三个孩子，是怎样过来的呢？张君逸内心很不是滋味。每当夜深人静，他眼望北方，不尽思念伴着漫漫长夜。思念深切的时候，他心如刀绞，恨不能插翅飞过去。可恨的鬼子，侵我中华，多少家庭妻离子散，多少人的命运彻底改变，多少生灵无辜涂炭?!

春节过后的一天，张家来了一位客人，是姚美龄的弟弟、张君逸的舅舅。舅舅在苏州酱园做伙计。因夫妻离异，他便把孩子寄养在姐姐家。

姚美龄眼睛一亮，对张君逸说：“你事务多，不如请你舅舅去接美意和孩子们。”

张君逸有点不放心，喃喃道：“舅舅去接，行吗？还是我去吧。”

“他去比你合适。你啊，只会读书、画画、鉴定文物，他头脑活络，遇事会应付。听我的，没错。”姚美龄说道。她办事干脆，说话果断。

当舅舅出现在眼前，告诉说来接她和孩子们，吴美意热泪盈眶。这两年多的时间里，她拉扯着三个孩子，种种艰辛只有她自知。丈夫留下的钱花完了，她坚持不卖家里收藏的任何一幅画。幸好晨报社的同事帮她，给了她一份冲洗照片的工作，勉强维持着生计。

多少日子里，日也盼，夜也盼，盼望丈夫归来，或者接她回去。现在老家来人接了，她一时不知所措，哪些带，哪些不带，她需要梳理。

衣服拣了一皮箱、名贵字画拣了一皮箱。舅舅看了，说道：“外孙媳妇啊，我们是逃难，不是搬家啊。”

吴美意看了看，不舍地说：“衣服可以不带，这些字画可是君逸的心上爱物，不能不带。”

舅舅想了想，说道：“找些旧衣服来，再从画中挑些好的带，能带多少带多少。”

吴美意找来旧衣服，舅舅将画芯剪下，全塞进旧衣服里。另一箱书画吴美意看着舍不得，问：“舅舅，这个不能带？”

“带不了，万一给鬼子收去了呢？”

吴美意想了想，也觉得留下一箱稳妥。她将箱子锁上，连衣服送到同住歙县会馆的朋友汪晨（化名）家中，请他代为保管。

省吃俭用剩下的还有几十块大洋，吴美意想了想，把它们洗干净，塞进糖糕里，再放进油锅里煎炸，这样看起来是干粮，安全、稳妥。

从北平回定潭，先坐火车到上海，再到苏州，最后由水路回家。

舅舅穿着一身邋遢衣服，担着两只箱子，吴美意也故意穿着粗裳旧裤，带着三个孩子。他们与战乱时代难民一样，出了会馆，顺利在日本人和伪军的虎视眈眈下，检了票，上了车。

一路上，吴美意总是提心吊胆，昼夜不敢合眼。

经过十多天的颠簸辗转，一行五人来到了定潭。

吴美意忍不住失声痛哭，这是多少次梦到的定潭啊！如今，带着三个孩子回来了，平安地回来了，还带回了部分丈夫心爱的字画。

在这战乱年代，“平安”是何其珍贵。

“妈妈，那是定山，那是昌源河，对吗？”小仲平用稚嫩的声音说道，“真好看！”

“是的，孩子，你第一次来这里，怎么见过？”吴美意抹着眼里的泪水，问道。

张仲平作品《古歙太平桥》184cm×95cm 2001年作

（安徽博物院藏品）

“爷爷画的《定山人家图》就是这里呀！”小仲平好奇地打量眼前的山山水水。他小小年纪，喜欢翻看汪采白编印的《新安画家》。书中收入了二十八位新安画家作品，其中一幅就是张翰飞的《定山人家图》，吴美意常常指着画告诉他，这是定山，也叫来龙山，那是昌源河，昌源河畔有奶奶的家，也连着外婆的家。

吴美意停住脚步，她迈不动了，忍不住失声哭了起来。

三个孩子吓住了，纷纷询问妈妈怎么了。他们难以理解，妈妈蓄藏多年的思念、辛酸，此刻，开了闸门一般涌了出来。

停顿了一会，吴美意擦擦眼睛，搂着三个孩子：“文玉、瑞玉、仲平，我们到家了，到了老家。奶奶、爸爸天天盼我们，快喊奶奶，喊爸爸！”

“奶奶，爸爸！”文玉、瑞玉喊起来，向村子奔去。

“奶奶、爸爸！”小仲平也呼喊着，跟随两个姐姐，跑着。

抗战胜利

1941年12月8日,日本海、空军偷袭美国在太平洋的海军基地珍珠港,同时轰炸威克岛、关岛、马尼拉、新加坡等地。美、英、加拿大等国对日宣战,太平洋战争拉开序幕。

太平洋战争爆发后,中、美两国共同对日作战。1942年4月18日,美军一架轰炸机从太平洋上的美军航空母舰起飞,轰炸日本东京、横须贺、横滨、名古屋、神户等地后,飞往位于我国浙江省的空军机场降落。

日本本土第一次遭到美机轰炸,朝野震惊。为此,1942年4月21日,日军决定进行以摧毁浙赣两省飞机场为目标的浙赣作战。

战争开始,中国军队失利。

消息传来,生活在山区的人们慌了,担心鬼子进村。据说他们一旦进村就会烧杀抢掠,无恶不作呢。

张君逸这天回了趟定潭,远远地看到浓烟滚滚,走近一看,火光冲天。定潭的老年、青年都聚在一起,在放火烧桥。

这是一个铁梁上铺着厚木板的大桥,是定潭人进出的必经之路。如今他们弄来柴油淋在木板上,放火烧毁。

这是无奈之举啊,只能这样去阻止鬼子进村。

唐式遵也极为震惊,担心日军西进,进攻徽州。他召集张君逸等人商议,有些语无伦次地描绘着战争失利的情形,听取部下意见。

大家意见不一,有人主张带兵东进,配合浙赣会战。有人主张按兵不动。唐式遵拿不定主意，啰唆一大堆废话，还没有决议。他虽然深得川军重要人物刘湘器重，但平时温文尔雅，讲话不干脆，所以有个绰号叫“唐瘟猪”。

举棋不定中，他将目光转向张君逸，征询他的意见。

“我的意见是眼下固守徽州，我们一旦东进或者西退，日军由长江口登陆，那将是徽州大劫，我们会成为历史罪人啊！”张君逸坚定地说着，乡亲们对日本人恐惧而烧毁大桥的画面一直映在脑中，军人不为国家，何需军人呢？

唐式遵点了点头：“有理，有理，就这样定，就这样定了！”

正因为固守徽州，保住了皖南二十多个县的安全，并且牵制了日军西进和阻止了日军由长江口登陆 。这一年12月，国民政府召开全军参谋长会议，高度评价了唐式遵守卫之功。唐式遵受到军事委员会及国防部的传令嘉奖。

1945年7月17日，苏、美、英三国首脑在柏林近郊的波茨坦举行会议，发表公告，要求日本政府宣布所有武装部队无条件投降。

8月15日，日本宣布无条件投降，这标志着第二次世界大战结束。

从鬼子踏进东北，践踏山河开始，十四年，整整十四年！多少中华儿女保家卫国，热血染家园；又有多少人的命运在这十四年里跌宕起伏。多少家庭饱受艰辛与沧桑。

一大批抗战英雄涌现，也有一批汉奸受到惩罚。

唐式遵的部队要调离安徽。

临行前，他与张君逸沿着新安江信步走着。

“抗战终于胜利了，这是我们盼望的。”唐式遵眼望着江中的一只帆船。

“是啊,国家总算安宁下来。”

“赶走了外敌,是不是从此安宁?不知啊!”唐式遵长叹,“调我部去上海,这是哪一出呢?君逸,你随我一道去吧。”

家中老少一大家子,张君逸哪里舍得丢下,便婉拒了。

唐式遵率部进驻上海,随后被剥夺兵权,任程潜担任主任的武汉行营副主任,是一个闲职。后来,唐式遵经过活动成为最后一任四川省主席,在率一支小部队经过越西山区时,被彝族武装乱枪打死。

历史,留给后人太多感喟。

上海办展

虽然艰辛的抗战胜利了，但国家并没有安宁。

随后是解放战争，物价飞涨，老百姓的日子依旧苦不堪言。

母亲姚美龄逐渐老了，张罗不了田地里的农活。

张君逸得撑起这个家。

这时的屯溪，因战乱搬来还未来得及迁走的党政机关不少，也有不少商家和外宾。张君逸准备举办一场画展。

为了办展，他埋头创作。因为从小接受父亲熏陶，又师从王梦白、汪采白、黄宾虹技法，加之在故宫临摹，为唐式遵鉴定仿绘。如今，他的绘画技艺炉火纯青。

今天的屯溪老街

这年10月,画展在屯溪如期举办。

高古的气息、静雅的格调、生动的气韵、流畅的线条,山水、花鸟、人物,走兽,题材丰富,展览吸引了各界人士观看。张君逸还以流畅英语向外宾介绍作品的布局与笔墨,轰动了屯溪。

展览作品销售一空。张君逸用卖画所得买回一些古画和生活物资。

一位银行家看张君逸作品深受欢迎,联络他前往上海办展。

上海历来商贸繁荣,租住着各国宾客,张君逸便应允下来。

1946年秋天,艳阳高照。

大上海暂时回复了往日的繁华,街上人来人往。

经过近一年的准备,张君逸画展在这里如期举办。他精心绘制的一百多幅精品力作,让上海各界认识了当代新安画派的传承与发展。

老朋友张大千送来彩帐以示祝贺。他因在敦煌临摹壁画,并在兰州、成都、重庆等地举办"临摹敦煌壁画展"而声名大振。这一年,他又以巨资购得《江堤晚景图》《溪山无尽图》等历代名家字画,请溥心畬、谢稚柳、吴湖帆为无款《江堤晚景图》题跋,加之他纳大鼓艺人杨婉君为三夫人,与李秋君红颜情深,使他成了一位传奇色彩浓郁的画家。

这一天,张大千前来展览现场,称赞不已。他看出张君逸作品中透出的人文气息非一般画家可比,便力邀他一道去国外。

张君逸摇摇头拒绝,说道:"我们是画家,一介文人,该为自己国家做点事。"

"抗战结束,眼下又是内战,社会动荡,我们什么时候能安心作画啊?我们去国外游历游历,与世界大师交流。"

"中国画的根在中国,去国外有何用?"张君逸问,"西方人懂中国画吗?”

“老兄错了,艺术是世界的,需要世界范围内艺术滋养,何况,欧美发达国家重视艺术,老兄外语这么好,去国外是如鱼得水呐!”

“我继承的是新安画派的精神,新安诸贤的艺术滋养让我终生受用不尽,又何须去西洋?”

“老兄啊,岁月匆匆。国人向来崇外,我们去国外走一走,开阔眼界,回来后,社会声誉也好,地位也好,不一样啊!”

“新安画派之所以影响深远,因为新安诸家心境恬淡,作品才有清逸之气。”张君逸继续说道,“我们安心画自己的画吧。”

“我们都是绘画极有天赋之人,不能单纯画画啊,要懂市场,懂得借势而行!”张大千还是苦苦劝说。

张君逸被逼得没有婉拒之招,无奈地说:“老兄,我俩性格、禀赋不同啊!你适合国外,我不适合啊,只能在中国。”

张大千愣住了,没有说话。

谈话也就不欢而散。

张君逸说的也是自己内心的真实感受。虽然早年在北平,他常与张大千一道切磋技艺,但张大千为人好动,而他天性安静;情感方面,张君逸内敛,恪守传统处处谨慎,张大千则情感外露,擅长与女性交往。

更主要的是,张大千为了经济,常常临摹古人作品流向市场,而张君逸的临摹是艺术上的学习,落款是自己。

张君逸骨子里崇尚君子之道,认为君子之人要胸怀磊落,坦坦荡荡。

1949年,张大千在张群帮助下弄到了3张飞机票,匆匆带着第四任妻子徐雯波和女儿张心沛彻底离开了大陆,行踪遍及印度、阿根廷、巴西、美国等地。1955年，他去巴黎和西方画魁毕加索会面，成功地进行了东西方艺术的交流，把中国绘画推向世界。

也在这些时期，他的“大泼彩”把西方绘画的大块色彩和中国画的意境巧妙地糅合在一起，一跃成为中国绘画史上取得成功的巨擘。

张大千

上海一别，张君逸与张大千这昔日京城的画友也是最后一次见面。以后他们各自的命运被时代牵扯，彼此都不曾知晓。

张家杂货店

这次展览的效果超出张君逸所料。上海政、商、艺各届纷纷叫好，作品都以高价卖出。

展览结束，张君逸来到街上。高楼大厦、奔驰汽车、旗袍女子……这里的一切，显得很洋气。

毕竟是国际都市，商贸兴旺。张君逸决定将卖画收入，一部分带回去捐助办学，继续父亲的慈善事业；一部分采购百货，回定潭开一家杂货店。

战争导致物流不畅，定潭太需要一家杂货店了。

张君逸雇一条货船，决定从水路运货回家。

满满一船货物，他亲自押运，一路回到深渡。

这一天的定潭，像过节一样，姚美龄和儿媳吴美意在家里生火做饭，村里男男女女都来帮张君逸下货。

挑的挑，扛的扛，从深渡至定潭的五里路上，都是帮忙运货的人群。

张家的孩子们是那么快乐，尤其是小仲平，在人群中蹦来蹦去。七八岁的他跟着父母识了不少字，大人们与他开玩笑时，他开始一板一眼地回答。每当意识到别人在拿他开心，他立马不理会，抬头背诵刚学会的诗词，旁若无人。

张君逸将码头边的旧祠堂租下，收拾一番后，"一和"杂货店就开张了。

杂货店大大方便了定潭和周边村庄的人们，因为进的是真正的上海货，质量好，买盐、买糖、买布匹、买煤油，来来往往的人不少。小店有一个规定：凡是穷困人家买东西不收钱。

生意好了，张君逸又觉得麻烦在心头，整日待在店里取货算账，自己钟爱的绘画就耽搁了。这个时候，大儿子伯平在深渡上初中，闺女大玉和文玉也都在上学，其他孩子还小，帮不上忙。

吴美意说："让我二弟来看店吧，不用付工资，管吃管住就行，我也算尽了照顾他的心愿。"

张君逸说这样好。

吴美意娘家在金华做生意，一家生活富裕。日本鬼子入侵，放火烧了店铺。她的父亲两手空空回到昌溪，郁闷在心，不久就撒手人寰。

吴美意妹妹出嫁，大弟成家，只是他整日拖着病歪歪的身子，难以支撑一个家。把二弟接过来，就可以减轻大弟的负担。

二舅子来家里看店，小仲平可高兴了，没事就往店里跑。二舅子忠厚、聪明，非常喜欢这个小外甥，为他扎纸飞机、夏天教他在昌源河游泳、逮鱼。他水性极好，在小仲平的眼里，他就像鱼鹰，往水里一钻，露出水面的时候，一条鱼就在手中摇摆着尾巴。

有小舅子看店，张君逸轻松多了，他每周去深渡中学义务讲两堂课，其余时间安心画画。

只要父亲在画画，小仲平就在一旁观看。看久了，他也懂得如何构图、如何渲染。常常父亲画山水，他在一旁建议。

"爸爸，这里加个小桥，感觉这水流淌不息。"

"爸爸，这里要加个人，这山路才有生机。"

“爸爸,这边的云雾可染重些。”

张君逸内心比吃蜜还甜,他看出儿子的绘画天赋,便在绘画时常常将下一步停滞一会,引导他,启发他。

“你觉得这里是云还是水?”

“都行。”张仲平说道,“画上船,看起来就是水,画几只鸟,看起来就是云。”

这一年夏天,二舅子突然肚子痛,痛得直喊直叫,吴美意急忙找来村医,医生给他贴上膏药,可是不管用,二舅子还是痛,额上汗水直流。

再给他吃药,医生说会好的,可是二舅子逐渐没有了气息,最后紧紧握着姐姐和小外甥的手,痛苦地离开了人世。后来根据症状得知,他得的是盲肠炎穿孔。他被庸医所误。

小仲平格外伤心。二舅舅是那么疼爱他,现在无论怎样呼唤,他都不能应答。

他第一次目睹亲人离自己而去,去了另外的世界。

打发思念最好的方式就是画画。小仲平画与舅舅一起的日子,画他卖货,画他教自己逮鱼,画他上树摘果子……

土地改革

山区的人们依旧过着砍柴,摘茶叶的日子。闲下来就谈论着时事,多是国共两党的战争情况,确切的、不确切的,成为他们种种谈资。

张君逸依旧过着画画、与当地名流切磋的生活。国民党驻屯溪警备司令方世岳喜爱收藏,常常请他前去鉴定。

鉴定完了,张君逸与方世岳聊聊天。

“最近可有什么新消息?”方世岳问他。

“我一个画画的,能有什么消息?”张君逸回答。

“国家事我们要关心啊。”方世岳语重心长地说。

“赶走鬼子,以为太平了,结果还是打。家里人互相打,看不透,索性不管。”张君逸感叹。

“家里多少田地?”方世岳问。

“薄田旱地不过十亩。”

“也不多啊。”方世岳说道。

“那是。我和父亲有点积蓄,都买了字画古玩,没置地。”

“还卖掉一点吧。”方世岳劝他。

“卖了,家里就没吃了。再说,祖上置的业,我手上卖了,那是不肖子孙啊。”张君逸摇摇头,“这事不能干。”

1949年1月31日,北平和平解放。

4月20日晚和21日,人民解放军第二、三野战军先后发起横渡长江的战役。4月23日,第三野战军一部解放了国民党政府所在地南京,标志着统治中国22年的国民政府垮台。

张家杂货店因为没有伙计，开开停停。一天，遭到败退的国民党军队哄抢，杂货店彻底倒了。

4月28日，皖南山区歙县县城解放，中国人民解放军歙县军事管制委员会成立，接管国民党县党部、政府以及交通、通讯、税务各部门。

4月30日，屯溪司令部司令方世岳率部起义，屯溪和平解放。

各家各户接到通知，要去深渡庆祝。

除了老人小孩在家，人们从四面八方涌向深渡，敲锣打鼓，舞龙舞狮。庆祝翻身得解放。

10月1日，毛泽东站在天安门城楼，宣布中华人民共和国成立。这一消息随着广播、报纸、电台传遍全中国。

1950年6月30日，中央人民政府颁布“土地改革法”，规定废除地主阶级的土地所有制。这年冬天起，开始没收地主土地，分给无地或者少地的农民。

歙县的土改工作在这年10月份开始，抽调的工作组进驻每一个村子，一家一户核实地亩，造册登记。然后划分地主、富农、地主兼工商业、小土地出租、中农、贫农等成分。

定潭的工作组住进张君逸的家。因为他有文化，被抽进工作组，负责登记、核算工作。

七十多岁的姚美龄担心自己家被划成地主遭批斗。吴美意安慰她：“娘，我们家十几口人，就这么一点田地，不是君逸卖画，一家人早饿死了，何况我们家一直捐资造桥、修路、办学，放心吧，工作组会考虑的。”

张君逸被划分为小土地出租。在当时，这成分也是属于剥削阶级，好在他平时为人忠厚、热心公益，村里人没批斗他。

捐献文物

1950年的中国历史上，除了土地改革，还有抗美援朝和镇压反革命运动。

村民们原本是各干各的活，偶尔谈起国家事情也仅是茶余饭后的谈资，一些道听途说的东西。如今，人人都卷进了国家事件之中，人人都以昂扬的姿态参与到保家卫国和镇压反革命分子的运动中来。

张君逸大闺女大玉师范学校毕业后，分在漳潭小学教书，因为她文笔好，很有文化，抽调到了县新华书店。

1950年10月，成千上万的人上街游行，高喊抗美援朝，保家卫国的口号，张大玉也报名要参加志愿军。《皖南日报》还登了她与另外16名姑娘参加志愿军的消息，激励了无数热血男儿。

山水画再也没有人关心。原来定期购买张君逸作品的人中，许多没有了音讯，有的人则被划入剥削阶层，受到严厉批斗。

国家开展文物捐献工作。张君逸想起父亲的告诫，便整理出17件文物字画捐献给县文化馆。其中一个明代花瓶，为宫廷器物，风格豪放而不乏细致，称得上孤品；一件为合作扇面，在张君逸眼中，算不上家里藏品中珍贵之物，本不准备捐献，最后才把它加进去。

这把扇面捐赠时共有7人作品，空着一格没有画。

最早画的是汪采白，1936年秋，他出任北平艺专教授，学生张君逸请他打头先画，他落笔"君逸世讲方家正之，丙子(1936)初冬，孔祁"。他本是张君逸的书画老师，称“世讲”是因为两家为世交，都以丹青为业。

接下来，同在歙县会馆的汪慎生画了第二幅，题署“君逸世兄法家正之”。

吴镜汀以郭熙的笔意画了第三幅，题下“仿郭河阳本奉为君逸仁兄作即并正之”。

傅松窗画下第四幅并题款“君逸先生法家教正”。

徐燕荪画的是仕女，并署“天寒翠袖，为君逸老师雅拂”。

张大千这一年常到歙县会馆，在汪慎生家与张君逸等人笔会交流，他画完后谦恭署下“君逸仁兄方家正之”。

其时，张大千与徐燕荪正闹矛盾，徐、张之争在文化界沸沸扬扬，打起了文字仗，终究是在于右任调停下平息。

张君逸悄然组织的这场扇面笔会，是“徐张”言和之后的一次珠联璧合之作。

6月方至北平，在故宫鉴定字画的黄宾虹，落款“君逸先生方家属粲，宾虹”。

捐献的扇面

张君逸捐出后，心中没当回事。

1964年2月10日，张君逸已经在合肥工作，担任县政协副主席的叶侠奇儿子叶永康找到他，希望将当年捐赠的扇面空的部分补上。张君逸便补了一幅《春满江南》。画面上，大块的洋红浓郁淡出，一派江南春早气息，徽州民居白墙黑瓦，马头墙掩映于深红浅翠之中，充满浓郁的意趣。

这时候，汪采白、黄宾虹已经作古，张大千去了海外。

随后社会风雨骤变，叶永康担心作品被毁，藏了起来，直至“文革”结束，他装裱好归还歙县博物馆，并题跋记叙：“此君逸先生赠送歙县文化馆之折扇，上有吾乡宾虹、采白、慎生诸先辈仙品各一幅，镜汀、大千、燕荪、松窗各一幅，君逸补齐最后一幅。‘文革’中藏于破司筒中，幸免劫难。虽事过境迁，亦发人深省矣。兹为重装归藏歙县博物馆，以供艺术之探讨与借鉴。永康于邑城旧宅。”

2013年10月27日，中央电视台《一槌定音》节目中，另一件张君逸等八大家所绘扇面浮于世人面前。

这件扇面作品同样完成于1936年。八位画家分别为田步蟾、沈兆奎、张君逸、寿玺、黄宾虹、陶北溟、陈曾寿、朱文钧。这些人论技艺、论学识在北平、在民国都是赫赫有名的精英。

看望黄宾虹

1948年7月,85岁的黄宾虹离开北平,南下杭州,应杭州西湖艺专之聘,担任教授。

他在1937年应北平艺术专科学校之聘,前往担任教授。这时期,他的山水画融化古人与造化,独创自家风貌。

1952年初夏,在乡下的张君逸得知黄宾虹在杭州,心中激动,决定前去拜访。

自从划为小土地出租成分后,过去与张君逸交往密切的一些乡邻明显交往少了,孩子们在学校读书也经常受到委屈。

张君逸内心清楚,如今国画不被社会重视,他从报纸上得知,取消中国画的论调不断传来。他告诉自己,在乡下老老实实耕种,养活一家人。

然而,夜深人静的时候,他内心不平,自己是燕京、清华两所大学高材生,本是不为日本人服务而逃回老家,怎落到如此地步呢?几年前,他在屯溪与过旭初交谈,过旭初说自己是龙陷浅滩。当时,自己很乐观,不以为然。如今,真像是困龙,无法施展自己的才华。干农活,哪干得过乡民?可怜了自己的才华。

他决定另谋出路。他的心中,还是旧时北平的人和事。

天蒙蒙亮时,他带着儿子仲平在鸡鸣声中上路。坐车到杭州后,一路打听黄宾虹所处的栖霞岭。

西湖艺专于1950年改名为中央美术学院华东分院。这时的黄宾虹主要参加学校的业务研究和政治学习。因为视力不好，他一般上午画画，下午考释古印文，偶尔到西湖之畔写生。

当张君逸父子推门而入，黄宾虹格外高兴，抚摸着仲平的头问："喜爱画画吗？"

张仲平点点头："喜爱！"

"好哇，你们张家后继有人！"黄宾虹说道。

闲聊往事，黄宾虹感慨万千，忍不住说道："光阴似箭，翰飞老弟离开我们十几年了。"

"是啊，这十几年太不平凡。"

"翻天覆地啊。"

"上天如果再给他十年，他可以傲视美术史的，他对四王、倪黄、石涛的继承与发展，当今画坛难有人与其相比。"黄宾虹说道。

"这一切都是命运，让人唏嘘。"

"你的绘画才华同样卓绝，不能长期待在乡间，那样会耽误你才能的施展。"黄宾虹呷了一口家乡茶，感叹道，"再有本领的龙，困在浅滩，鱼虾也会戏弄它。"

"是啊，成分不好，养家糊口困难，'国画无用论'盛行，这几年没卖过一幅画。"张君逸很是无奈。

"数千年的文化精髓，不会无用，也不会取消。我应邀参加全国政协会议，是会议中最年长者。毛泽东亲自为我敬酒，问我在研究什么，我告诉他研究书画。周恩来也坐到我身边叙谈，我说了中国画是民族国粹，他们都认同。中国画是伴随中国的诗词歌赋而发展的，中国的文化背景适合中国画的传承，西画只适合借鉴。"

“我困惑过，您这么一说豁然开朗。”张君逸有些兴奋。

“你愿到杭州来，我可以推荐，不过，我现在也没什么话语权了。”

“我还是想去北平，那里画友多。”张君逸说道。

这时北平已改名北京。张君逸因在那生活太久了，一时改不过来。

“你可以找吴镜汀，他在北平画界影响大，你与他相识，尤其是他与你父亲交情深厚，他们一起成立中华书画研究会。”

张君逸点点头：“我回去就给他写信。”

张君逸将带来的张仲平的习作给黄宾虹看。黄宾虹仔细观看后，又问了问仲平，问道：“多大了？长得真好！”

“14岁，读小学。”张仲平答道。

“有天赋，这没法说，这孩子是画画的料子，爷爷希望你成为新安画派的传承者啊！”黄宾虹拉过张仲平的手，说道，“你爷爷，父亲，一生忠厚，为人勤奋，你要继承张家家风。”

张仲平点点头。

黄宾虹展开一张四尺宣纸，挥毫写下：“天道酬勤”，落款为“宾虹与小孙仲平共勉”。

被捕入狱

从杭州回来，张君逸给吴镜汀写信，希望他能帮自己北上工作。

信寄出后，天天等待消息，满怀希望。

一月过去，二月过去，不见回音。

大雁南飞，燕子归来。一年过去了，还不见回音。

他不知道，在这特殊的时代，他的信吴镜汀无法收到。

1955年上半年，安徽省美术工作室举办了一场卓有影响的“五老”画展并首次标价出售书画作品。

这“五老”是：萧龙士、梅雪峰、张君逸、王石岑、光元鲲。他们是安徽画坛卓有成就的人物，这年才50岁的张君逸因为作画构图新颖，笔墨苍润应邀在列。

第二年6月，他被捕了，罪名是反革命。

反革命？张君逸满眼泪水，自己抱着爱家爱国的情怀回来的，怎会是反革命。他相信，白的黑不了，黑的白不了。

1957年元月，歙县法院正式给他下达判决书，判处他有期徒刑5年，剥夺政治权利3年。

判决事实为：反动国民党员，历任伪平绥铁路局稽核室书记、北京教育局科员、第三战粮食管理处少校督查员、二十三集团军少校秘书、陶匪总部参议员等反动职务多年。1943年起即回家画画，1947年伪县长杨步梁（已镇压）找其向群众训话，散布了一些反动言论。解放后被告人还贿赂干部……同时，被告人在1947年曾协助我游击队募捐米款，故应于从宽处理。

判决书中，贿赂干部是指他土改时为工作组组长老钱的娘画像。那一天，老钱高兴，在张君逸家吃了一顿饭。这事被人汇报给了上级。

张君逸获刑的事让吴文瑞和宋亦英夫妇知道了。两人都是歙县人，非常清楚张君逸是诗书传家、忠厚门第。

宋亦英担任安徽省群众艺术馆副馆长。二十几年前，宋亦英在国立北平艺专学习时，常与张君逸一起交流书画和诗词，敬佩他的绘画才能。她很担心张君逸，恳请丈夫帮忙。吴文瑞这时担任安徽省委副秘书长。

宋亦英一说，吴文瑞立即点头同意。他说道：“张君逸就是一个读书人，早年是进步

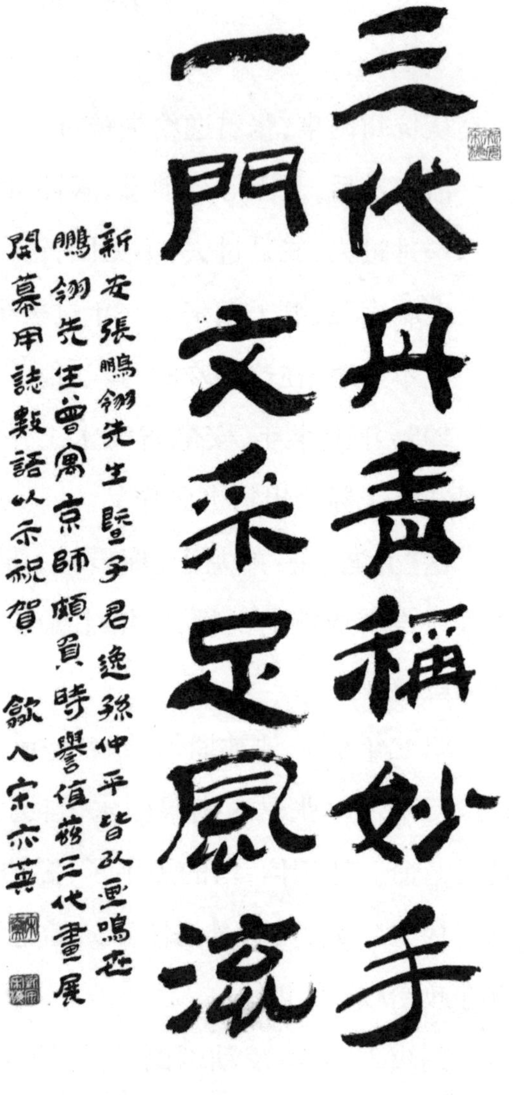

宋亦英为“新安张氏翰飞君逸仲平山水画展”题词

学生,参加过新文化运动。怎是反革命分子呢?他过去的那些工作经历,只是谋份差事,没有反革命行动。在唐式遵部下工作,反而保护了徽州珍贵文物不外流。1947年,我们回皖南工作,在我担任中共皖浙工委委员兼中共歙、绩、旌工委书记期间,张君逸以他的影响,在定潭发动村民,协助游击队募捐米款,于革命是有功的啊。"

在吴文瑞和宋亦英夫妇帮助下,张君逸终于被提前释放回家。

走出看守所,他满眼泪水。自己早年求学,怀有报国热情,没料到还会犯罪坐牢。他望着天空,天空是那么浩渺无穷。

他急匆匆赶到家,大门紧锁。这两年多的日子里,姚美龄因儿子被捕,又是担心又是郁闷,生病去世了。

万般无奈,吴美意带着孩子们去旌德投奔大闺女了。当年,张大玉报名参加志愿军,没被选上,1952年从歙县新华书店调到旌德县新华书店工作。

张君逸跑到昌源河畔父母墓前,双膝跪下,热泪奔涌。母亲生命最后一年,他在监狱没有尽到孝道,内心何其悲痛。

从1939年冬天回家,18个年头已经过去。这18年,家国动荡,他人生最好的年华在动荡中消磨……张君逸越想越痛苦,忍不住失声痛哭。

曾经是血气方刚、顶天立地的男人。如今,感到的是屈辱,是迷茫,是不尽的失望。内心的波涛催着眼泪纷飞。

青山无语。昌源河无声无息地流淌。

哭祭一番父母后,张君逸只好去旌德。

第八章

进省群众艺术馆

宋亦英关心着在乡下的张君逸。

张君逸幼承家学,两所名校毕业,精通多国语言,绘画技艺高超。国家百废待兴,多么需要他这样的人才啊。

1957年初秋,在吴文瑞和宋亦英多方协调下,张君逸被安排进省群众艺术馆工作。

群众艺术馆位于合肥市中心长江饭店边,是幢两层楼房。张君逸负责山水画教学工作,担任美术组组长的是从省文联抽调过来的陶天月。

陶天月出生在长丰陶楼一个书香门第,从小跟随祖父学习书法。高中毕业时,参加革命,被推荐到了华东大学江淮分校,后进了部队文工团,写诗歌、画漫画、搞版画。他的作品常常发表于《人民文学》等报刊,成为耀眼的青年才俊。安徽省文联成立时,他被抽调进来。省群众艺术馆成立后,因为组织能力强,陶天月又被从文联调来担任美术组负责人。

为了培养绘画人才,群众艺术馆开设的有山水、花卉、素描、水粉等班。张君逸和从上海调来不久的徐子鹤带山水班。

这时的张君逸,住在新建的安纺一厂宿舍。安纺总厂有职工上万名,厂址在合肥东门和平路，是具有标志性意义的地方，由苏联专家参与建设。

1953年全国政协会议期间，毛泽东接见荣毅仁和郭棣活等人，提出发展内地纺织工业。经过多方面考虑后，国家同意与荣毅仁、郭棣活等民族企业家合资在合肥建一座大型纺织厂。

1954年，国家纺织工业部及上海申新纺织厂、永安纺织印染股份公司共同投资兴建公私合营的安徽第一纺织厂。荣毅仁冒着高温亲自选定地址。

安徽省委格外重视安纺厂的建设。1954年招收大批年轻学员，组成培训班，送到上海纺织企业培训，同时引进各类人才。

张君逸的大儿子张伯平从团省委宣传部调到安纺厂，是技术干部，因而分到一间半的平房，父亲来合肥后，便把他接了过来。

厂里有一个青年钱雨亭，非常喜爱画画，张伯平便把他介绍给父亲。

钱雨亭被张君逸笔墨中蕴涵的功力和韵味深深打动，恳请拜他为师。张君逸欣然同意。

钱雨亭老家江苏泰兴，弟兄五人中他最小。大哥钱青选是私塾先生，喜欢书法。有一次，画家唐云送他一本《马骀画室》，马骀即马企周，清末民初著名画家。钱雨亭看到这本书后迷恋上了画画，偷偷临摹。中学毕业时，学校推荐他上华东美院。

这时，安纺厂到上海招工，为了不增加兄长的负担，他被录取了，在上海参加培训后来到了合肥。

钱雨亭和张君逸住在一起，中间只隔着两家。只要有时间，他就过来观摩、求教，绘画进步很快。在钱雨亭画的一张山水画上，张君逸题写："汤口距山数里，暮春之初，桃花盛开，灿烂如锦，倍增游兴。雨亭同学酷爱黄山景象，每拟黄山写生稿都得山林趣味，继续钻研，多出外观摩，诚不可限量也。”

安纺厂许多青年都想学画，钱雨亭便提议工会成立一个美术组，请张君逸每个礼拜上一次绘画课。

一时间，安纺厂宿舍5号平房成了一个艺术交流中心。常来拜访交流的有名医王任之，画家、词人宋亦英，著名裱画师洪秋生，收藏家方世岳等人，更多的是绘画青年，除学生钱雨亭和安纺厂美术组同学外，还有陶天月、郑伊农、童乃寿等人。

陶天月的书法先学颜柳，继学王羲之、王铎。对于王铎沉雄豪迈的书风研习很深，后来发展为敦厚典雅的陶体书法。

他18岁参加革命，成为部队文工团的文艺战士，随后深入生活，创作了不少诗歌和连环画。他看到张君逸收藏不少黄宾虹作品，为了临摹便请他转卖一幅给自己。

张君逸答应了，陶天月如获至宝，整日临摹。特殊时代，这幅黄宾虹作品流落在外，他非常惋惜。后来得知此画进入了安徽省博物院，他感到非常欣慰。

每当有学生前来讨教，张君逸都悉心传授，亲自绘画示范。示范后的作品就题上款赠送给学生们。因而，安纺厂美术组的学员几乎都得到过老师张君逸的作品，可惜的是，有些人没有留住，尤其是“文革”时期，毁掉不少。

这段日子，张君逸心情舒畅。能画画，能教人画画，他感到重新找到了自己的价值，找到了人生的快乐。

闲暇时，他便去方世岳、王任之、宋亦英等人家，说说家乡话，聊聊家乡事。

方世岳藏有不少历代名字名画，并且精品不少。张君逸常去观赏，有时借来临摹。

在国民党屯溪守备司令的任上，方世岳率部起义，为屯溪和平解放做出了贡献，也因此担任省政协常委。

1956年11月，中共八届二中全会决定从1957年起开展党内整风运动。

一场反对资产阶右派的政治运动波及全国。方世岳在这场运动中被抓。

失去了一位交谈书画艺术的故交，失去了可以鉴赏名字画的去处，张君逸内心格外惋惜。

他隐隐感到，有一股时代的风雨在后。

它的威力多大，张君逸不清楚。

报考艺校

1957年秋天，张仲平初中毕业。

因为喜爱绘画，他准备报考安徽艺术学校。

1955年，安徽省委第一书记曾希圣提出以优惠政策引进人才，支援安徽建设，从上海引来孔小瑜、徐子鹤等人。

徐子鹤分到省博物馆从事鉴定工作，孔小瑜参与筹建安徽艺术学校。

1956年，安徽艺术学校创办，1958年升格为安徽艺术专科学校，1959年皖南大学艺术系并入，成立安徽艺术学院。

当时，歙县属于芜湖专区。艺术学校在那边的考点自然设在芜湖。张仲平与另一同学提前来到芜湖。考场在清水河中学，外地考生住在学校宿舍里。

半夜时分，睡上铺的同学喊醒张仲平："我身上痒，有臭虫，你那有没有？"

电灯打开，床单、枕巾上黑乎乎的全是臭虫在蠕动。张仲平这才意识到头皮上、肚皮上是一块块肿块。他一阵心慌，满身抓着。

两人睡下又爬起来赶虫子，再睡下，这样折腾了大半夜。隐隐传来头遍鸡鸣。

明天还要考试，不能不睡啊。张仲平将床单，枕巾拿起来反复搓揉着，搓的满是血斑，然后继续入睡。

一觉醒来，太阳好高。张仲平喊醒同学，穿上衣服就往考场跑。考试时间过半，无论两人怎样央求，监考老师都不让他们进去。

进入艺术学校的梦想就这样破灭了。

接下来何去何从呢?

大姐在旌德,有丈夫、孩子,张仲平不愿去打扰。

二姐文玉结婚后随丈夫去了东北,母亲带着妹妹琪玉也去了东北。父亲和哥哥在合肥。张仲平便来到合肥,他需要父亲为他的人生之路指点方向,是读高中,还是走其他路,他很困惑。

见到父亲时,他正在教安纺厂一群青年画画。张仲平看到这情形,鼻子一阵酸,眼睛不由得红了。这些青年能快乐地学画,这是多么幸福的事情啊。

待到学画的青年都走了,张仲平告诉父亲自己报考艺术学校的经过。

听说儿子想做画家,张君逸的内心深处不是高兴,而是担忧。自己从小绘画,为书画艺术投入了一生时光。可又怎样呢,还坐了班房,他的心格外痛楚。历经坎坷挫折之后,他对人生有新的认识,他对子女们有新的期望。在他看来,一生安宁才是最大的幸福。

他拍拍儿子的肩膀说道:“失去上艺校机会,没什么可惜的。回想我的一生,是热爱绘画一生,现在却不能照顾好家人,心凉啊。”

张仲平以为父亲会安慰自己,没想到他如此平淡,便问道:“您不是希望我做一个画家,把您和爷爷的艺术发扬下去吗?”

“现在不这样想了。”张君逸摇摇头,“画家的最好时代或许过去了。”

“您希望我干什么呢?”

“你看,现在是新社会,走到哪都是农民和工人吃香,也只有农民和工人才能一生安宁。所以我希望你要么回老家去做个农民,要么招工当名工人。至于画画,有了工作后,我可以教你,你权当是兴趣、爱好。”

回老家做农民,张仲平内心不甘。他觉得自己一直在读书、画画,一双手不适合拿镰刀、扛锄头。

思来想去,他便把当名工人作为自己的追求。

落户合肥

报纸上、广播里，报道的、歌颂的都是工人，这是时代赋予的光荣职业。

工人阶级，也称无产阶级，已经是国家的领导阶级，工农联盟是国家的政权基础。基于这一点，张君逸也支持儿子做名工人。有稳定的工作，走到哪都受人尊重，不担心受到批斗。

然而，想在合肥招工，先得把户口落户在合肥。

当时户籍管理，中学户籍随身带，人在学校，户籍在学校，毕业后户籍转出。

这一天，他揣着自己的户籍关系，来到和平路派出所。安纺总厂家属的户籍都落在这里。

办理户籍的民警姓李，一看张仲平的资料，说："你户口原籍在歙县深渡区定潭乡啊，应该在那里去落户。"

"叔叔，我是安纺厂家属。"

民警老李翻出张君逸和张伯平户籍档案，摇了摇头说："你还是不符合落户条件。"

"为什么呀？"

"你妈妈户口不在安纺厂。如果你妈妈户口在，你又不满18岁，你就可以随她落户。"

张仲平垂头丧气地回家，问哥哥有没有办法。

张伯平是厂里技术干部，思想里追求时代的先进，便说道："制度不允许那就不行啊。"

"能不能找找人？"张仲平期待地望着他。

"找谁也不行啊，得符合政策。"张伯平建议他去东北找母亲，在那里找事做。

东北太远，又没有把握。他把希望寄托在父亲身上，眼巴巴地望着父亲。

"儿子啊，我来合肥不久，认识几个人啊？就是认识，求人办事我也开不了口。"

这一晚，张仲平翻来覆去睡不着，泪水在眼里打转："难道命运就这么捉弄我？"他睁眼询问，"不，我要自己把握自己的命运！"

第二天，张仲平又来到派出所，老李说："不是说了吗？你应该去歙县落户。"

"我老家没人，我妈妈带着妹妹去了东北。"张仲平央求着。

"那我没办法，我不能违反规定为你落户！"老李说得很坚决。

张仲平含着眼泪走出老李办公室，看到院子一个角落外有两把拖把，他拿起来就拖地。

李老感到意外，问道："你这是……"

"叔叔，你忙，我帮你拖拖地吧。"

一连几天，张仲平每天都来拖地。派出所的角角落落，被他打扫得格外干净，呈现出一派新景象。

这一天，张仲平还来拖地，拖完后，老李把他喊到一旁，说道："我看你这个孩子老实、勤快。可户籍我只能按规定办，特殊情况就得所长批，你知道我们所王所长吗？”

张仲平一听，心中亮起曙光，谢过老李指点后，向所长办公室跑去。

王所长一看张仲平，说道：“老李反映过你的情况，你爸爸、哥哥户籍在合肥，你妈妈带着妹妹去了东北，你刚初中毕业，属于特殊情况，我们当特殊问题处理，你去找老李上户口吧，我同意的。”

张仲平喜出望外，找老李把户口办了，成了地道的合肥人。

招　工

户口问题解决了，张仲平等待工厂招工。

合肥大通路、和平路一带都是车间、工厂区。坐落着模型厂、矿机厂、面粉厂、针织厂、合钢厂、农机厂等厂房。张仲平经常过来，留心招工情况。

他的内心最大愿望是能进安纺厂。经过几年建设，除安纺第一厂外，又建有安纺二厂、印染厂、纺织配件厂，成为现代化的纺织工厂群。

机会终于等来了。1958年6月，安纺总厂的招工启事贴了出来。

招工先要考试，考语文和数学。

张仲平认真复习迎考。

翘首等待中，结果公布。

张仲平一大早跑了过去，心中满是期待，他有信心考上。在众多应考人中，他脱颖而出，名字出现在公布的录用榜单上。

张仲平的内心无限明朗，家庭遭受厄难后，他一人在乡下读书，对未来一片迷茫。现在也能成为千万工农阶级中的一员，能挺直腰杆尽情享受新时代阳光了。

命运却爱捉弄人。当他迎着夏日晨风前去报到，却被告诉他不能录用。

“为什么啊？”张仲平差点掉下流泪，“我不是考得很好吗？”

“你成绩是不错，可是家庭成分不符合招工条件。”

“我家是小土地出租，相当于富裕中农，我是中农孩子啊！”

“我们只招贫下中农,你的家庭相当于地主成分啊!”

张仲平只觉得忽然又是一个晴天霹雳,泪水伴着辛酸、委屈流了出来,他不甘心,问:“能不能帮帮我。”

“这是政策的事,谁敢违反?”

带着失望、绝望,张仲平回到哥哥的家。

蝉在树梢阵阵鸣叫。过去,他喜欢听蝉声,在蝉的鸣叫声里感到大自然的安宁。今天,他却听得心烦气躁,随手拿起桌上一张报纸,胡乱地扇着。

忽然间,报纸上“干部家庭”字样映入眼帘,张仲平想:“我家也是干部家庭啊,大哥和二姐一个是华东干校毕业,一个是皖南干校毕业。有一年,乡政府还敲锣打鼓给家里送过匾。”

心里又燃起了希望。不管行不行,张仲平决定试一试。从落户合肥这件事,他彻底体会了“有志者事竟成”的含义。

“我要扼住命运的咽喉!”张仲平一晚无眠,反复给自己打气。第二天,天一亮,他便出门了。

这次是为新建的安纺二厂招工。张仲平找到分管人事的副厂长吴鹏云,不知哪里来的勇气,他口若悬河,滔滔不绝地数说家庭的革命史,说祖父和姑爷爷营救过共产党,父亲参加过新文化运动,为革命捐过钱的往事;说哥哥、二姐都是国家干部。

吴鹏云是南下干部,参加过抗日战争和解放战争,虽然文化不高,但很爱才。眼前的张仲平表情坚毅,说起话来流畅、有条理,吴鹏云看了看招工表上他一手漂亮的字,心里就格外喜爱,决定录用,便说道:“你先回去,我们调查一下。”

丰富的生活

几天后，张仲平被安纺二厂录用。

经过一番挫折后，他顿时有种喜从天降的感觉。得知这个消息的瞬间，激动的泪水滚滚落下。命运，他以自己的勇气改变了。

按照安纺厂的安排，新招的男员工在合肥培训，女员工在芜湖培训，然后上岗。

培训后，张仲平分在工会。二纺厂年轻人多，为了鼓足干劲，配合形式宣传，厂里每周末组织一场联欢会。

不久，工会牵头成立了文艺宣传队，一群多才多艺的年轻人被选了进来，他们能唱能跳，朝气蓬勃。

文艺宣传队中有个女孩叫何琼仙，模样端庄，眼睛清澈明亮，唱起歌来声音婉转动听，舞姿也优美，而且文笔好，很是引人注目。

何琼仙出生在浙江常山一个中医世家，祖父是清廷御医。父亲在一次行医夜归中，遇到野兽冲撞，受了惊吓，此后神志不清，一个幸福家庭从此步入困境。

父亲去世后，何琼仙与姐姐何瑶仙相依为命。姐姐响应时代号召，中学毕业后参军，进入部队文工团，14岁的何琼仙也随军。

何瑶仙后来与一名部队干部结婚。

在何琼仙读初中时，姐姐、姐夫在怀远工作，后来调到合肥。何瑶仙在市文化宫任文艺科科长、文艺研究室主任，被评为副教授，出版的《妈妈给我一把琴》歌曲集获全国一等奖。

初中毕业后，安纺厂招工，怀着时代理想的何琼仙也成了一名工人。

这段日子，何琼仙盼望周末。文艺宣传队周末活动，忙碌了一周，大家在一起唱歌跳舞，心情特别愉悦，而何琼仙最想见到的是张仲平。每当看到他，心弦总有被轻轻拨弄的感觉，内心春阳朗照，黄莺声声婉转，莫名的愉悦，愉悦中略带紧张。

这时的张仲平长得英俊，为人正派，待人热忱，能写能画，组织活动能力又强，深得大家喜欢。

机会总是给时刻准备的人。安纺厂因为职工多，为丰富职工的精神生活，成立了俱乐部，全厂上万名工人搬起砖头建起了自己的电影院。

电影院需要一个能写会画的人画电影海报。组织上把张仲平调了过去。

张仲平非常高兴，在电影院安心画海报，把自己的工作、兴趣爱好都结合起来了。他画《英雄小八路》，画《风雪大别山》，画《刘三姐》，一画就是十来年。

大家喜欢他画的海报，一下子就把电影最精彩的一面呈现了出来。他也在绘画中提高了自己的造型能力。

电影院设有1404个座位，不仅是安纺厂职工观看，还吸引了不少市民，场场爆满，后来正式交给合肥总工会，成为专门的电影院。

至今，曙光影剧院还是合肥老市民心中挥洒不去的文化记忆。

至今，许多人还谈起当年影剧院贴出的海报，为鲜明的人物形象津津乐道。

安徽艺术学院教授

张君逸在省群众艺术馆教授山水两年后，他的绘画技艺被安徽画坛认识，一致公认他为丹青高手。

1959年底，张君逸调入安徽艺术学院，教授山水画。

当了教授，不仅是工资提高了，还分到了一处带厨房、卫生间的套房。他把妻子和小闺女从东北接了回来，一家人算是团聚了。

1960年春暖花开时节，张君逸正式开课。他教山水画，重视扎实的传统基本功，继承文脉正宗。他常常自己临摹宋元作品给学生示范。当学生基本功扎实后，他要求他们走进大自然去写生，画出自己心中的山水。

这时的安徽艺术学院，有申茂之、王石岑、孔小瑜、童雪鸿、光元鲲、郑震等教师，招收的有中专班和大专班。

在艺术学院的四年间，张君逸的不少学生后来成了安徽画坛名家。朱松发、耿明、葛庆友、童乃寿、程志武等都从这里毕业。

中专班中有个学生张良勋，版画、国画都很好，很年轻时就获了奖。特殊时期，不让画画，他便练书法，后来成为安徽省第三任书协主席。

有个学生叫花智民，老家在八公山下，读书期间，因为没钱外出写生，张君逸就支持他。后来花智民调到合肥工艺美术厂，曾写文章怀念老师："他讲学从不马虎，每课必提前到堂。讲课中，一山一水，一草一木都亲笔演示。这些示范小品虽只咫尺，都充分显示其功力之深厚……君逸先生博学多才，不仅对新安画派的山水，而且对上至宋元米芾、马远，下至‘四王’‘二石’，各朝各代，各派各家的山水名作，无不精通熟悉，经常在课堂上边讲边画，给学生们示范。”

教学和绘画之余。张君逸完成一部巨著《新安画派的继承与发展》。父亲与自己得新安画派艺术滋养后，又在笔墨上有所开拓。带着对新安诸贤的敬仰，张君逸深深感到自己有责任完成这部著作。

他用蝇头小楷在宣纸上写作。他广泛查找收集资料，但在物质缺乏的年代，查得到的资料很少。好在他这些年对新安画派的研究、思考和理解，全在心中，有如涓涓细流，在笔间流出。

在学院的教师中，张君逸交往最多的是申茂之、孔小瑜、光元鲲。

申茂之出生在芜湖一个殷实家庭。1922年考入国立北京美术学校。1923年拜溥心畬为师，学习皇室工笔画，同时拜中国画研究会会长金城为师，因而在北京时期，他就对张翰飞、张君逸父子极为熟悉。

申茂之曾任山东大学艺术系教授，同样是支援安徽文化建设被调回家乡，没想到在合肥与张君逸共事。当年北京画坛的许多名流，是他们共同的朋友，两人便常常相聚一起，喝茶、品画，说说老朋友的往事和新近消息。

孔小瑜1899年出生于浙江慈溪庄桥孔家村，孔氏第72代孙，属“海上画派”画家，长于博古。1952年，他与钱瘦铁合作的《送公粮图》，由时任上海市市长陈毅题款。

一天，孔小瑜请张君逸前去他家做客。张君逸带着仲平前往孔宅。孔夫人在厨房做饭，孔小瑜沏上茶后，聊了一些画坊的人和事后，说道：“时间还早，我俩合作一幅怎样？”

张君逸自然应允，随孔小瑜走进画室。画室较大，笔墨纸砚摆放整齐。

“君逸兄先请？”孔小瑜说。

合作作品，先画者可以随兴而挥。补画者则要根据画面去补笔呼应。张君逸便推请孔小瑜先画。

孔小瑜本是很少言语的人，见张君逸谦让，便将笔蘸了蘸墨，略一运气后，画上四株牡丹，浓淡相宜。画好后，笔一放，右手一展，“请！”

安徽省博物院收藏

张君逸的花鸟画26cm×41cm（1957年画）

张君逸拿起笔，在四株牡丹下半工半写地画上太湖石，画面顿时沉稳、宁静。接着，他又工写结合，在牡丹上方画上两只翩翩飞舞的蝴蝶，画面顿时洋溢着浓郁的生机。

孔小瑜料想张君逸画好了，该收笔了。没料到他换一支笔，又在牡丹下画了一只猫，匍匐着身子，两眼直视飞舞的蝴蝶，神形兼备，栩栩如生。

孔小瑜只知道张君逸的山水画气息典雅非同一般，没想到花鸟也如此精妙，便说道："君逸兄，花鸟画造诣也这么深厚，没想到啊，安徽画坛只有你了。"

"孔兄，画了今天这幅花鸟，我不会再画花鸟了。"

"好！"孔小瑜回道，圆圆的脸庞上流露着高兴的笑容。

因为孔小瑜以花卉博古闻世。张君逸称不再画花鸟，是同道间的让道。两人也成为更好的朋友。

孔小瑜同样有让道美德。他的兰花其实也相当精妙，但安徽有萧龙士画兰一绝，他便不画兰花。有人找他要兰花，他总是说道："有萧老在，我哪敢画兰花啊！"

相恋相爱

“打碎一个旧世界”，这是中华人民共和国成立后提出的政治理念。这个旧世界就是私有制，从土地革命开始，到1958年建立“一大二公”人民公社为高潮，进而宣布农村社会主义改造的全面完成。

在城市的社会主义改造，几乎与农村土改同时推进，消灭私人工商业，改造成国营，在这个过程中，形形色色作坊式的小企业，以及民族资本家的大企业，全都实行国有化。为此，国家领导人毛泽东说“全国六亿人口，我们统统管着”。

城里中小学毕业生升学就业压力空前紧张，机关单位、厂矿吸纳不了这么多就业人员。为此，1953年《人民日报》发表社论《组织高校毕业生参加农村生产劳动》。

1955年，毛泽东提出“农村是一个广阔的天地，在那里是可以有大作为的”。随后，一批批城市青年下放到农村，建设农场。

1961年初，安纺总厂内掀起一股城市支援农村建设浪潮，厂里单身男女职工报名去长丰县农场参加劳动。

厂里没让张仲平报名。他格外珍惜来之不易的工作，更喜爱在业余时间潜心画画。父亲在省群众艺术馆教山水的时候，他报了两个班，随王碧梧学水彩，随李德铭学素描，父亲在安纺厂美术班上课的时候，他也跟随去听，去画。

1958年5月，国家提出“鼓足干劲、力争上游、多快好省地建设社会主义”总路线。

从中央到地方，各地工厂林立，城镇职工数十倍增长。为此，厂矿企业进行大调整，关停整并，对职工进行精简，1958年参加工作的都是精简下放对象。

在工会工作的张仲平清楚，精简下放本是缓解职工的增长状态，这批单身青年职工一旦报名下放，很难回来。即使回城了，也不见得能重新分配到原单位。

可是有一个人积极报名，要求下去，她就是何琼仙。

何琼仙为工会写各部门的宣传稿件，又快又好；张仲平的标语写得漂亮，墙报办得精彩。两位单身男女互相仰慕，走得比较近。

一个傍晚，张仲平找到何琼仙，问道：“你报名下放劳动？”

“是的，追求先进，积极响应时代号召，下乡锻炼。你呢，可报名了？”何琼仙自豪地说道。

曙光影剧院已经下放了两人，他负责电影海报，领导也不会让他下去。但他不能说不去，更不能直接劝何琼仙别去，虽然内心有些不舍。按时代的标准，劝她留下来，自己就是“思想落后”的人，会受到别人唾弃。

何琼仙去意已决。在工厂里，她一直追求先进，不甘在下乡锻炼一事上“落后”。

送行的日子到了。厂里派出大卡车送到农场。锣鼓声中，领导、家人、同事纷纷送行。下乡的青年职工背着铺盖，带着豪情与依恋登上卡车。

张仲平为何琼仙背着行李，走在送行的人群中。

“小张,你怎么也背着行李?”厂长问。

“何琼仙的,我来送送她。”

厂长清楚张仲平与何琼仙是互相仰慕的。“这是多么般配的一对啊,何琼仙下乡了,说不定一桩美好的姻缘就耽搁了。”厂长心中想着,劝何琼仙道,“厂里有些工作还需要你,你再考虑,反正明天还有一批,明天去也行。”

张仲平期待地望着何琼仙。何琼仙也望着张仲平,不由得点了点头,把行李放在厂长办公室里。

可是第二天,何琼仙还是下乡了。

长丰县农场在水家湖旁,放眼望去,看不到村庄,两旁红瓦房是上百名职工住宿的地方。生活太清苦,农活又累,爱文艺的何琼仙长得纤瘦,吃不消,生病了。

下放后的第二天,何琼仙就想念张仲平,她用忘我的劳动来忘却。可是,在生病的日子里,脑中滤掉杂事,剩下的完全是对他的思念。

思念很重,她顾不上一个女孩天生的矜持,写信给张仲平,希望他能来看看。

接到信后,张仲平赶到长丰县农场。

“想回厂吗?”张仲平问。

“能回吗?”何琼仙明亮的眸子里闪动着泪珠。

“我去想办法!”张仲平不确定地回答。这与自己当初落户合肥、打破家庭成分阻碍进厂相比,他觉得与让何琼仙返厂有些性质上的不同。

“只是,如果问我俩什么关系,怎么说啊?”于是他想了想,看着她问。

“随便你说,想说什么关系就说什么关系!”

“那我说你是我女朋友呢?”

“不是女朋友,你会来看我,会这么关心我?”何琼仙反问,羞涩而幸福。

二纺厂厂长陆寿彬告诉张仲平,下乡青年回城,重新分配都有政策规定,何琼仙水土不服,回城得找总厂领导。

张仲平跑去找总厂领导葛子清,人不在。

“在哪儿?”张仲平问办公室的人。

“在省委党校开会。”张仲平直接去了省委党校。

葛子清了解张仲平,他不但墙报办得好,单位的壁报插图、曙光影院的海报也是他画,画得惟妙惟肖,是难得人才。

听了张仲平的介绍,葛子清说:“水土不服不符合返城的政策,难办啊!”

张仲平有些急,脸上流露出恳求。

“你与她什么关系?”葛子清想了想问道。

“她是我女朋友。”张仲平说道。

“总厂下乡职工是单身男女,你们既然是恋爱关系,赶快结婚,成了夫妻,她可以回来的。”张仲平道谢而别。

这一年,他们结婚了。此后的日子里,风雨携手,幸福甜蜜。

吴镜汀邀请北上

艺术学院内玉兰树上，几只鸟儿在枝头上跳跃，婉转歌唱。清幽的香气在阳光里弥漫。

张君逸正在家写他的《新安画派的继承与发展》。有人敲门，他开门一看，是青年画家郑伊农。

1934年出生的郑伊农毕业于华东艺专美术系，分在省群众艺术馆教素描，与张君逸共过事。1959年，单位保送他去北京中国画院山水画研究班学习。

虽说是保送，但还要从全国各地报上去的人员中淘汰一批，通过考试录取。

郑伊农对报考研究生班没多大把握，他清楚张君逸父子与画院的领导及画家们交往甚密，便请他推介。

"院长叶恭绰是家父挚交和领导，我给他写封信。"张君逸说道。

"我想随吴镜汀先生研究中国画。他的作品功力深厚，风格俊逸、清劲有力。"郑伊农说道。

"那我也给他写封信。"张君逸说着，写信给吴镜汀，介绍郑伊农绘画师传统，功底深厚，想报考山水画研究班，请他帮助。

郑伊农带着信，在考场上交给吴镜汀。

郑伊农被录取，师从吴镜汀、关松房等名家，系统学习宋、元、明、清传统绘画技法。

郑伊农学习两年归来,特意来看望张君逸,表示感谢,另外带回吴镜汀的一封回信。

自从北京回皖,二十多年过去,见信如见人,张君逸急切地拆开。内有吴镜汀特意为他创作的一幅山水作品。信中,吴镜汀诉说着对老友的想念,询问他在安徽的情况,并希望他北上,北京画院急需他这样的人才。

读着老友的信,张君逸热泪滚落。当初一起在北京切磋的画友们,都有不错的安排,能安心画画。自己这二十年,历尽了太多坎坷。

他想念北京,想念北京的画友们,想念那里浓郁的文化氛围。

他心中想着,待手头教学工作告一段落,就前往北京。

北京是全国的政治、经济、文化中心,自己的平生所学,在那里更有施展的天地。不久,老友过旭初也写来一信,希望他去北京,并在棉花巷为他租好了房子。

这坚定了张君逸北上的决心。他正式向校方提出择日去北京。

艺术学院的方校长哪舍得张君逸离开,他是学院山水画的顶梁柱啊,便极力挽留,还动用他的好友宋亦英、王任之前来劝他在合肥安心工作。

1960年安徽美协成立,宋亦英担任秘书长。她前来挽留张君逸,既代表个人的友谊,也代表省美协。

两个儿子都在合肥成家了,张君逸决定暂缓去北京,便给好友吴镜汀和过旭初回信,告之艺术学院目前缺乏山水画教师,过些时日再考虑去北上与老友们相会。

有一次,省博物院举办画展,张君逸前去观看。在省博负责鉴定的徐子鹤将他拉到办公室,说:“买了幅‘四王’精品。三千元,你看看怎样。”

画卷徐徐打开，张君逸说道：“不用再打了，这字已经说明，不行。”

徐子鹤信了，画没继续展开。在徐子鹤的心目中，张君逸鉴定水平高。

这缘于一个故事。有一次省博请张君逸去鉴定一幅古画，不待画子全打开，张君逸说不对，并列举了理由。

省博专家说是真的，他们为此争了起来。

后来请北京过来的一批专家鉴定，结论是假的，给出的理由与张君逸一样，徐子鹤信服了。从此，省博的书画作品，专家拿不准的，便请张君逸前来把脉，两人也因为鉴赏结下了深厚友谊。

张君逸认为鉴定一幅画，鉴定者的绘画水平必须接近或超过画作者，旁及中国文化，才能把握作品内在的笔墨与精神，否则是做不好鉴定的。

徽州写生

张家老房子，费了几代人的心血建好，更主要的是收藏丰厚。当地有人想买，为此弄出了一场风波。

风波过后，1964年的春节在种种杂事中如期而来。

这一天，孩子们显得很快乐，毕竟是过年。吴美意在厨房张罗，为大家准备像样的年夜饭。

张君逸沏了一杯茶，抚摸着齐桌子高的宣纸手稿。这部《新安画派的传承与发展》快完成了，凝聚了他对新安画派的研究，对家乡诸贤的敬仰。

他拿起笔，集毛公鼎字写了三副对联，分别送给儿子伯平、仲平和学生钱雨亭。上联是“事有是非明以智”，下联为“位无大小在于勤”。他希望孩子与学生懂生活的道理，勤奋工作，老老实实做人。

转眼到了暑假。张君逸带着张仲平和学生去徽州写生，他们要沿着新安画家的足迹寻觅山水的自然精神。

第一站是歙县，然后是屯溪，再沿着新安江行走，一路写一路画，最后写生黄山奇观。

在歙县县委招待所，他们遇到画家张建中、裴家同陪着陆俨少、唐云、卓启俊来皖南写生。

他们晚上在房间促膝相谈，谈共同的朋友，谈对中国山水画继承与发展的理解，大家约定，回去后互赠作品。

随后他们一起上黄山，住在汤泉旅社。

第二天一早，卓启俊敲开张君逸的房门，提出合作一幅作品。

卓启俊1917年生于江苏睢宁，1954年后定居山东济南，是山东省文联第一个油画专业的画家。抗战时期，他就读于重庆国立中央大学艺术系学习绘画。据说，卓启俊毕业时，校长兼系主任徐悲鸿用了自己的作品交换他的山水画《峨眉烟云》。

张仲平将纸墨备好。卓启俊和张君逸合作一幅横幅，画的是黄山烟云，画好后张君逸题款：黄山散花坞。

"与张教授合作真是快乐啊，您的山水技法汲取历代大家滋养，高古清妙，我受益匪浅。"卓启俊真诚地说道。

"过奖了，您是徐悲鸿先生高足，锋芒毕露的才华让画坛赞赏不已！"

卓启俊走后，张君逸告诉张仲平："卓启俊的绘画，把西方的绘画特点与中国画技法巧妙地结合在一起，用笔率意简练，用色大胆明快，无论是对空间透视关系的处理，还是对自然的完整理解都能让人折服，如此下去，会有很大造诣。"

张仲平记住了父亲的话，他的创作中关注空间布局，关注光影变化。

1963年起，中共中央在全国城乡开展社会主义教育运动。运动一开始在农村中是"清工分，清账目，清仓库和清财物"，后来在城乡中"清思想，清政治，清组织和清经济"。

张君逸内心担忧，开始关注《人民日报》和《红旗》杂志，每日翻阅。

"你一个教书的，关心国家的事干吗？"吴美意说道。

"我担心这'四清'运动不是一阵风，会越刮越猛，甚至形成龙卷风！"张君逸面露忧色。

“那会怎样?”吴美意神色凝重。

“怕他们揪我过去不放,我是国民党员,在国民党机关任过职,担任过唐式遵上校秘书,更担心他们揪住老家的十亩薄田。”

“赶紧想办法啊。好不容易安稳了,可不能再把你抓住,折腾不起啊。”

现实太多无奈。张君逸默默教书,不敢多说一句话。教书之余,他写了大量毛泽东诗词,他想以此表明对国家的忠诚,表明自己仅是个安分守己的知识分子。

然而,这是一个特殊的时代,他平安教书的愿望能实现吗?

第九章

遗憾而去

1964年下半年，一股寒潮比往年更早。

这一天，张君逸刚给学生讲授完山水课，仍有许多学生围着他问这问那。校长把他喊进了办公室。原来是老家来了信函，要求张君逸回原籍，接受社员群众的监督改造。

酸楚涌上心头，他清楚在劫难逃。自己犹如一只鸟，头顶上是张网，这网要收起来，再怎么会飞，也无法逃脱，命运就是如此脆弱。

回到家，他心头万般沉重，命运中怎这么多无奈与磨难呢？小儿子仲平结婚才两三年，他放心不下，便用宣纸写了一首毛泽东《卜算子·咏梅》："风雨送春归，飞雪迎春到；已是悬崖百丈冰，犹有花枝俏。俏也不争春，只把春来报；待到山花烂漫时，她在丛中笑。"落款为"一九六四年十月二十四日于艺校。逸父"。不告诉任何人，默默收拾行李启程。

厚厚的书稿《新安画派继承与发展》也被他收进行李箱。

"这么厚，就别带吧！"吴美意说道，"放孩子们那。"

"不，带回家，抽时间完善，我要为新安画派做点事。"他说道。

学生钱雨亭和程志武得知老师要回老家，跑过来劝："老师，留在合肥吧，生活上我们都可以想办法。”

张君逸摇摇头，说道：“这一次，由不得我自己的。我心中有数，是要受害了。”

师生情重，临别难舍。唉声叹气中，却又无可奈何。

张君逸拿出一些画子，有自己画的，有自己收藏的，对两个学生说道：“你们拿去，留作纪念吧，

张君逸书法

我这一去不知能不能回来!”

回到定潭,张君逸被戴上漏划地主帽子。

1966年发生的“文化大革命”迅猛发展,在“踢开常委闹革命”的口号下,红卫兵由最初的破除旧思想、旧文化、旧风俗、旧习惯这“四旧”,发展为抄家、打人、砸物。

造反潮发展到全国各个领域,不少文物被毁,名家字画被烧。

张家丰厚的收藏被砸了、烧了、抄了,包括倾注张君逸毕生心血的《新安画派继承与发展》书稿。

有些名贵字画则流落在外。

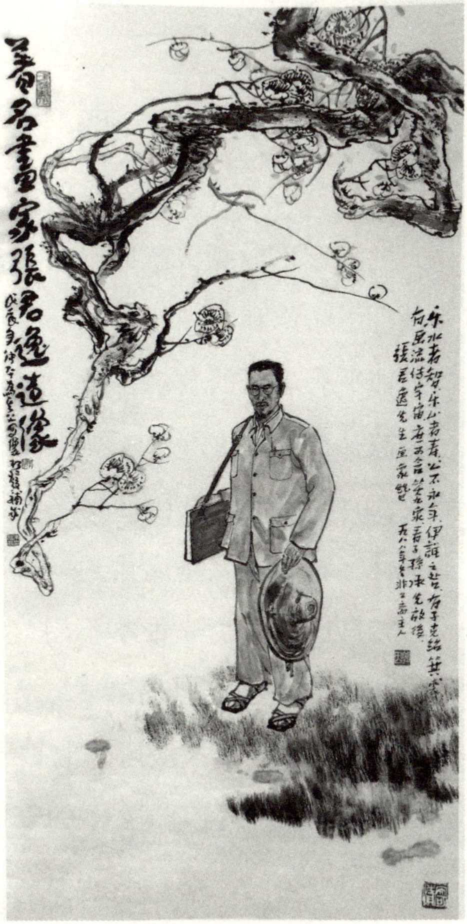

安徽省博物院收藏

张君逸画像 138cm×68cm

(张仲平绘,朱松发补梅花,郭因题跋)

1969年4月,中共第九次全国代表大会召开。“九大”以后,斗、批、改运动在全国范围内进行。

张君逸在一片批斗声中,再也没有睁开眼睛。

张君逸离开了这个世界,带着爱,带着遗憾!

画领袖像

大批画家不敢画传统题材,担心被戴上封建、“四旧”的帽子,唯一敢画的是毛主席像和“工农兵”。

张仲平有着新的政治任务,就是画毛主席像。

能被抽出来画领袖,是领导对他的信任。正因为平时谨慎做人,话不乱说,工作兢兢业业,因而父亲的地主成分没连带他受批斗。

张仲平整日画毛主席像,去工厂、去农村,还到淮北去画。开始画的时候,要打九方格,后来根本不用打,信手就可以画。即使打格子也是做样子,怕别人说他画主席不认真,是在应付。

1971年10月份,云淡风轻的日子。

工人们敲敲打打,两层楼的安纺二厂楼顶架起了两层楼高的大架子,覆上了铁皮。

厂长陆寿斌把张仲平喊过去:“交给你一项伟大的政治任务,安纺厂是安徽的骄傲,我们要做一件令人骄傲的事,画全合肥最大的领袖像,画主席与林副统帅站在天安门城楼接见红卫兵的情景,给合肥革委会看看,给全市人民看看!有没有信心?”

“一定完成任务!”此后,每天张仲平把颜料调好倒进铁桶,然后爬上楼顶画领袖像。画了一个月时间,巨幅画像即将完成。

许多人路过,都要喊着口号而过。“四类”分子路过,要跪地请示后才能离开。

“张仲平，下来，下来！”正在画画的张仲平应声而望，是陆寿斌与合肥市革委会主任、军代表在楼下。

陆寿斌神情焦急地招手，革委会主任站在一旁也是内心急切。

张仲平以为画像出了什么问题，赶紧下来，心扑扑直跳。

军代表不说话，脸绷得紧紧的。

陆寿斌对张仲平说道：“画像停下！”

张仲平不知原委，喃喃道：“快好了，就差一点点，哪里不对？我马上改。”

“停下，这是命令！”陆寿斌厉声道。

一个礼拜后，林彪叛逃的消息在全厂传达。

张仲平接到命令，用红漆将画像涂掉。

政治气氛逐渐好转。

1974年，张仲平被调到合肥市文化局下属的美术服务部。随后，何琼仙也调了进来。

第一个调进美术服务部的画家是裴家同，第二个调来的是蒋孝游。这两人都是科班出身，后来分别担任合肥市美协主席、副主席。

这一时期，国外很喜欢中国书画等工艺品，安徽为此成立工艺品进出口公司。对接美术服务部的是光相白，他是著名画家光元鲲的第六个孩子。

当年，光元鲲与张君逸在艺术学院教书，同住一幢楼的同一单元。正因为这层关系，光相白与张仲平私交不错，两人常在一起研究国外对什么样的国画比较喜爱。

仿古画在出口创汇中颇受欢迎。张仲平自幼在父亲指点下临摹，“文革”时期，他白天画领袖像，夜里临摹古人，现在正好发挥作用。他的仿古作品非常受欢迎。

裴家同有一本画册，上有雪舟长卷山水。张仲平想起父亲张君逸曾临过2米长的一段，那种神韵让人心醉。他也想临摹雪舟长卷，便借了过来。

雪舟是日本古代一位画家。1467年，他作为遣明使，由宁波访问中国，在中国生活了3年，游历名山大川，做了大量写生。

雪舟来中国的时期，画坛为院派和浙派垄断，崇尚南宋院画，临摹过重，表达个人心性不足，画坛失去生机，以沈周、文徵明为代表的文人画还未兴起。雪舟便发出“中国无画师”的感叹。

在中国，雪舟找到了中国画源泉，那就是自然风物。他以自然为师，回日本后，继续云游四方，过着禅修、悟道、绘画的生活。

他的画意蕴深远，寄予心性，在日本被称为“汉画”，是一位国际文化名人。

雪舟原作长3米，张仲平放大处理，用宣纸起稿，然后描绘到13米长的绢上。经过数个月的精心临仿，终于完成，深得原作的笔墨与神韵。

重返北京

张君逸去世后，吴美意独自在老家，面对种种风雨。

在她的内心，相信丈夫的冤屈能伸张。时代给张家的苦难，时代终究会给一个说法。

带着信念，再苦，再大委屈，她也是默默忍着。

她印象中最深的一次批斗是丈夫去世不久，造反派要她交代这样那样的问题，把她捆起来，捆在祠堂前电线杆上，不给一口水喝。骄阳似火，口渴难熬，她渐渐浑身无力，脑中是丈夫、孩子的身影，突然间什么都没有了，世界一片漆黑。

邻居美容看她只剩下一口气，就过去找领导求情，让7岁的侄孙女五红端碗水给她喝，把她救了过来。

时代的大风暴逐渐减弱，逐渐风平浪静。

1978年上半年，二闺女文玉找到省领导张恺帆，才把吴美意从老家接到合肥。

这14年怎么熬过来的，她只字不对子女们说。直到孩子们为父亲平反，在老家找人写证明材料，才知道她忍受着海一般深沉的苦难，忍受了难以诉说的屈辱。

随着岁月的流逝，吴美意与孩子们说得最多的是北平旧事。

孩子们告诉她："现在叫北京，是国家的首都。"

"那时候也是，一会儿叫北平，一会儿改北京，我们都糊涂了，反正是一个地方，过去皇帝住的地方。”

“你们爷爷、爸爸，在那里生活的时光是多么美好、快乐啊。他们喜爱画画，家里来的也都是大画家们。”

“妈妈，什么时候陪你去看看北京。”孩子们宽慰她。

“我是想去又怕去啊。梦里还是我们生活的院子，去了认识吗？当年的街坊、老邻居们都不在了吧，物是人非，会难受的，难受啊！”吴美意目光茫然，内心百般滋味。

1986年初夏，吴美意在三闺女瑞玉、四闺女琪玉的陪同下，去北京过了一个礼拜。

留在她记忆中的北京生活，是安定的、快乐的、充满希望的。

那时候，歙县会馆的张家，来往的都是叶恭绰、王梦白、吴镜汀、溥松窗、过旭初等名流。丈夫潜心书画艺术，吴美意相夫教子，生活何其幸福！

时代风雨吹落一切，吹得天翻地覆！

宣武门外大街51号的歙县会馆，观光堂的左右悬挂的是历代名家匾额，曾经，它的文化气息浓郁，沁人心脾。

如今，驻进了一些机关，住进了寻常百姓人家，大梁上蛛丝缠绕。耳畔是锅碗瓢盆的交响，是孩子们的哭闹。

北平《晨报》社，是张翰飞、张君逸父子供职的地方。无助的岁月里，报社同仁伸出温暖的手，让吴美意冲洗照片。如今，面目不再，旧迹难寻。

黄昏时分，吴美意站在天安门前。过去，公公与丈夫常去故宫临摹古画。如今，是另一派气象。

世事茫茫，站在金水桥畔，吴美意思潮滚滚。她只是这个国家的一个公民，自己78年的岁月，却经历了太多的不平与苦难，失去的永远失去，该怨谁？该恨谁？

她想哭。然而，欲哭无泪。泪已干。

街灯渐亮，晚风悠悠。她的内心，一切坦然。唯一挂念的，是丈夫是否能够平反。

平　反

1978年12月，十一届三中全会召开，如一股春风吹拂华夏大地。国家层面开始了系统地清理重大历史是非的拨乱反正。

歙县成立专门部门，开始对1626名带着地富反坏右帽子的“四类分子”进行全面评审、摘帽及纠正错戴帽子。

张君逸的平反工作却一直没有进行。他的国民党员身份、在国民党机关任过职的经历，让工作人员不敢贸然决定。此外，张家满室的家具、瓷器、青铜器、古砚、名家字画已经流失的流失，砸毁的砸毁，如何归还？定潭公社在张家老宅办公，还牵扯着腾挪地点办公的问题。

张家子女文玉、仲平、琪玉、瑞玉、璇玉怀着为父亲平反的信念，积极奔走，找热心的村民写证明材料。

新华社驻安徽记者站记者李明卉看了这些证明材料后，深感张君

张恺帆题词 56cm×110cm

逸蒙受的苦难太深，写了一份调查报告，刊登在《安徽日报》内参上。

省领导袁振、张恺帆亲自过问，省委统战部门去歙县督办。

袁振早年毕业于山东曲阜师范，喜爱诗词书画，有泰西才子之称，后来以教书为掩护，参加革命。1978年调任安徽，任省委常委、省革委会副主任、省委副书记。

张恺帆1908年出生在无为县一个旧知识分子家庭，从小在塾师指导下练习书法。1926年开始投身革命，历经磨难。1959年7月，时任安徽省委副书记的张恺帆去无为县视察，看到饥荒严重问题，命令公社食堂停办，自留地归农民，每人每天发口粮1斤。两个月后，张恺帆被秘密逮捕，开除党籍，撤销职务。1962年，省委为他平反，担任安徽省政协主席，他与副主席郑家琪都重视书画发展，关心书画家的生活。

对于张君逸，袁振和张恺帆都从内心敬仰他的艺术与才华，批示有关部门落实政策，给予平反。

1986年7月，张君逸彻底平反的文件公布了出来。

张仲平得到这个消息，失声痛哭起来。在父亲蒙受苦难的岁月，他只能默默地流泪，担心连累幼小的两个孩子静洁和张宏。父亲留给他的许多珍贵字画，也被烧毁。时代，给他这个家庭太多苦难。这一切，怨谁呢？

他想了想，谁也不怨了，在那个时代，又有多少家庭蒙受的苦难更深、更沉。共和国的元帅们都尝尽了屈辱与坎坷，何况寻常人家？只愿，那样的岁月一去不复返，永远不会重来。

吴美意已经是78岁的老人，在丈夫彻底平反的半个月后，她走完了自己生命历程，带着万千感慨离开了这个世界。

她走得安详，她太想念丈夫，想为他铺纸磨墨，看他挥写大好山河。

第十章

为张劲夫访美创作

张仲平自1979年调至合肥工艺美术厂后，分得了一套住房，创作条件大为改善。

从临摹到仿古画，他已经在历代名家构建的艺术世界里游溯一番。如今，他在思索着父亲当年告诫他的话：继承文脉后，创自家风貌，表达自己的性灵。

历史的车轮驶进1980年，迎面而来的是一股充满奋进与喜悦的气息。

街上，年轻人的服装、发型开始靓起来。时代带来了生动与鲜活。

一个春阳朗照的上午，一辆车子停在合肥工艺美术厂门口，走下来的是时任安徽省委第一书记、省长、省军区第一政委的张劲夫和夫人胡晓凤。

大家都向张劲夫问好，他笑着说："我找张仲平！"

"我就是！"张仲平说道。这时，他担任国画部主任。

"你好啊！"张劲夫紧握着张仲平的手，说道，"我马上访问美国，请你画幅黄山全景图，要幅中堂！"

张仲平一听，脑子里在习惯性地构思。胡晓凤在一旁说道："把黄山代表景致温泉、天都峰等画进去。"

张仲平点点头。

“给你十天时间够不够?”

“只需要三天!”张仲平回答。临摹黄山、写生黄山太多,他胸有成竹。

结果,两天半时间,张仲平就完成了这幅作品。胡晓凤和秘书来取的时候,一打开就赞道:“构图、笔墨都很精妙,比我想象的好多了。”

临走时,胡晓凤握着张仲平的手:“劲夫同志很喜欢你的画,委托我转告你去我家玩,有事找他,也可以去省经委找我。”胡晓凤这时担任安徽省经济委员会副主任。

张劲夫出生在安徽肥东,祖母非常重视他的学习。1930年到陶行知创办的南京晓庄师范学校学习,参与编辑《生活教育》杂志。九一八事变后,参加抗日救亡活动,加入了共产党。

调任安徽省委第一书记不久,张劲夫去省美协和书画院调研,看到了张仲平的作品,便打听他的情况。

两年后的夏天,张劲夫调离安徽。临行前,他让秘书打电话给张仲平:“书记明天要到北京了,想见见你。”

张仲平赶到张劲夫的家。

“我让你来找我,怎么不来啊?”张劲夫握着他的手问。

“您公务繁忙,我担心打扰。”张仲平说道。

“出身书香门第的人,就是厚道,总是为别人着想。”张劲夫半是赞赏半是责怪,“不要紧嘛!你是为安徽文化做出贡献的人。”

聊了些创作情况后,张仲平见前来送别的不少,便起身告辞。张劲夫告诉他:“去北京就找我。”

北京看病

半年后，张仲平去北京看病，找张劲夫协调联系医院，才得以住上。

他看的是眼疾。一次他跌了一跤，后脑勺着地，没什么外伤，只是右眼泪水流个不停。

在一家医院看眼科后，一位姓蔡的医生开了一包消炎药，说没事，回家休息会好。

可是，几天后右眼肿了起来，视力模糊。

2000年9月5日，张仲平（左一）在京拜望原国务委员张劲夫、胡晓凤夫妇

“视力不好,怎能创作啊?”张仲平心中着急,换了家医院,去省立医院看。医生告诉他,错过了最佳时机,建议去北京看看。

在家人陪同下,他坐上特快列车赶到北京。

来到北京医院,才知道人多得住不上。

张仲平本是不愿麻烦人的。可想到要画画,要保住眼睛,他只好拨通张劲夫的电话。这时候的张劲夫是国务委员兼国家经委主任。

电话是胡晓风接的。她一听是张仲平,喜出望外地说道:“你是我家的朋友,来我家吃饭,我告诉劲夫同志,他晚上会回来陪你吃饭的。”

张劲夫家住在西皇城根。傍晚时分,张仲平赶到,张劲夫已在门口等候他,紧紧握住他的手:“仲平啊,你总算来看我了。”

张劲夫从外面叫了菜,他们就在家里吃起来。

“眼病不会有大事,我请医院派最好的眼科医生为你治,你是难得的人才,我们要爱护。治好了,我把你推荐给文化部,调到北京画院来。”

在北京住了两个月,因为错过最佳治疗时机,右眼还是失明了。

张仲平心情格外沮丧。如何去写生?如何去画画?他痛苦地流泪,为什么谨慎做人,吃尽苦头挺过了特殊岁月,如今终于可以挺直腰杆做人,可以挺直腰杆画画,却落个一只眼睛失明的结局?

张仲平心中万念俱灰,调进北京画院的事自然无心过问。

回到合肥,他整日双目紧闭,把自己封闭起来。

家人好好开导他,他烦躁了,发火了。

女儿、儿子不敢再说话劝他。

“你睁开你的左眼,睁开!看得见吗?”何琼仙在温婉细语劝导一番不见效后,用激将法厉声说道。

张仲平睁开了眼睛。

“看得见吗?”

“看得见!”

“是啊,右眼看不见,左眼还看得见啊。海伦双目失明却完成那么多著作,你比她幸运多了。老天很垂青你,没让你画不成画!”

这话给了张仲平很大启发。他看着墙上自己画的黄山,高峰耸立,迎客松伟岸、热情,一切是那么生机勃发,充满积极力量。

“是啊,我还能写生,还能画画啊!”张仲平告诉自己,“老天让自己一只眼睛失明,是要提醒自己,少关注世间纷扰,少见不用见之事,潜心绘画,打起新安画派发展的大旗!”

“明天去黄山,写生!你陪我去不?”他问妻子。

“当然陪啊!”何琼仙一脸灿烂。

“清湘后又一人也”

有领导肯定，有清明的政治环境。张仲平可以无忧无虑地投入创作，画自己想画的画。

1981年的一天，在安徽省博物馆办展的范曾来合肥工艺美术厂讲课，张仲平负责接待。

一上午时间，范曾都在讲工艺美术和中国画。

范曾边讲边示范绘画。他善于画人物，线条流畅灵动，技法娴熟。画包公时他从眼睛开始，一边画一边对张仲平说：“包公清政为民，有双威严、正直的眼睛，要表达出他的刚正不阿！”

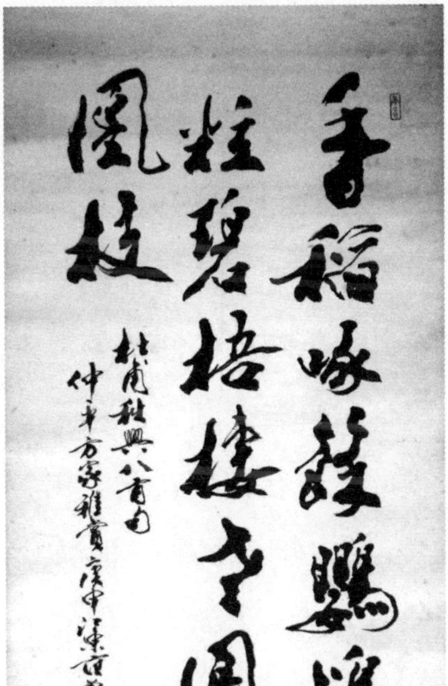

范曾题词

多少瑰丽的诗篇，从李白的手指间流出，范曾画他便从手开始。华佗穿双草鞋，踏遍崇山峻岭，尝尽百草，范曾就从他的脚画起。

结束后，范曾对张仲平说道：“你山水画得好，我为你画幅人物吧。”

张仲平赶紧道谢，便要去隔壁家属宿舍拿纸。

“这有纸啊。”范曾说道。

“给我个人画，不能用公家纸。”张仲平说完往家跑。历经特殊时期，目睹亲人的苦难，他格外谨慎。

纸拿回来时，厂领导催范曾吃午饭。张仲平说道：“就别画画吧，写幅字吧。”

侯北人题跋

范曾坚持画画，张仲平怕影响大家就餐，坚持让他写字。范曾便写了一首唐诗，边写边说道：“这纸好啊，不画画，可惜掉了。”

社会上对张仲平有个赞誉——“清湘后又一人”。这不是张仲平自封的，他的家风、他的低调决定了他不会去给自己戴名誉帽子。

这话出自旅美画家侯北人之口。

侯北人祖籍河北昌黎，1917年出生于辽宁海域，毕业于日本九州帝国大学，1948年于香港任报纸专栏作家。他早年随李仲常习画，后求教于黄宾虹等人。1956年，侯北人移居美国，从事中国画教育工作，创立“美国中华艺术学会”，被推为首任会长和永久性名誉会长。

在国内，大家都知道张大千丈泼彩画。当年，侯北人与张大千在美国，参加纽约一场展览。他俩认真创作，将中国绘画的笔墨精神融入作品中，宣扬中国画艺术。谁知作品挂在一个角落里，被西方绘画绚丽的色彩所掩没。

两人闷闷不乐回到住处，心中都在想一个问题，如何使中国画征服西方。

思考了一阵，各自去自己的画桌上创作，侯北人先画好，张大千随后也完成。展开一看，两人的绘画既有中国画的笔墨韵味，又有西方绘画的瑰丽多彩。“我们这是泼彩画！”两人相视一笑地说道。

1984年7月，侯北人来安徽办展，展览期间，张建中陪他来到合肥工艺美术厂。

在设计室里，有一张《黄山烟云图》吸引了侯北人。画面上山峦耸立，云雾缭绕，数棵黄山松虬曲多姿，虚实相生，耐人寻味。侯北人看了又看，说道：“这幅画很不错，石涛的味道很足，并且有突破！”

侯北人看了看落款，说道：“张仲平，黄山人，对新安画派继承中有创新啊！他人可在？”

“我就是。”张仲平说道。

“画得好啊，对石涛深有研究！”侯北人看了又看。

“多谢夸奖！”

“我题几个字如何？”张仲平将画取下来。

“不题在画上，把画题坏了，另起一纸吧。”

笔墨纸砚准备好，侯北人略一思索，写下“清湘后又一人也 一九八四年七月九日拜观仲平先生大作敬题”。

“清湘”是著名画家石涛的号。石涛为明皇室后裔，清朝建立后，他出家为僧，钟情山水。因出生于广西全州清湘，便号清湘老人、清湘遗人、清湘陈人。

侯北人视野开阔，阅历丰富，他充分肯定了张仲平画中的石涛笔墨元素。

“没有带印章，晚上你去稻香楼，把这幅作品也带上，我再好好看看。”

当晚，张仲平来到侯北人的住处。盖好章后，侯北人看了又看，说道：“这枚印章‘黄山人’我见过。”

“应该不会。”张仲平说道：“这印章一直在我手头，不过家父也有枚‘黄山人’，他是白文，我这是朱文。”

“令尊大名？”

“张君逸。”

“难怪啊。”侯北人似乎找到了张仲平绘画技艺高超的原因，“当年在北平，我在展览上看过他的作品，他可是才华逼人的画家啊。你爷爷张翰飞影响更大，与我老师黄宾虹交情深厚。”

这一晚，两人促膝而谈，谈家庭，读艺术。直至夜深，张仲平才起身告别。

虽然有侯北人高度赞赏性的题跋，但低调的张仲平不会去宣扬，更不会扯张虎皮拉大旗。

但这事还是不胫而走，在《安徽日报》任美术编辑的画家郑若泉找到他，要把《黄山烟云图》和侯北人题跋一并刊登出来。

“会不会有人说闲话，认为是拉大旗啊？”张仲平有些迟疑。

“你家学深厚，绘画技艺高，担心什么？”郑若泉说道。

“与石涛并论，会有人不痛快。”

“这是侯北人说的，又不是你自己题的。谁不服让他去美国找侯北人！”郑若泉鼓励着他。

作品和题跋随后登了出来。

许士骐造访

包河畔的垂柳在明媚的阳光下轻拂水面。清清水中，几尾红鲤游来游去，快乐自在。

街上传来阵阵流行歌曲，婉转、悠扬。

张仲平正在工艺美术厂创作，聚精会神。工作人员带来一位老人，个儿高高的，微笑着走来。

张仲平抬起头来，老人已握住他的手："你就是张仲平？"

张仲平点点头，有些疑惑。

"我叫许士骐，也是画画的。"

"谦虚了，您可是大画家啊。"张仲平握紧他的手，仔细打量着。

许士骐也是歙县人，早年毕业于上海美专，曾经留学法国巴黎美术

张仲平（右）与许士骐

学院，担任过南京中央大学艺术系建筑系教授，南京师范大学美术系、教育系教授。他的妻子贝律珺是世界著名建筑设计家贝聿铭的堂姐，也是一位画家，兄长许士骥同样饮誉画坛。

许士骐这次是来合肥联系自己的展览事宜，当在工艺美术厂看到墙上一幅《九华山览胜图》，被作品高超的技法和高远的气息打动，打听作者，一定要见张仲平。

同是歙县同乡，两人有种相见恨晚之感。许士骐说道："看了《九华览胜图》，我以为出自一位老者之手，没想到你这么年轻，功力如此深厚，一定有着深厚家学。"

"我父亲张君逸，祖父张翰飞。"

"哦，这就难怪了，他们都可谓是新安画派巨擘啊，可惜去世太早，否则该为我们留下多少精神财富啊。"许士骐叹道。

1985年，84岁的许士骐在安徽博物馆办展。鉴于他在画坛的影响力，安徽文联、美协相关领导非常重视，与他一起商量出席开幕式的人员。

安排谁出席，许士骐都不在意，但指明要张仲平出席。

"张仲平不是我们美协主席团成员啊。"有人说道。

"画坛不是官场，画家靠作品说话啊。"许士骐说道，"张仲平，是当今画坛不可多得的山水画大家，他是大家!"

开幕式后，许士骐又指名邀请张仲平陪他游览包河公园。

两人边游览边亲切交谈，不时发出开心的笑声，那么亲密与默契。

1993年11月，许士骐在上海逝世。贝聿铭为他设计了墓室，安葬在歙县西干山上。

每当回老家，张仲平总要抽时间去许士骐墓地看看，说上几句话，寄托哀思。

交往黄叶村

安徽省政协组织画家笔会，黄叶村也被邀请。

黄叶村1911年出生在芜湖一个裱画师家庭，从小受熏陶，与书画结缘。他29岁时游历徽州，师从汪采白的父亲汪福熙，遍览历代书画真迹，金石书画造诣深厚。他的山水作品深得新安诸家笔墨精髓，笔下的墨竹更是风神独特，被誉为"江南一枝竹"。

奈何黄叶村生活漂泊，一身清贫。安徽文联领导出差芜湖，看到他的作品后大力赞赏，他才被芜湖市文联吸收为画家，并在时任安徽省委第一书记万里的关心下，被聘为安徽省文史馆馆员。

政协笔会的第二天，黄叶村叩开了张仲平的家门，老友相见，格外亲切。

还在1980年的时候，黄叶村的学生萧克勤想向张仲平学习山水，便介绍了黄叶村，并展示了黄叶村的作品。黄叶村的山水画既有新安诸家之长，又有唐宋名家的艺术滋养，苍润深厚，自然流畅；笔下的墨竹老嫩疏密，错落相宜，洋溢着积极向上的力量。

张仲平看了黄叶村的画，对萧克勤说道："好好随黄老师学，他的功夫了得。"

在萧克勤的引荐下，黄叶村与张仲平成为好朋友。关于新安画派，他们有着太多的话题。黄叶村每次来张家，张仲平与他交谈，何琼仙在厨房张罗着，准备饭菜，她清楚黄叶村以一人微薄的薪酬养活一家，十分不易。

聊了些人和事后，两人展开笔墨作画。

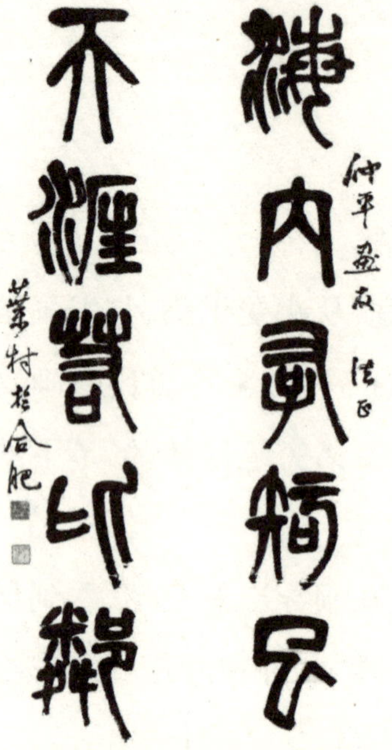

黄叶村题赠

“画什么呢?”黄叶村问。

“画竹子吧。”张仲平回答。

“你为什么总不问我要山水呢?”

“怕你辛苦啊,画山水不容易。”

“我为你画幅山水。”黄叶村说完,画了一幅山水,意境幽远。这幅画张仲平一直精心收藏。

1987年的一天,张仲平听说黄叶村生病了,在住院。

“去看他!”何琼仙说,“他对咱爷爷、父亲那么推崇,又与你交情这么好。”

张仲平正好给一企业创作得了四千元润笔费,便带了五百元去芜湖。这一天日子特别,是5月1日,黄叶村正好出院回家过劳动节。

77岁的黄叶村见到老友,眼角滚落热泪,说道:“感谢你惦记着我,来看我。我像蜡烛,油尽灯枯,快走完这一生了。”

张仲平潸然泪下,安慰他道:“你很快会好的,会画许多画的。”

“不行啦。”黄叶村摇摇头,“从小画画,痴爱丹青,潦倒一生,惭愧啊。”

“您不潦倒,你为世人留下了丰富的精神财富。”

“不知世人喜爱不喜爱,我尽力了。”

“融百家之长,成自我面貌,世人会记住您的。”

“谢谢!”黄叶村说着撑起身子,“我要为孙儿孙女们画幅画。”

张仲平清楚他是要给自己女儿张静洁和儿子张宏作画，便拦阻他说道：“您为我画了许多，现在身子虚弱，别画了。”

“不，要画，这是绝笔，给孙儿孙女留作纪念。”

夫人将四尺整张裁为三开。黄叶村以略微颤抖的双手画下一幅墨竹，并题下“世孙张宏留念”。画完后拿起第二张纸。

张仲平双手按在纸上，恳切地说道：“您不能再画了。”

“给孙儿画了，也要给孙女画，要不她会骂爷爷，说爷爷不公平，不爱她。”黄叶村说道，又为张静洁画了一幅墨竹图。

他还没收笔，准备画第三幅。

“这是为谁画呢?”张仲平眼含热泪的问。

“为你啊，来看我，还送钱，这情谊比金子贵。”

“您的身体比什么都重要!”张仲平将已经落笔的宣纸夺走，“我们说说话，谈谈心。”

这个月底，黄叶村溘然长逝。

张仲平(左一)肖克勤(后排左二)刘绍良(后排右一)

寻找作品

张仲平在潜心创作的同时，积极寻找祖父、父亲流落在外的作品。

在张仲平的情感世界里，能维系自己与祖父和父亲血脉的是他们的作品。通过他们的作品，可以回想他们生活的岁月，在作品中寻找他们卓绝的才情和正直的品质。

老家有人来合肥看病、办事，都会找到张仲平。何琼仙贤惠，只要是歙县的人，她都热情接待。大家感念她的好，回去都热心打听某某家有张翰飞和张君逸的作品。

每有新消息，何琼仙便赶过去，花钱购买，或者用张仲平的作品交换。因为张君逸曾在国民党政府工作，《歙县志》对他的介绍比张仲平少，这为张仲平用自己作品交换父亲作品提供了便利。许多人以县志记载的长短来判断人物的轻重。

历经十余年的文化荒漠，社会对文化越来越重视，书画艺术重新出现在各大报刊，一些被打倒的书画家们的事迹也因媒体而让社会广为知晓。

张仲平有个心愿，举办祖孙三代展，出版作品集。

展览是需要作品的。祖父和父亲的作品，被红卫兵和其他人毁的毁，夺的夺，有的永远失去，有的不知去向。

张仲平在家中翻箱倒柜，找出了父亲张君逸的讲课稿，便装裱起来。

庆幸的是，家中有祖父呕心沥血、满怀深情的《定潭八景图》。当初定潭人民公社来函要张君逸回老家戴上漏划地主帽子的时候，一直随身的《定潭八景图》也准备带回。吴美意不放心，最后托昌溪娘家大弟保管才得以躲过浩劫。可惜在装裱时，被偷了两幅，这成为张仲平心中永远的痛。

一天，一个电话打给了张仲平。对方说家里有一幅张君逸画于1945年的《荷香扑面来》，愿意与张仲平交换。

“交换什么？”张仲平问。

“换你作品。”对方说道。

“没问题，怎么交换？”张仲平掩藏着激动。

“换你四幅4尺整张作品。”

“可以的。”张仲平答应着，只要是父亲的作品，他愿付出代价的。

1988年的一天，张仲平在三孝口碰到叶永康。张君逸生前给叶永康的父亲叶侠奇画过十几幅画，都在叶永康手上，张仲平想向他借些去办展。

张仲平执意请叶永康吃饭。叶永康心中清楚他的用意。这之前，张仲平电话里说过借作品的事，他犹豫过，反复看了又看那些作品，心中难舍。

在红星路一家饭店，点了几道菜，要了一瓶酒，两人喝了起来，说乡情说绘画，最后说借作品的事。

“你给我电话后，我就在想。这些作品是你父亲送我父亲的，体现了他们的情谊。你为祖父、父亲办展，也让人敬佩，借你不如送你几幅，也是为了友情。”

张仲平立马站立来，满满喝上一杯。

喝完酒，他们去叶永康的家。叶永康打开箱子，取出四幅作品，一幅是《上智不惑》，画的是苍松翠柏；一幅是《松鹤延年》；一幅是《梅花欢喜漫天雪》;另一幅是小品,画面上古梅傲雪绽放,山道上一人骑着毛驴踏雪寻梅。

张仲平接过作品,有些激动:“我代表全家感谢你!”

“不用谢,这本是你家的。”叶永康说道。

“也不能这么说,我父亲送你家了,就是你家的东西,这个道理我明白。何况,历经‘文革’保存下来,很不容易的。”张仲平真诚地说道。

王任之的儿子王行听说张仲平在筹办祖孙三代展,找出两幅张君逸作品给张仲平。一幅手卷,长4尺,宽10公分,是张君逸1957年上黄山写生所作的小青绿山水。另一幅是张翰飞的山水中堂。

钱雨亭得知后,也拿出了珍藏的老师张君逸的一幅作品。

一位叫王军民的检察官,父亲当年在歙县检察院工作,手头有两幅张君逸的作品。张仲平听说后赶去购买。

一听说为祖父、父亲办展出画集。王军民说:“不要买了,您祖父、父亲我们都很敬佩的,他们是歙县的骄傲,我们都应做点贡献,送你一幅。”

收获的是感动。为了答谢,张仲平随后创作一幅6尺整张山水,给王军民寄了过去。

著名美学家、美术史论家郭因题词:承继新安画派与二溪堪称伯仲,描写黄山树石和采白似可齐平。

与溥杰互换作品

闺女张静洁出嫁，儿子张宏娶亲，张仲平都交给妻子何琼仙去张罗。他全部精力都放在收集作品、筹办展览上。

一番努力后，作品收集得可以办展。

他想，该去北京拜见过旭初了，若过旭初能联系仍健在的祖父和父亲的画友同道题些词，也算是对祖父和父亲有个交代。

最早去过旭初家在20世纪60年代，那时他住在棉花巷。

1965年秋，张仲平看望过旭初时。过旭初喊了一些民主人士在北京饭店聚会，向大家介绍张仲平是张君逸的儿子，大家对他格外亲切，询问许多情况。当张仲平将女儿静洁的照片给过旭初看时，他说长得太可爱了。

随后，过旭初将静洁的照片给了末代皇帝溥仪的妻子李淑贤。

1959年，溥仪被分到北京植物园担任园丁工作。1962年与护士李淑贤结婚。

李淑贤一看小静洁端正可爱的模样，内心喜欢，想过旭初出面，收为干女儿。

何琼仙不同意，她敏锐地感到时代的风雨前兆。溥仪原本是特赦政治犯，一旦风雨满楼，自己女儿也会受到牵连。

1985年，张仲平在过旭初家住了十几天。过旭初带他拜访了李可染、溥杰等名流。

溥杰是末代皇帝溥仪的同母弟弟，擅长书法，自成一体，上门求字的

1982年春，张仲平（中）参加溥杰（右一）在北京饭店举行的宴会

人络绎不绝。一见张仲平的山水画，溥杰情不自禁地赞叹："我从小见多了宫廷历代名家作品，你的画里有诸家滋养，又彰显自我心性，画得精妙！"

"您的艺术视野高，谢谢夸奖！"

"我与你许个约定，用我书法换你山水，怎样？"溥杰说道。

"您喜爱，我回合肥就创作。"

回来后，张仲平给溥杰寄了两幅山水。随后，溥杰寄来四幅书法作品。

1987年，张仲平去溥杰家。

"说好了，用我书法换你山水，怎寄一次就不寄了呢？"溥杰问道，"觉得书法换山水吃亏了？"

"哪敢！"张仲平赶紧解释，"您出身皇室，名气大，书法浑厚多姿，我怕占了您便宜呢。"

溥杰微笑着说道："你这是谦虚话，我在占你便宜呢。"

溥松窗是道光皇帝第四代孙，从小研习书画，作品清逸脱俗，曾任北平艺专教授，后担任北京画院画师，作品古朴典雅，自成一格。

过旭初还像往常一样，带着张仲平拜访张翰飞、张君逸故交和京城名流。张仲平提出想拜访溥松窗，过旭初有事，给了张仲平一个地址，让张仲平自己去找。

张仲平来到溥松窗的门口，轻轻叩门。

门打开了，佣人问："找谁？"

"请问溥老在家吗？"张仲平谨慎地问道。

"溥老在休息，不接待客人。"佣人说完就要关门。张仲平赶紧说道："我从安徽来，他与我父亲交情深。"

佣人进去一会后，出来问张仲平姓名。张仲平便将名片递给他。名片是一个明显标示，印有"新安张氏"。

佣人再次出来，请张仲平进去。

溥松窗一见张仲平，握着他的手，反复端详后说道："像，有君逸兄的神采。哎，我与你父亲交情可不一般，他有才，画的画那是妙啊！可惜去了老家，要是留在北京，这可是大码头，以他的才华，那还了得。"

"是啊，时代特殊。"张仲平说道，"父亲在合肥教书，也培养了一批弟子，算是后继有人。"

"你呢？可画画？"溥松窗问道。

"也画。"张仲平说完，将自己的作品照片递给溥松窗。

"哎呀，你这画相当好啊，新安画派大家的精髓你都继承了。"溥松窗反复端详着，"你们张家后继有人，兴旺得很，君逸兄也可瞑目了。"

张仲平请他为三代展览题字。溥松窗欣然写下"继往开来"四个大字。

方毅题写展标

这一次来北京，张仲平还想着要请一个人题写三代书画展展标。方毅时任全国政协副主席，在中共高层领导中，他知识渊博，有着极高的声望。

张仲平之所以想到请方毅题写展标，还缘于一次情缘。

方毅还在副总理任上时，经常去过旭初的家中下棋，有一次，看到过家墙上新挂的一幅画，黄山的无限神韵尽在尺幅之间，便问是谁画的。

“我世侄张仲平，他祖父张翰飞为新安画派三雄之首，父亲张君逸生前为安徽艺术学院教授。”

“是你世侄，不是外人了，请他为我画幅祝寿图吧。”

方毅出生26天时母亲去世，7岁时父亲去世，他被过继给舅舅家。他从小爱学习，工作之余的爱好是书画、读书、围棋。

张仲平收到过旭初的信后，花一周时间精心创作了一张松柏图，随过旭初一道去方毅家。

方毅见了作品，非常满意，热情地握着张仲平的手说道：“新安画派有了你，便有了传承与发展。”

这次，过旭初陪张仲平到了方毅家，方毅还是一样神采奕奕，伸出手紧紧地握住张仲平的手，爽朗地笑着欢迎。

方毅欣然题写了展标：新安张氏翰飞君逸仲平山水画展。6尺宣对开两张接在一起，成大幅题字，一气呵成。

这次进京，过旭初和溥杰还分别为张仲平临摹雪舟的《四季山水》长卷题跋。

过旭初题跋为:宋代日本画圣雪舟游中国名山,师夏圭马远绘此长卷山水。张子仲平幼得庭训熏陶,与翰墨为缘,长游黄岳漓江,写意大气磅礴,所临雪舟长卷确似翰逸神飞,惟妙惟肖,驾前贤而上之,题归四句诗曰:灵运是山贼,恒之称画痴。斯人不可作,吾子两兼之。

溥杰题写跋为:有幸得畅睹仲平先生手临雪舟所绘长卷山水,气势磅礴。允推上乘,属中年之作,其用笔蓄墨,允叹观止。兹志所感,聊代续貂之跋。

1989年2月10日,"新安张氏翰飞君逸仲平山水画展"在安徽画廊展出,观者如云,好评如潮。

1989年2月10日,"新安张氏翰飞君逸仲平山水画展"开幕,安徽省政协原主席张恺帆及省市有关领导和知名人士出席

1989年2月10日,穆孝天(右一)及知名人士于"新安张氏翰飞君逸仲平山水画展"座谈会,张仲平女儿张静洁接待

访 问 日 本

1988年国庆一过,天气转凉。

梧桐树叶黄黄的,遍地堆积。公园里,老人坐在草地上,安详地晒太阳,孩子们在树叶堆上打滚。

张仲平的生活平静而充实。搞创作,有时来公园里写生。

这一天,一批日本客人来到工艺美术厂。他们饶有兴致地看着各种作品,最后目光都落在张仲平的山水画上。

“我们喜爱这些作品。画得太好了,笔墨里内容多,让人有说不出的体会。”许多客人指着作品说道,想见见作者。

“这就是作者,张仲平!”市外办和外贸的工作人员说道。原来,他们带客人参观了省市书画院和博物馆后,客人指名到这里来。

1989年初夏,张仲平(左)在日本久留米市举办画展

张仲平被客人围住了,问这问那的,最后要求现场作画。

“明年是合肥市与久留米市建立友好城市十周年,两市商定共同举办纪念活动，期望张仲平先生能参加。”访问团团长说。

第二年5月，张仲平随合肥市长钟咏三前往日本久留米市，参加友好城市十周年纪念活动。

张仲平随身带上了他的仿雪舟山水长卷，在日本一展出，顿时赢得一片赞赏，有人出600万日元想收藏，张仲平没有卖，带了回来。

1990年，久留米市建市一百周年，张仲平又被邀请出席纪念活动。一位会说汉语的日本老太太，一连几天都来观看张仲平作画，最后请求张仲平为她画武汉。

张仲平很奇怪，现场的市民都要求画黄山，她为什么要画武汉呢。

“我的父亲年轻时在武汉读过书，那里有他的足迹，有他美好的回忆。父亲永远离开我了，我没去过武汉，我想看看那里。”

张仲平在画上画了黄鹤楼，画了长江，画了武汉的街道。老太太非常高兴，掏出许多日元给张仲平。

“您对父亲、对中国的感情打动了我，我分文不取。”

老太太跪下了，双眼噙着泪花：“您一定要收下！”

张仲平象征性地收取5万日元。

“谢谢，谢谢！”老太太激动地说道，“你们中国人是善良的，我们祖辈做了对不起你们的事，我们愿意道歉，发自内心的，希望我们永远友好、和平下去。”

张仲平眼睛湿润了。是啊，如果没有日本人侵略中国，父亲不会从北平逃回老家。他个人的命运、张家的命运都会改写。他的内心，恨过日本侵略者，但看到这位老太太，看到她虔诚的表情，他又理解了许多：历史在偶然与必然中上演着种种命运交响曲。

张仲平告诉老太太，一切都过去了，樱花会年年盛开，灿烂如霞。

拜访启功

1991年,《人民日报》《中国青年报》等各大报刊刊登文化部举办国际中国画大赛的启事。大赛要求选手先将个人简历寄往北京,组委会审查后寄报名表参赛。

第二年7月,张仲平接到通知,他的作品《黄山天下奇》获二等奖,请他去北京领奖,可以带家属及单位领导参加领奖,吃住全免。

到了北京,在宾馆里,组委会给每人一张纸,两小时内现场作画,以此验证参赛作品是否为本人作品。验收后发钓鱼台国宾馆入场券,前去领奖。

这次大赛共有全国及海外华人一万多人报名,经过37轮投票确定名次,是一次规范、严格的书画大赛,结果在现场进行了公证。

早年,张仲平从父亲口中知道他与启功非同一般的关系。1987年5月,启功到安徽博物馆进行为期一个月的文物鉴定时,见面就问博物馆的书法家王家琰:"你们安徽有个张翰飞,了不起啊!他儿子张君逸与我亦师亦友,他家可有后人?"

王家琰了解张仲平,说:"有啊,他孙子张仲平也画画。"

"那就好,张家后继有人。"启功高兴地说道。

领完奖,张仲平打听到启功住址后,登门拜访。

启功家的门紧闭着,他轻轻敲了敲门,里面传来声音:"谁呀?"

"我是从合肥来的,特来拜访您。"张仲平礼貌地回答。

“谢谢，领情了，你回去吧！”

张仲平只得往回走，但内心不甘。自己来看启功的目的，不是因为他已经是全国著名书法家，而是看重他与祖父、父亲的交往。启功去合肥还打听祖父，说明他很记惦那段交情啊。

他又回来敲门。

“我生病了，不舒服，你回去吧。”屋里传来的声音。

生病了？那只得回去啊。张仲平失望地往回走。

想着当初父亲的描述，他们在一个画会里切磋技艺，感情深厚。从他的身上，可以找到祖父与父亲的某种信息。

“不行，生病了更要看看他！”张仲平想着，便又折回来敲门。

这一次，他自报家门：“我是张翰飞孙子，张君逸的儿子。”

里面传来问话：“是不是几十年前，画画的张翰飞、张君逸啊？”

张仲平赶紧回答：“是的，我父亲经常说起您。”

“老家在哪啊？”里面的声音拉得很长。

“安徽歙县。”张仲平回答。门开了，启功精神很好，鹤发童颜，张仲平有些意外。

“您不是生病了吗？身体好得很啊。”张仲平说。

“我不这样讲，家门早被踏破了，人来人往的，我什么都干不了。”启功说。

在书房内，启功热情地与张仲平回忆往事：“你祖父、你父亲与我关系都非同一般啊。你祖父当时在京城名气大，大家佩服啊，我那时要拜他为师，他说我祖父是他1907年优贡会考的监考官，不能为师，他也忙，就把我介绍给了叶恭绰。他创办了中国画学研究会，在研究会里，我和周怀民年龄最小。”

出版《新安张氏翰飞君逸仲平书画集》的事一直在张仲平的心头。

他想到请启功题写书名,便与妻子又一次来到启功家。

启功一听出书画集,赞赏张仲平所作所为,给他写了三张字,还题写了书名。

坐下来闲聊了一会,启功说:“我再来给你写张大字吧。”何琼仙见老人已写了三幅,不忍心老人家辛苦,便阻止了。

2002年,张仲平的一位学生因办画展等情形,张仲平为之亲笔给启功写信,交学生带去北京。启功见信后,为他写了书名等三幅字。

2005年张仲平最后一次见启功时,老人家精神差多了,独自一人生活,照顾他的侄子不在的时候,就吃食堂。

张仲平怕耽误他休息,起身要走,他说道:“再陪我聊聊吧,下次再来不一定能见到了。”

张仲平听得心里酸酸的,陪老人家聊了一个多小时。

2002年9月,《新安张氏翰飞君逸仲平书画集》由安徽美术出版社出版。书套和书封分别是刘大为和启功题写,扉页由方毅题写。内容按祖孙三代为三辑,分别为“梦笔生花”“翰逸神飞”“继往开来”三部分,分别由刘大为、溥杰、溥松窗题写。

评论家孙克在序言中说道:“张氏三代薪火传承,在当今画坛堪称佳话。细心的观者会从三代画家的艺术中看到二十世纪中国山水画发展、演出脉络的一个具体而微的显例。就张氏艺术来讲,是从祖辈的文人画精神,浓厚的古典形态,逐渐演化到张仲平的当代传统型的过程,其中有明显的传承与嬗变的轨迹,明显看出时代趋势对个人的影响。它有力地说明,中国传统文化趋势对个人的影响。它有力地说明,中国传统文化

2009年，张仲平（左二）与孙子、孙女在黄山采风

精华的载体——中国画艺术固有的固守和应变能力，从而显示其坚强生命力。”

张仲平读着，热泪滚落。祖父、父亲和自己，爱画画胜过爱生命，为了画画，忍受了多少苦难。如今，拂去历史尘埃，他们重新被世人认识，得到了社会公允的评价。

这一晚，张仲平特意喝了几杯，心中少有的开怀。望着陪自己从甘苦中走来的妻子，他说道：“绘画艺术是中国传统文化中的精华，在‘四王’一统天下时，新安画派以抒发性灵、画风萧远而影响画坛，其笔墨精神不会断，会代代流传。”

“不会的。”何琼仙说道：“拨开云雾见太阳，新安笔墨会有新的发展！”

“铺纸，我要写字！”张仲平微醺醺地说道。

孩子们为他把纸铺好。他挥毫写下：传承新安文脉，书写时代精神。

“张宏啊，这是我们作为新安画派后裔的责任！”放下笔，张仲平告诉在一旁的儿子。

“我记住了！”朴实的张宏坚定地回答。

张仲平夫妇与著名评论家孙克

第十一章

范曾补画

1995年春天,市场经济的大潮席卷中国大地,迸发出无限活力。

作为国有单位的合肥工艺美术厂管理模式没有适应时代,在这股大潮中被淘汰了。因为效益逐年下降,厂房被卖了,全厂职工有的内退,有的调到其他单位。

经过一番思索,张仲平办了内退手续,准备在家潜心画画。经常看着祖父和父亲的作品,他感到自己肩上担子很重:张家的文脉要继承,更要发扬。

离开工作了十几年的合肥工艺美术厂,张仲平心中又有万千不舍,离开的那一天,他默默地坐在自己的椅子上,静静地抚摸着把手,静静地呼吸着这里带着墨香的气息,这气息,已经深深地融进了自己的骨子里。

内退后干什么呢?张仲平闲不住,然而整日待在家里画画,一时也难以适应。退下来的几天,站也不是,坐也不是。有几次,竟然提着包还去上班,妻子提醒他才止住脚步。

他想起一个朋友,秦皇岛大酒店的总经理黄顺通。他非常喜爱张仲平的作品,几年前曾请他去画了一个月的画,作品在酒店的礼品店销售,深受前来住宿的国外朋友的欢迎。当时黄顺通劝张仲平离开厂子,一起合伙开画廊,张仲平没有同意。单位需要他,他的作品销往世界各地,为员工创造了效益,为了自己而突然离开,显得不够厚道。他是做不到的。

黄顺通认识张仲平,缘于文化部举办的国际中国画大赛展览。

1992年7月,作品在历史博物馆展出的时候,观者如云。张仲平的作品《黄山天下奇》深受好评,其中的欣赏者就有黄顺通。黄顺通精通日语,他管理的秦皇岛大酒店担负着世界各国来往船只上人员的住宿及餐饮。

黄顺通一听张仲平内退了,能专心画画,自然是喜出望外,请他速速去秦皇岛,一起开画廊。

“我想了想,我们可以开画廊,我潜心创作,你负责经营,但有个条件。”张仲平说。

“什么条件? 只要你愿意合作,一切好说!”黄顺通很爽快。

“我不去秦皇岛,去黄山。”

“秦皇岛我熟啊,有人脉,画廊好经营。”黄顺通解释着。

“不!”张仲平很坚决,“于我而言,赚钱不是主要,我必须继承与发扬新安画派的艺术,必须回到徽州的大地上去。那里有我的爱,有我的牵挂,有更多的艺术滋养。”

“不用多说,我明白。”黄顺通打断了张仲平的话,说道,“地方你选。”

张仲平选择了屯溪,在花溪饭店一楼租了门面。这里来往入住着来自世界各地的来宾,此外去黄山去老家歙县写生也方便。

一天,张仲平创作闲暇之余,前往画廊。只见宾馆打了一条欢迎语“欢迎著名画家范曾”。

这时的范曾游学欧洲后回国，担任南开大学东方艺术系教授，画风转为简笔泼墨，名气今非昔比了。

张仲平想起他在合肥工艺美术厂讲课的情形，准备夜里去他房间看望。

晚饭过后，范曾走进了“艺海阁”，一看是张仲平，说道：“我当怎么有这么一个高雅的画廊呢，原来是张兄的啊。”

张仲平热情地让座，倒茶。范曾说道：“老兄的画立足新安传统，又有自我探索，不简单。我与你合作一张吧，不过有许多拜访者在房间等我，明天上黄山，下山后合作。”

张仲平见范曾很忙，便说：“我画好，您补笔。”张仲平待人处事，一向谦虚低调。

“这样也好！”范曾说道。

张仲平画了两幅6尺整山水。一幅黄山图，一幅三峡风光。范曾从黄山回来后，果然来到画廊，原本准备补人物，见画面已满，便在一幅上补亭，另一幅上补水和船，补完后题款：“《夔门浮烟》，《记得醉翁语 山色有无中》仲平先生所写，丙子十冀抱冲斋主范曾题。”

第二天，张仲平把画在画廊挂了出来，当时就有人出5万要买走。张仲平自然不会卖，他很珍惜朋友间的感情。

2011年，他将《夔门浮烟》捐给了安徽省博物院，另一幅一直珍藏。

创作《八百里黄山》

皖南重镇屯溪，扼横江、率水与新安江汇合处，历史上以水运畅通的优势而成为物质集散地和经济中心，同时为新安文化中心，孕育了享誉中外的徽商、徽菜、徽派建筑、新安医学、新安画派等。

一条全长800多米的老街，是目前中国保存最为完整的具有宋、明、清时代建筑风格的步行商业街。张仲平喜爱漫步老街，置身其中，能感受到历史的气息。

街灯黄晕。张仲平立在屯溪老大桥上，溪水淙淙，他思绪万千。在古徽州这块土地上，程嘉燧、渐江、石涛、查士标等历代画家们以笔墨描写山川，借景抒情，表现自己独特的品格，开创出简淡高古、秀逸清雅的画风，发展至黄宾虹、张翰飞、汪采白，都在传统精神上做出了自我探索，张翰飞与汪采白因天妒英才过早离世，黄宾虹从新安诸贤中汲取滋养，游览四川后，力图变革，追求浑厚华滋，渐为世人接受。张仲平深信，随着岁月的推移，当年的新安三雄会为越来越多的世人知晓，他们在艺术上的努力和探索，会得到画坛的公正评判。

夜色渐浓，张仲平在夜色中怀想，一种继承笔墨、重振新安画派的责任感在心中油然而生。

第二天，街上还没热闹起来。张仲平早早来到车站，前往汤口。他要再一次登临黄山，再一次与黄山做心灵的对话。

这是第几次登临黄山，张仲平记不清了。父亲生前常告诉他，在与古人对话、汲取艺术滋养后，就要以造化为师，走进大自然，感受真山真水的神韵，经过内心的思考，再以笔墨去表现，描绘心中山水，抒发自我情怀。正因为父训在心，张仲平一直坚持写生。

1977年，历时十年的特殊岁月刚刚结束。张仲平就前往桂林、漓江、阳朔，感受南国山水风貌。1979年，他第一次前往三峡，那雄奇的山川深深地震撼了他，旅途中他不知疲倦地写着，画着，完成了大量写生稿。

2001年春，张仲平在黄山写生。

这次登上黄山，张仲平的心境与以往大不一样。以前游黄山、画黄山，都是局部地看，小幅地画。这一次，他要将黄山三十六峰走遍，体会那风雨晴朗的不同姿态，感受那千变万化的神韵。

他要创作《八百里黄山》图。

行走至天都峰，下起蒙蒙细雨。

许多登峰的人望了望险峻的山道，都停住了步伐。张仲平决定登临，他要立在峰顶，重新俯视大小峰峦。他挑战性地选择“鲫鱼背”而上，两侧是千尺悬崖，深邃莫测。细雨密集地打着面颊，风在耳畔呼呼作响，仿佛石动山摇。立在天都峰，极目远眺，云海滚滚，群峰时隐时现，蔚为壮观。

张仲平默默地观看，胸中同样是云层涌荡。他想起清初画家龚贤，笔墨上师承倪云林，首倡了“天都画派”，丹青留史册。

从黄山回来，万千丘壑在张仲平的心中。他展开绢布，开始创作，他要画一幅绢本黄山长卷，融合黄山四时之景，融合黄山千姿百态，为黄山代言，挑战自我。构思、起小稿、修改、定稿，他在花溪宾馆内创作，历时一年。

《八百里黄山图》终于创作完成。张仲平仔细地端详着，这是自己较为满意的一幅作品，呕心沥血之作，是自己对黄山诚挚情怀的写照，是自己数十年笔墨探索的综合运用。

许多人慕名前来观看《八百里黄山图》，它的灵动气韵，它的精妙布局，它的笔墨韵味深深地震撼着大家。

一位温州收藏家找上门来，出高价要张仲平卖给他。张仲平自然舍不得，他画黄山长卷，是向自己挑战，告慰自己祖父和父亲，告诉他们张家的书画文脉在继承、在发扬。

温州藏家反复要求，张仲平还是不卖，来人将6万元放在桌上说道：“我们虽然做生意，但热爱艺术与文化，买回去我们会好好收藏，更主要是增加我们温州的文化。温州是一片神奇的土地，未来会让全国刮目相看，我们更有责任积淀它的文化，也希望让您的艺术一直流传，希望您辛苦再创作一幅。”

安徽博物院收藏 张仲平作品《八百里黄山》(局部)

张仲平只好答应重画一幅。倒不是因为这6万元而心动,他同样被来人精神感动了,更感动他对温州未来的描述。

后来在一位台湾游客的央求下,张仲平又创作了一幅。绢本2011年捐给了安徽博物院。

2015年,张仲平的其中一幅《八百里黄山》长卷(28平方尺)现身保利拍卖，经过一番竞拍，以115万元拍出。

张仲平潜心创作，自然无意于自己的作品在哪里拍卖，拍了多少。他很清楚，作品出手了，版权是自己的，所有权则是别人的。

《八百里黄山图》张仲平后来还画了一张，是画给姨家孙子的，也就是张仲平的表侄，叫洪世平。他在老家经营一家餐馆，经营得很不错。

受张家影响，洪世平从小喜爱书画。看到表叔画的黄山长卷，爱不释手，内心想他画一幅，但开不了口。

张仲平正在忙碌《新安张氏翰飞君逸仲平书画集》的出版。洪世平便说道："叔啊，有些路让我跑，画集出版费用我出。"

"怎会让你出呢？这是我的责任啊！"张仲平说。

"也没别的，就是想您为我画幅黄山。"洪世平嘻嘻地说道。

种种事情要忙，张仲平内心有些犹豫。

何琼仙看表侄说得那么诚恳，悄悄对张仲平道："世平不是外人，他都愿意承担印刷费用，吃亏也好，沾光也好，都是自家人，你就答应吧！"

毕竟是亲戚，张仲平答应了。他看出洪世平的心思，除了给他画了不少的黄山图，还画了《八百里黄山》长卷。

桃 李 天 下

新安画派形成数百年，影响巨大，名家辈出，传承有序，是当代最受追捧的山水画派。于是有许多人拜于张仲平门下。而张仲平纳徒，只是为了提携，成人之美，不强求弟子承传他的衣钵。张仲平经常告诫学生要多读书，要用学养支撑中国画。

20世纪70年代，有很多安纺厂职工子弟随张仲平学画，其中有个叫周家兴的，性格暴躁，总是打架，为此几次进了少管所，最后他要求跟随张仲平画画。

周家兴父母找到张仲平，希望他教教孩子。张仲平答应了。在他的耐心调教下，周家兴进步非常快，1979年工艺美术厂招收学员，他的国画成绩最高。接着邓世浒等等安纺子弟都上门求教。

1980年，张建中请他带一个学生，叫倪晓华。因为她听力有问题，张仲平又得细致耐心地教她，从一笔一画到创作。后来，倪晓华调进了安徽省美协。

1982年，15岁的谢宗君从定远县炉桥镇来到合肥，开始拜师学艺的艰难历程。谢宗君受爱绣花的奶奶影响，从小爱画画，用石头在地上画，用粉笔在墙上画。父亲知道他从骨子里喜爱画画，便让人带他到合肥拜师求艺。

一天，担任设计部主任的张仲平正在工艺美术厂画画。谢宗君一直在旁边看着，看了整整一上午，一声不吭。张仲平要下班了，他还没走。张仲平便问他想干什么。

“我想拜你为师。”谢宗君从包里掏出自己画在各种纸上的作品放在桌上，期待地望着张仲平。

张仲平看着，觉得这孩子有一股钻劲，有天赋，便收了他。后来，谢宗君又在张仲平推荐下拜孔仲起为师，前往中国美院学习。后来谢宗君多次获得大奖，2016年当选为安徽省美协秘书长。

张仲平的弟子中，张文林文化素养较高。

1986年夏天，张仲平推着自行车走出工艺美术厂准备回家。马路边一位长相灵气的男孩在与人交谈，说的竟是徽州家乡话，于是张仲平同他攀谈起来。

张文林很是兴奋："我见过您的画，您是个大画家。"

"哦？"

"我们学校大食堂挂着两幅您的大画。"张文林说道。

张仲平擅画大幅，用传统笔墨，表达时代精神，作品意境深远，气势磅礴。

20世纪80年代以来，安徽省许多机关企事业单位，包括中科大等许多大学，都喜欢张仲平的黄山山水，请他创作巨幅作品悬于会议室，接待大厅。

"我想拜您为师！"张文林说。

"你一个理科学生，也喜欢画画？"张仲平说。

"喜欢，从小就喜欢。明天我去您府上拜访，给您看看我的画。"张文林很自信。

第二天，张文林如约叩开了张家的门，拿出自己的作品给张仲平过目。

"不仅有文化，还很有悟性。"张仲平说道。此后，张文林一有时间便到老师家求教。张仲平教学生耐心，边画边解说构图布置、山石画法、云雾渲染……强调笔法变化，墨韵效果。

张文林从小喜爱诗词书画，曾随舅舅郑初民学诗词，随吴嘉仲学习篆刻。郑初民先生是他姐夫的亲大舅，他便也跟着叫大舅。

郑初民1911年生于一个书香家庭，祖父郑履端是歙县有名的画家，父亲是著名中医。郑初民的诗词师承许承尧等人，豪迈高古。郑初民学养深厚，通晓书法、绘画、博古，中医，曾是安徽省文史馆馆员。

正是跟随郑初民数年学习国学的经历，使张文林养成了治学严谨的作风。积累、传承和学养，逐渐在他的书画中体现出来。画法、笔法、墨法，都深得中国画三昧。

1993年，张仲平弟子张文林与大舅郑初民先生(左一)合影

老师张仲平在文林画作上有一个很中肯的题跋："文林深诣四王遗韵，笔墨苍劲，秀俊脱俗，雄浑之气盎于笔端，得新安画派灵动变化之精髓。"

安徽省诗词协会会长叶如强在《观张文林君画随感》，文中说："张君之画，氤氲着宁静、清纯、淡雅、温润"。

画家郭莽园赞赏张文林的画："深入传统，走条正路，圆润雄浑，难能可贵。"

此外，刘晨、孙家龙、胡武林、倪晓华、颜红森、王晓鸣、王刚、项胜利、项长明、李钧峰、韦邦如、石维达、李玲、钱江、张云、杨逸夫、杨天放、吴传平、李学志、张志民、马希伯、端木福荣、方勇、郑玲玲、王迪、沈承梅、孙鸣九、陶新俊、张宏、张惠民、张丹青、张浩青、汪训洋、王子棋等都是张门弟子或至交画友。

每当学生们前来讨教，张仲平总是毫不保留地传授新安技法，希望他们能开创自己的艺术天地。

参加艺博会

市场经济深入人心,艺术品市场也在时代的温床上复苏、跃动。

沿海地区的广州更是善于把握时代的脉搏。这个有着1000多年国际贸易史的城市,是中国商品经济起步较早的城市,也是艺术品市场起步较早的城市。

1993年,中国最早的艺博会——中国艺术博览会在广州举办。后来,国家文化部批准,由中国美术家协会、广州市人民政府主办的广州国际艺术博览会,与深圳艺博会、上海艺博会同为中国三大国际艺博会。

张仲平接到国际书画大赛组委会的通知,他因为年前作品获奖,应邀免费参加艺博会。

这一次,安徽受到邀请的还有安徽画院的王涛和朱松发。

张仲平带着妻子何琼仙前往广州。

参加艺博会的多是体制内画院院长、副院长,如安徽孔小瑜的次子孔仲起也参加了。因为父辈共同在安徽艺术学院教授绘画,是世交,两人高兴地交谈着,一起合影,无话不谈。

后来,艺博会在全国许多城市被效仿举办。

一次,张仲平参加南京艺博会,同行的还有其他省3名体制内画家。几天下来,他们三人一共才卖出8千元,张仲平则卖了8万元。

他们问张仲平有什么秘密,张仲平笑着说:"哪有什么秘密,我们参加艺博会,就是承认自己作品要进入市场,而不是研究院。作品既要追

1993年11月24日，张仲平夫妇与著名画家孔仲起先生(中)合影。

求学术，又不能脱离大众审美，高高在上，但也不能迎合大众，失去品味。寻找一种平衡，做到雅俗共赏！”用市民的话来说，他的作品有正能量，接地气。

“谁都知道说雅俗共赏，可这四个字太难做到啊！”三位画家无奈地感叹。

或许，我们能从著名评论家薛永年的一篇文章中找到答案。对于张仲平的作品，他说：“整体地看，张仲平不仅重视祖辈流传下来的中国山水画精神性的优良传统，也不仅能够把水墨与青绿结合得更自然而绚丽，而且更能在中西的互补和画种的跨界中，开拓视野，丰富想象，拓展技法，把西画中的光与色的因素以不同于他人的方式融入传统山水画中，扩大了山水画的表现力。”

有一年，参加上海艺博会，一位商人看了张仲平的作品，久久不愿离开。

“喜欢我作品?”张仲平问。

“喜欢,你作品里包含的东西多,把傅抱石、李可染等笔墨融入画中,有四王、有石涛、有倪黄,还有新安诸家东西在里面。”

张仲平吃了一惊,打量着眼前这位商人,眉宇间有股文气,便回道:“你行家啊,文化人啊!”

“我中央美院毕业的。”

“现在可画?”

“不画了。”对方摇摇头,“做点生意,画画太难,画好更难,还是做生意简单。”

“在我们看来,做生意也不容易!”张仲平笑道。

“我想请你画幅画,里面融有傅抱石的东西,还有李可染、石涛的东西。”

“没问题,明天来取吧!”张仲平自信地告诉他。

第二天,商人来了,看到作品非常满意,赞不绝口:“妙,太妙了。我心中一直想画,但总是画不出这样的作品。”

他说完,掏出手机拨了几个号码。一会儿,来了几位商界朋友,每人都买走张仲平几幅作品。

松江画展

2009年,《当代艺术家研究·新安张氏三代专辑》问世,图文并茂地介绍了新安张氏三代画家。并收入了孙克、过旭初、郭因,张脉贤、顾大风等人的评论文章。

这本书的主编张小平也是歙县人,担任安徽省社科院文学研究所副所长,同时在安徽电视台担任栏目策划工作。在老家歙县宣传部一位领导介绍张仲平后,他对张氏三代画家敬佩不已,特意制作一期《新安张氏三代画家》在"天都瞭望"栏目播出。许多人通过电视这一媒介,重新认识了画坛张氏三代。

这一年的6月8日,"新安张氏三代翰飞君逸仲平作品展"在上海松江美术馆开展。展览得到在安徽省驻上海办事处工作的王文生的大力支持,他长期致力于推动安徽、上海两地文化交流,对张家三代画家的人品与作品赞赏不已。在他的推介下,《松江报》辟出专版介绍。

上海经济繁盛。其中,松江地处江浙交通要冲,明清以来,商业发达,吸引了不少文人雅士,书画艺术因此兴起,尤其是董其昌、莫是龙、陈继儒等人倡导的"松江派",追求水晕墨章,古雅神韵,对后世及"海上画派"的形成具有较大影响。

各种赞誉如潮而来,张仲平的内心犹如黄浦江,波涛滚滚。遥想1929年,国民政府教育部在上海举办了第一届全国美展,祖父张翰飞的《云栈泉声图》和《杪秋图》参展,以70和80块大洋现场售出,在当时轰动了画坛。如今岁月流逝，80年过去了，祖父早不在人世，他的作品再次现身上海，再次引来一些赞誉。因为时代的厄运，历史的尘埃太无情地掩盖了张家。如果，上天给了祖父和父亲如黄宾虹一样长度的生命，以他们的才情和执着，该会将新安画派的笔墨推到一个什么样的境界呢？

“历史没有如果，人生也难得回程再来。我们的任务就是向前走，向前走！”妻子何琼仙宽慰他。

与妻子并肩行走在黄晕的街灯下，张仲平一言不发，他想得很多，很多……

1991年10月31日，张仲平与夫人何琼仙在黄山。

艰难抉择

2011年,安徽博物院在天鹅湖畔落成启用。

5月的一天,张仲平与妻子何琼仙来到博物院的一间会客厅,与博物院的几位领导商谈筹办张氏三代书画展。随行的有朋友张小平及弟子项长明、孙家龙等人。

博物院院长和在场的专家对新安画派研究很深。他们仔细地翻看张家三代作品集,感叹道:“笔墨如此精妙,实属难得。安徽省博物院馆藏新安诸家作品丰厚,但遗憾的是一门几代画家的作品极少,如果你们能捐献一部分,就是弥补了我院的遗憾……”

“我们知道,你们内心舍不得。如果每人捐两幅,我们就将展厅的费用免了。”院长说道。

张仲平说道:“捐献给国家,给省博,我们放心,容我们回去商议。”

一路上,张仲平心事重重。自己的作品不说,祖父和父亲的每一件失而复得的作品,都凝聚了他和夫人的心血和财力。捐一些给省博,弥补馆藏遗憾,他内心是乐意的。捐多少呢?

回到家,夫妻俩坐在沙发上。张仲平不清楚妻子内心想法,她听力不好,没听清捐画的事。张仲平便试探性地大声说:“博物院希望我们捐些作品,院里新安画派收藏丰富,但家族性藏品缺乏。博物院希望我们捐一些出来。”

妻子知道丈夫的想法,画子捐给博物院是最好的归处,但是怕自己舍不得。

房间格外静，张仲平能听到自己心跳的声音。

何琼仙站了起来，来到老伴身边，轻声轻语地说道：“捐就捐吧。”

张仲平欣慰地望着妻子。

“该捐的一次都捐了。祖父的、父亲的，连同你那些精品，都捐掉，全捐掉。奖励一分钱都不要！”她补充道，依旧很轻言细语。

张仲平愣住了，这次轮到他难舍了。

为这次展览，张仲平准备了张氏三代130多幅作品，包括祖父《定潭八景图》中的4幅，包括父亲的《秋日山水》《黄山归来》《新安江水库写生》，包括楚图南为自己题跋的《黄山烟云图》、侯北人题跋的作品。展后都捐出去？扪心自问，张仲平内心很是不舍。自己那些作品，每一笔每一划都凝集着万千心血和无限情感，这还是能割舍的。可是祖父和父亲的作品，其中大多数是自己和妻子辗转各地收回来的，两位先人不在，留下的作品则是联系自己与先人的精神纽带。常常，张仲平独自一人观看着祖父和父亲作品，仿佛能够与他们对话，聆听他们对绘画、对新安画派的万千言语……

何琼仙清楚丈夫的内心世界。毕竟，那里有着浓浓的祖孙情、父子情，并且是历经世事变迁，历经生离死别的骨肉浓情。

“当年，祖父，父亲从京城带回这些作品，他们有个愿望，就是捐给家乡。父亲生前不就捐了17件他收藏的作品和文物给歙县文化馆吗？我们全捐出去，只是在完成他们的心愿，他们在天之灵会欣慰的。”

“是这个理。”张仲平说道，“如果没有那些沧桑，没有那些厄难。我们张家平平安安，父亲会捐出他平生珍藏的作品。可，可是他是含恨走的啊，这些作品不是一直在张家藏着，而是费了精力、财力收回来的啊。为了这些，你与孩子们随我一起省吃俭用，现全部捐掉至少对不起你和孩子。”

“我没事，孩子们也会理解的。”何琼仙说道，“我也舍不得这些作品，可是放在家里，仅仅是张家的东西。捐出去就属于国家和社会，才与祖父和父亲的艺术成就相配。”

第二天，他们又来到安徽博物院。院里领导和专家很清楚作品的价值和从中维系的情感，期待他们慎重决定。何琼仙把在家里的一切思考和难舍之情都说出后，毅然地表示同意捐出。

那坚定的语气出乎张仲平意料，他非常感动地望着妻子，忍不住热泪流下。在他的心里，也感谢儿子张宏和女儿静洁，感谢他们的理解。

捐献作品

2011年7月,合肥长江路上车来车往。

从三孝口的长江路上金寨路,正面对的就是安徽博物院老馆。毛泽东曾经来馆里视察。

张仲平夫妇和孩子们,带着一百三十多幅作品,前往捐献。

自从决定捐出到现在,张仲平的内心没哪一天是平静的,祖父与父亲的每一件作品,他都天天打开,仔细观看,喃喃自语。

过了今天,再看它们就不容易了。

过了今天,它们就属于社会了。

工作人员一件件清点,一幅幅登记造册。

清点完毕,"按照市场价格,您捐献的作品价值已经超过了亿元。"省博的一位专家在一旁说。

"我还要创作捐赠四条屏。"张仲平说。

"我代表博物院,再次感谢您!"院长动情地说道。

工作人员要将作品收起来。这时,一直安静不说话的女儿张静洁突然失声痛哭起来,泪水像开了闸门,奔涌而下。

张仲平内心清楚,女儿的内心也是不舍,这是一种情感的宣泄。要感谢女儿和儿子,如果说自己夫妻决定捐赠,那是与祖父和父亲血脉相连,深深理解他们。孩子们隔了代,从小生活在市场经济条件下,他们能理解捐赠,真是难能可贵的。

院长走到工作人员那，拿起一幅张君逸山水小品递给张静洁，说道："换了我们任何一位，内心都是难舍的，这件你爷爷作品，拿回家，好好保管，留作纪念吧。"

接下来的日子，张仲平夜以继日地创作山水四条屏。《八百里皖江》描绘的是长江两岸纯净，生机勃发；《白岳黄山》描绘的是夏季黄山，山色葱茏，俊挺多姿；《巍巍长城》上一派祥和秋色，长城似蛰伏千年巨龙，蜿蜒盘旋；《天都欲雪》描绘的是雪下天都峰，一片肃穆庄严的世界。

张仲平将四条屏送到安徽博物院后，疲惫、轻松、慰帖的感觉都有。捐赠与创作，他太累；为祖父、父亲，完成一桩心愿，他有种使命完成后的喜悦。

正值中秋。明月如盘，夜凉如水。

张仲平与何琼仙在小区内的小径上行走，忽然间，右腿麻木涨疼，根本不听使唤。

去医院检查。结论是因绘画站立太久，小腿血管破裂，淤血化脓，必须住院治疗。

拨开历史的尘埃

天鹅湖畔，柳枝轻扬。

安徽博物院新馆内，嘉宾云集，人头攒动。

2011年11月4日，由安徽省文化厅主办，安徽博物院承办的“拨开历史的尘埃——新安张氏三代书画捐赠展”如期开幕，杜宏本、季昆森等省级老领导及郭因、孙克、舒士俊、钱念孙、顾大风等文化界、书画界名流出席。安徽省美协主席张松主持开幕式。

安徽博物院副院长黄秀英为张仲平颁发了收藏证书，她深情地说道：“在我院收藏的众多新安画派作品中，一门几代同是画家且都是名家的作品极少，张仲平先生将其珍藏的祖孙三代共130多幅新安画派作品捐赠给安徽博物院永久收藏，大大弥补了安徽博物院馆藏的缺憾。”

开幕式后，召开了“新安张氏三代书画艺术研讨会”。张君逸艺术学院的学生耿明，已经担任安徽省美协副主席、芜湖市美协主席，主动请缨主持了这场学术研讨会。

捐赠展开幕式

研讨会上，大家纷纷发言。他们为张氏三代画家孜孜以求的精神而折服，为他们取得的艺术成

时任安徽省委副书记孙金龙(左)与张仲平(右)亲切握手。

就而折服,为张仲平夫妇牢记庭训、心怀博大而折服。

展览原计划11天,因参观的人络绎不绝,不得不延期,共展出一个半月。这么长的展期,在安徽博物院展览史上是罕见的。

展览期间,时任安徽省委常委、省委副书记、合肥市委书记孙金龙前来参观。时任北京市委书记、安徽省委原书记郭金龙来安徽视察时听说有这个展览,也前来参观。在他们看来,这是一件文化大事。合肥这座城市,因为成为省会历史不长,缺少的是文化。她正需要文化来提升城市的品格。张家捐献作品的精神,更是值得敬佩。

2013年7月7日,由中国文物保护基金会主办,中国博物馆协会、中国文物报社、中国文物学会等单位共同协办的第六届“薪火相传——中国文化遗产保护年度杰出人物”在湖南长沙揭晓,张仲平因捐献张氏三代作品、填补安徽博物院三代名家收藏的空白而当选。

这年10月,张仲平应邀走进中南海领取证书。他创作的长6米,宽2.40米的《迎客松》被中南海收藏。

这一年,张氏第四代张宏进入中国美术学院山水画专业深造,师从孔仲起、张谷旻、茹峰、林海钟等人。他的女儿张丹青考取西南交通大学艺术传媒学院,后以全系第一名的成绩保送研究生。

张宏的山水画,具有宁静的气息,洋溢着勃勃生机。他开始描绘黄山,描绘徽州风物。没事的时候,他喜欢读薛永年为父亲《五百里黄山四季图》写的题跋:

皖南黄山,相传为黄帝炼丹处。东瞻天目,西望匡庐,南窥龙虎,北眺长江。夏无酷暑,冬少严寒,云石松泉,人间仙境,雄奇险秀,众美合一。自徐霞客往游,叹为观止,其名益著。俗云:五岳归来不看山,黄山归来不看岳。盖泰岱之雄,华山之险,衡岳之壮,峨眉之秀,黄山尽有之。是以历来画家云集,胜境频频入画。

明末清初,新安画派崛起。各家人品高洁,师友造化,图写黄山,冷峻高旷,尤以渐江大师名动遐迩。百年以降,黄宾虹、汪采白、张翰飞,直承传统,吸取新机,继往开来,与时俱进,时称新安三雄。翰飞之子君逸,君逸之子仲平,一门三代,均承新安文脉,亦皆以画黄山著名。人杰地灵,固有在也。

仲平遭遇坎坷,而自强不息。海报、素描、速写、油画并能,国画尤钟情于山水,临摹历代名迹,直可乱真,图写黄山胜境,神采焕然,遂成当代黄山画派重要名家。此《五百里黄山四季图》,作于新世纪癸巳,全长五十五米,分春夏秋冬四段,以小青绿画法,绘黄山风光。峰峦树石,岚气山光,苍茫浑厚,气象万千,观之令人神往。

黄山之著名景观,如迎客松、人字瀑、百丈泉、鲫鱼背、莲花峰、光明顶、始信峰、飞来石、散花坞、云海奇观、西海千峰、梦笔生花、猴子观海,一一尽收笔底,而春之淡冶生发,夏之浓翠丰茂,秋之明净灿烂,冬之惨淡凛冽,烟云变化之妙,风晴雨雪之状,无不描写尽致。可谓丘壑生动,气格高迈,老笔纷披,墨彩华滋。

卷首画晴江轮渡，竹树人家，春山流泉，祥和明丽，一派春光。继之黄山美景，纷至沓来，峰峦起伏，云烟流走，草木润泽，瀑泉奔逸，山路游人，桥上车行，松间楼阁，摩崖刻字，阳光之夺目，冰雪之高寒。起伏聚散间富节奏韵律，大胆细心中见良工苦心，历史文脉依稀，时代气息浓郁。布局精心，笔墨豪放，壮彩潇洒，神韵高迈，不仅四季萃于一图，而且融西法于腕下，阳光充沛，透视合宜，真并世少见之黄山力作也。

这是一位卓有远见的美术理论大家对父亲绘画的评价。从中，他看到了父亲对黄山的深情，看到了他胸怀的博大和精妙笔墨。他敬佩自己的父亲，他也感到了自己肩上的责任。

从幼年开始，张仲平在书画世界里探索了七十多年，摸索和实践其“水乳交融”山水皴法数十年，形成新安张氏一脉的山水画艺术。作为中国美协会员、国家一级美术师、安徽省中国画学会创会顾问、安徽新安书画艺术会常务理事、合肥市老年书画研究会顾问、深圳江岭书院学术顾问、民建中央画院画师、安徽省文史研究馆研究员、安徽省孟子书画院名誉院长、安徽省绿色文化绿色美学学会绿色书画院副院长、安徽散花坞书画院名誉院长……艺术传略入编《中国现代美术家名人大辞典》《中国现代美术家名人录》《徽州文化全书·新安画派》《黄山市志》《歙县志》等。这些，张仲平都很坦然，他站在时代新的交汇点上，要为新安画派贡献自己的力量。

2016年，他搬进了位于合肥滨湖新区的工作室。书斋为紫云阁博九堂，上下两层，面临巢湖。打开窗户，巢湖的风入室而来。

创作条件好了，可以创作更好更多的作品。

学生、朋友们常常过来，看张仲平画画，听他说绘画心得。

2017年8月17日，由安徽博物院、宿州市博物馆共同举办的“墨彩华滋 薪火传承——新安画派张翰飞、张君逸、张仲平三代书画佳作展”在备受期待中拉开了帷幕。

虽然江淮大地气温极高，人们还是从四面八方赶到宿州博物馆，一睹新安张家三代笔墨韵味与精神，重温清末、民国直至当代新安重要代表佳作杰构，再现传统新安鼎盛辉煌。

硕士毕业的张丹青代表爷爷在开幕式上致辞，她说：“记事以来，爷爷除了去黄山，就是在家里的画室里潜心作画，难得的外事活动都是与书画有关的写生采风、交流探讨，虽然声名誉盛，每天来家里求画的人也络绎不绝，可是爷爷总能专注在一方画桌，鲜少与社会琐事打交道。对待自己的学生，爷爷总是不厌其烦地为他们示范修改，这就是传承。

“2008年，安徽博物院被国家文物局评定为首批国家一级博物馆之际，家里无偿捐赠的130余幅书画作品，都是爷爷花钱从其他收藏家手中买回，或者辛辛苦苦用自己的画作换回的。从小家到大家，太太爷、太爷爷在艺术上有所成之后并没有独善其身，而是都选择了回报家乡，兴办学校，这也是徽人的家国使命。”

2018年之初，张仲平当选为安徽书画年度人物，组委会给他的颁奖词：“数十年笔墨追求，身处逆境也孜孜不倦。为人宽厚、仁者情怀，笔下的山水自然是造化之境与心灵之境的交融产物，雾霭层层，云水氤氲。扛起弘扬新安画派的大旗，扶持青年，传承艺术，楷模的力量在谦卑之中更有温度与光辉！”这是对他这位新安山水画大家的艺术与道德的肯定。

这年的4月20日，张仲平八十大寿之际，由安徽博物院、安徽中国徽州文化博物馆主办的《翰逸神飞——新安张翰飞 张君逸 张仲平三代书画展》在黄山市开幕。安徽省人大常委会原主任孟富林,原副主任季昆森、陈瑞鼎,著名美术史学家薛永年及安徽省文联主席吴雪等出席了开幕式。

画展展出了“新安三张”书画精品60余件。其中张仲平37岁时所临雪舟和尚《山水长卷》以及《五百里四季黄山图》长卷等名作首次亮相。当天下午举办了学术研讨会,薛永年、顾风、刘景龙、叶如强、王佛生、陈祥明、张脉贤、萧承震等专家和学者一致肯定了新安张氏三代大家的笔墨高度,赞誉他德艺双馨。刘景龙在发言中谈到,张仲平出身绘画世家,形成家学,是当今实力派山水大家,风骨苍劲,气势磅礴。在他身上有得天独厚的三大宝库:一是传统文化的艺术宝库;二是神奇黄山的天然宝库;三是自强不息的精神宝库。

张仲平很欣慰,欣慰的是社会对新安画派的热爱与推崇,欣慰的是一批年轻画家沿着新安画派文脉,在前行,在探索。

他深信,新安画派会谱写新的篇章。

张仲平先生向安徽中国徽州文化博物馆赠送他的精品佳作《黄山天下奇》

附录

名家评论

（排列不分先后）

翰飞翁取各家之长于一炉，深得宋运然、元倪瓒、王蒙、八大山人、黄子久等影响，但又不落前人的旧套，能独树一帜。同乡黄宾虹、许承尧二老尤为器重之，并推崇他的诗书画可为三绝，且为新安画派的继承发展之首。

——过旭初（中国围棋泰斗）

新安画派的文脉，有人概括为“重人文、师自然、求创新”。重人文，也就是讲求写意精神，重天人合一的理念，画似乎出世实际入世的人格化山水，抒写家国情怀，表现高尚人品。师自然，也就是把客观存在山水看作绘画的源泉，既以大自然为师，又追求艺术表现的天然，丘壑师自然，笔墨同样师自然。求创新，就是以不断扩大山水画的审美领域为目标，为此借鉴包容相关艺术乃至西画的表现手段，化为我有。

张氏祖孙对文脉的传承，特点之一是恢复师造化传统，从生活中发现美，这种师造化，又坚持了中国的方式，提取古人的笔墨因素与程式法则，进行改步变古的跨越，以至于创造性地现代转化。特点之二是以开阔的视野，包容的胸襟，在书画艺术的联系中，在中西艺术的沟通中，把握时代审美的迁变，使传统与时俱进，更加丰满。尽最大可能地把大自然的美，生活的美，心灵的美统一起来，把历史文化的厚度与当代审美的强度结合起来。

中华民族的伟大复兴有赖于文化复兴，民族艺术的发展不能丢掉文脉，张氏一门三代的薪火相传启示我们：与区域画派相关的世家与家学，正是学校以外传承文脉的重要途径。而张氏家藏的书画作品以及递藏中的研究积淀，则为传承文脉提供了宝贵视觉资源和历史智慧。2011年张仲平全家一门三代的130余幅绘画精品被安徽博物院收藏，以及这本画集的出版，都是为新安文脉的传承和民族艺术的发展做出的有益贡献。

——薛永年（中央美院教授、中国美协理论研究会主任）

张仲平，1939年生于北京，他自幼承袭家传，又遍游名山胜水，更和国内外艺术家有广泛的接触，从更多的方面吸取了更为丰富的营养，就因此，他的描绘对象更具有多样性和丰富性。他的画作中不仅有《黄山迎客松》《新安江畔山镇图》《新安千岛湖》《雨后山色》，而且有《峨眉牛心亭》《六月峨眉金顶远眺雪山图》《北国之冬》《黄河壶口瀑布》《长江之源》《三峡翠碧》《秦岭览胜》《夔门浮烟》《庐山飞瀑图》《西湖烟雨》《革命圣地云岭》等等，更有描绘日本长崎港、日本阿苏火山及日本北九州的多幅作品。

可以看出，有的名山胜水，他不仅去过一次，也绝非蜻蜓点水，而是深入了堂奥，穷究了底蕴，因此才会一处不只一画，一画不只一景。

仲平还有不少从他所积累的素材与印象中概括、提炼的一些画作，那是真正意义上的创作，如《湖光山色》《江山碧透》《浪击云崖》……

仲平的所有作品，构图全不落俗套，笔墨工写兼施，挥洒自如，墨色交互渗透又互不相碍。其艺术风格已超越他祖父的沉稳、父亲的清逸，而是生机勃勃，气象万千，包含了生活气息与时代精神。即使模仿其祖父之作，也同样显示了自己泼辣放逸的艺术个性。而其信手拈来的即兴创作，尤其显得轻松、活泼与洒脱。他临仿雪舟的《江山万里图》长卷，被溥杰赞为“可以乱真”。他的一幅拟石涛笔意的黄山图，被侯北人赞为“清湘后又一人也”。他创作的《黄山云海》《壶口瀑布》《山色有无中》《浪激云崖》曾分别获得楚图南、许麟庐、范曾、孙克的题赞。

——郭因（著名美学家、美术史论家）

张氏三代薪火传承，在当今画坛堪称佳话。细心的观者会从三代画家的艺术中看到20世纪中国山水画发展与演化脉络的一个具体而微的显例。就张氏艺术来讲，是从祖辈的文人画精神浓厚的古典形态，逐渐演化到张仲平的当代传统型的过程，其中有明显的传承与嬗变的轨迹，明显看出时代趋势对个人的影响。它有力地说明，中国传统文化精神的载体——中国画艺术具有固守和应变的能力，从而显示其坚强的生命力。它的本固枝荣，禁受得住风雨的摧折和困难的考验。一方面，它的根系深远，不但有悠久的历史和丰富的积淀，而且得到亿万人民的喜爱，它具有的文体精神之根就存在和来源于最广大的人民群众之间；另一方面，中华文化既有顽强保持自身传统的特性，同时又有善于汲取外来优秀营养以不断充实改善自己适应时代的特性：善持而不僵化，应变而不失自我。回顾百年中国画发展历程，反思新时期以来的种种经验，透过一时起伏的尘嚣，中国画的身影并未如某些人预期的那样会“边缘化”而淡出时代，相反却有日渐壮大之势。新世纪带给中国人的是新的信心和努力前进的动力，我相信中国画家们也绝不会例外。

——孙克（著名评论家、书法家，中国美术家协会中国画艺委会秘书长）

时代虽有变异，新安张氏三代丹青风貌随之亦各有所变，但其内蕴气息和风骨，却是一脉相承：张翰飞对传统山水形制结构及其变异颇有探究。其所作山水龙脉盘折而开张，笔力深沉逸宕，颇得渐江、查士标、石涛等新安前辈遗韵，而又自出机杼；张君逸所作山水风貌则灵秀多变，亦擅长花鸟。除了新安诸家，元明清之吴镇、沈周、石溪乃至宋之马远、明之浙派等，他皆不囿门户而广为所致，且自经熔冶而成新局；张仲平处国画变革创新之时代，虽有家传翰墨风骨酿成之沉迈笔性，却追求突破传统山水形制而自成新貌，乃于素描、速写和色彩等修养和写生皆有致力，故其所作之意致风情，已与前辈迥异。

——舒士俊（著名评论家）

《秋山独啸图》是张翰飞先生借鉴石涛的山水技法创作的一幅精品。作品构图讲究，人物、屋宇、草木、桥梁、溪流、丘壑等山水画的基本要素一应俱全。其中，画面景物虚实疏密，树木屋宇的聚散分布，笔画的正侧连断，墨色的干湿浓淡，都处理得非常和谐。通篇表面看似平淡简约，而生动丰富和高妙之处全部蕴含在内里。

皴法和点苔是石涛山水画的技法所在。此图采用了石涛常用的“大披麻皴”，并充分地体现石涛倡导的“峰与皴合，皴自峰生”的美学观点。在点苔时，则灵动运用了“夹水夹墨一气混杂点”“空空阔阔干燥没味点”“有墨无墨飞白如烟点”“胶是焦漆邋遢透明点”。此图张翰飞先生虽说是借鉴清湘大涤子，处处有石涛的影子，但是作品的精神本质却是不同的。在画面上看不出石涛的那种才情勃发、雄肆激越、野逸苍莽，反映出的却是安详雅致、质朴厚实、清朗博大的自家面目。

——顾大风（扬州博物馆馆长、文化局局长、扬州市书法家协会副主席）

张翰飞的艺术主张是比较鲜明的，他的眼界是比较开阔的，他对中国画价值的认识也是比较通达的。透过他在书画上的一些题跋，我们可以大致了解这位艺术家一生进行艺术探索的心迹。譬如1920年的书法作品《求是》，他写道：“人能实事求是，则遇事不设成心，不参己见……”当时西方思潮比较流行，对于中国画批评的言论漫天飞舞，张翰飞这种“实事求是”的态度，在那样一个历史背景下是非常难得的。一味西化不行，简单折中也不行，只有立足传统才能找到新的出路，而这个“传统”不是泛泛的，而是有选择的。在“传统”的选择上，张翰飞和黄宾虹的观点是一致的，是由明季诸老而上溯元四家，从而达到唐宋人的境界。

——张小平（安徽文学研究所副所长）

新安张氏第一代名鹏翎，是一位典型的文人书画家。他学养深厚，工诗善书，画艺精湛。他的作品，正如京城名家孙克先生所赞：“最宜用‘浑厚华滋’来形容，其功力修养堪与宾虹中年之作相伯仲而居乎上。”

作品构图自然而又讲究，人物、屋舍、楼台、树木、溪流、瀑布、丘壑等山水画的基本要素一应俱全，娴熟地运笔或圈或点或勾，传神地表现出山石的质感和树木的品种，又借用石涛“大披麻皴”等山水技法和穷极变化的用墨，生动展现了“峰与皴合，皴自峰生”的美学观点。难能可贵的是，张老前辈师古不泥，虽处处可见石涛风格，其气质神韵却不是石涛的雄肆激越，而是独辟蹊径，别有一番动人的安详质朴、清朗博大的自家面目。

——潘立纲(安徽省文史馆馆员、书法家)

张氏艺术从祖辈浓厚的文人画精神古典形态，逐渐演化到张仲平的传统画当代型的过程，不仅体现了中国画艺术具有固守和应变的能力，以及整个中国山水画坛的发展趋向，同时也由此引发了国内外众多画家对“新安画派”本固枝荣、生生不息，具有坚强生命力的深刻思考：即如何理性地把握和运用时代趋势对于个人成就的影响，以坚定在继承“新安画派”道路上变革创新的步伐。

张翰飞家族子孙们孜孜不倦地秉承新安文脉，是明清以来“新安画派”芸芸众生中，极少的一门几代同为著名山水画大家的世族。其贡献并不仅仅只限于凭借深厚的学养和精湛的笔墨技巧对“新安画派”艺术的继承发展，乃是能够通过展示时代视角的改变和意境格调的更新，将徽州以“学人画”为体系的中国传统文化精神的载体脉路更加发扬光大，从而使安徽美术界和画坛，凭借黄山白岳和新安江这得天独厚的自然创作母题，获得越来越强盛的艺术磁场。

张家巨大的艺术成就和举世瞩目的声望，启迪了和吸引了更多以黄山为作品表现题裁的“新安画派”艺术继承者，不仅在中华民族传统基础的精神血脉上汲取古人的笔墨之长，同时也在内容和技法上更加勇于推陈出新，突破传统山水形制的范囿而自铸新貌。有力地扩大了“新安画派”在全国画坛上的影响，再创“新安画派”在美术界的新辉煌。

——张飞莺（安徽博物院研究员）

好的山水画作品，要厚重，要有韵致、有层次，有象外之象、韵外之致，有深广隽永的精神内涵。做到这一点，不仅仅是技法问题，更与人生阅历、学养有很大关系。张仲平数十年笔墨追求，身处逆境也孜孜不倦。他的艺术历程里，有深厚家学的浸润，也有时代风雨的洗礼，更有渐江、石涛、傅抱石、李可染、张大千、黄宾虹等大家的笔墨精神。他为人宽厚、仁者情怀，笔下的山水自然是造化之境与心灵之境的交融产物，气韵生动。那一幅幅生机勃发的山水画卷，峰峦俊秀，雾霭层层，云水氤氲，但没有压人气势，而是雄浑之中蕴藏含蓄、蕴藏诗意，高超的技艺背后透着文人画的特质，趣味隽永，耐人寻味。

——周玉冰（青年作家、市场星报艺术中心主任）

跋

恩师张仲平出生于书画世家，祖上世代读书授业育人，享誉歙南，到他这代已经是第十二代。高祖张公曾修造定潭下干石桥，曾祖父张恩诰为晚清举人。

2016年12月，我回徽州故乡，专程前往歙县定潭村寻访师承源头，在定潭洁白的道德墙上见到民国《歙县志》里关于张恩诰公的孝道记载。清末徽州知府刘汝骥的《陶甓公牍》里，也有张恩诰公作为举人和重要乡绅参与宪政的记录。歙县地方志主编胡武林兄甚至在水竹坑（竹溪）柯氏望族民国十四年（1925）重修之《新安柯氏宗谱》（卷二，列传）中，也访到张恩诰公为该宗谱修撰之柯氏三十五世传记——《竹溪清国学生柯定远公传》。无论是张翰飞先生出资开办定山学校，张君逸先生资助地方抗日武装，冒生命危险与许承尧乡贤一同抢救徽州字画（详见本书第七章第一节），还是君逸先生、仲平先生捐赠歙县博物馆及安徽博物院之义举，足见其家族人品、画品，高风亮节，为新安后学树立了榜样。此等典范本书皆有记载，故不赘述。

张翰飞先生之书法理论："研精八法，深探篆籀玄奥，合秦汉晋冶于一炉，始能言书"，张君逸先生就宋人心领神会之"仙风道骨"般的铺笔用色手法，以及张仲平老先生"大V松针法"和"水乳交融法"（恩师张仲平老先生在《关于新安画派传承和发展的一些小思索》学术论文里有该技法在理论层面的详细解说），无疑都是对书法理论和绘画理论的些许补充，丰富了中国山水画技法的种类，为中国画在皴法上的创新和突破另辟蹊径。

本书作者周玉冰先生低调内敛，为人真诚，言而有信，至今已有十余部文学作品出版，美评、鉴赏皆有涉猎，尤以人物传记见长。中国气象学泰斗叶笃正、黄梅戏宗师严凤英、画家童乃寿、诗人海子等皆在他的笔下栩栩如生。他的人物传记作品故事动人、脉络清晰，有思想、有深度、有历史、有社会风情，展现人物灵魂。由于作者自幼喜爱美术，研读美术通史，熟悉安徽画坛，故书写美术人物得心应手。感谢玉冰兄耗费三年始成此书，为新安画派艺术殿堂之史料添砖加瓦，从中我们可见新安张家百年丹青情怀，也可见新安画派历代先贤的人生追求。

奉恩师之命，文林携此拙文于此续貂，浅显地还原君逸先生民国期间的那段历史，抛砖引玉。

新安后学 张文林

2018年3月20日于深圳

（张文林，1968年生于徽州专区屯溪市，现定居深圳。深圳江岭书院副院长，深圳市龙华艺盟协会理事，中国画刊网深圳工作站主编。1989年起学山水画，师从新安画派代表人物张仲平先生。篆刻师从新安书画社理事及秘书长吴嘉仲先生。诗词对联师从安徽省文史馆馆员、新安大儒郑初民先生。）

后 记

写完《为黄山而生——童乃寿传》后，我本全面铺开了江淮大写意代表人物萧龙士的传记，资料积累了一大堆。

这期间出版社约写气象学家叶笃正和新安张家。我欣然答应。

叶笃正是我安庆同乡，是家乡的骄傲。他与邓稼先两人老家相距不远，也是乘同一艘船归国。本来还有钱学森，上船时被美方拦截了。今天中国的气象预报事业，就是在叶笃正回国后奠定的基础上建立起来的。他也因此担任中科院副院长，获得国家科技奖。在他96岁高龄的时候，我去看望他，能感受到他对家乡安庆的惦念与浓浓之情。

新安张氏一门，从举人张训臣算起，六代丹青。其中，张翰飞、张君逸、张仲平在继承新安诸贤的笔墨精神后，又以自己才情，将艺术向前推进，这注定为安徽美术史、中国美术史所铭记。

我从心底敬仰新安张家。如果说文脉传承，这个家庭是最有资格谈及的。张翰飞为进士出身，曾供职于晚清翰林院和民国铁道部。他一生钟情丹青，为“新安三雄”之首，也为心爱的书画事业奉献了毕生。张翰飞之子张君逸，早年获得燕京、清华两所大学双学位，因不愿为日本人做事，避回安徽，曾在安徽艺术学院任教，安徽画坛童乃寿、耿明等名家都为其学生。张君逸之子张仲平虽因时代原因没有进入高校，但从小深得家学真传，对新安诸贤妙悟在心。

这部书从酝酿写作到完稿,进行得很慢。

岁月流过了三个春秋。我也历经了一次洗礼。

写完之后,心底自然流出了书名《沧桑风骨》。张翰飞、张君逸、张仲平走过了中国历史上动荡的百年,他们身上体现出的可贵精神,是一种士人风骨,是浓浓的家国情怀!

在较为全面了解张氏一家后,我陷入沉思。在数千年的华夏文明传承中,真正传承文化,为人类文明做出突出贡献的是那些文化家族。他们最直觉地接受着儒家文化中的核心部分,往往是忠厚传家、善良为人。而历史上,总是有一些错误,让这样的家庭蒙受太多屈辱。

新安画派张家便是这样家庭。他们为文化传承做出了极大贡献,时代给他们一家的则是难以书写的厄难。鉴于此,我写得艰难。

因为低调,张翰飞留下来的史料不多。根据文献记载,他诗书画印都造诣深厚。遗憾的是许多珍贵的东西消失于浩劫之中。张翰飞与姐夫吴承仕一道考中进士,史料确切。这之前,他的举人身份是在京师大学堂取得。我的依据是后人口述和相关资料佐证,有待史料进一步确切。

许多作家不愿意写名人传记,原因是不能像纯文学一样天马行空发挥想象,难以获奖。也因此,当下名人传记多为史料的堆积,缺乏内在逻辑,缺乏可读性。

如何做到真实性与可读性的统一,能够在一个时代大背景中去呈现人物的精神与追求,这需要丰厚的文史知识和驾驭文字的能力。

我写人物传记,总是与传主做心灵对话,甚至,一段时间生活在他的影响之下。我写天才诗人海子,大家评价"文本如同涓涓细流",著名传记作家石楠老师曾在病床上发短信称我是海子的知音;我写严凤英,有读者说是读到最震撼灵魂的传记；我写童乃寿，他的朋友郭因、陶天月等人都说写活了，亲切感人。

这一方面，源于传主们的可贵精神和人格力量；另一方面是我以敬仰、认真的态度去刻画他们的命运走向，把握精神脉络。

写新安张家，因为太多敬仰，也不敢随意铺陈。张君逸先生从艺术学院被召唤回家，在屈辱中悲愤离去。我在震撼中写了出来，很揪人心的。然而，张家将这些章节删了。张仲平先生说，许多东西是时代造成的，苦难已经过去，不要让活着的那些人和他们的子女自责。虽然，这样让作品失去了厚重与张力，但我又为张家的博大胸襟而致敬！

张家传到张仲平、张宏父子，他们的忠厚善良仍让人感动。我们的民族，情义礼仪如他们，善良诚信如他们，社会哪会有不和谐音符？

当然，最值得书写的是传承在张家的文脉。翰林之家，书画传承。他们身上烙下了新安画派最真最纯的精神，无论为艺，还是为人。

因为感动，有此传记。

因为太多沧桑、苦难、博大、宽宏，这是一部注定留有遗憾的传记。

希望，更多尘埃散去，更多真实浮现，有后人来完善。

谨以此书，向新安画派、向新安画派张家致敬！

周玉冰

2018年2月